哈罗德·布鲁姆
HAROLD BLOOM
文学批评集

SHORT STORY WRITERS
AND
SHORT STORIES

短篇小说家与作品

[美国] 哈罗德·布鲁姆 著
童燕萍 译

译林出版社

图书在版编目（CIP）数据
短篇小说家与作品／（美）布鲁姆（Bloom, H.）著，童燕萍译．
—南京：译林出版社，2016.4（2020.11 重印）
（名家文学讲坛．哈罗德·布鲁姆文学批评集）
书名原文：Short Story Writers and Short Stories
ISBN 978-7-5447-5647-1

I. ①短… II. ①布… ②童… III. ①短篇小说－文学欣赏－世界
IV. ① I106.4

中国版本图书馆 CIP 数据核字（2015）第 165437 号

短篇小说家与作品　[美国] 哈罗德·布鲁姆 / 著　童燕萍 / 译

责任编辑　马爱新
装帧设计　周伟伟
责任印制　单　莉

原文出版　Chelsea House Publishers, 2005
出版发行　译林出版社
地　　址　南京市湖南路 1 号 A 楼
邮　　箱　yilin@yilin.com
网　　址　www.yilin.com
市场热线　025-86633278
排　　版　南京展望文化发展有限公司
印　　刷　江苏苏中印刷有限公司
开　　本　880 毫米 × 1230 毫米　1/32
印　　张　8.875
插　　页　4
版　　次　2016年4月第1版
印　　次　2020年11月第3次印刷
书　　号　ISBN 978-7-5447-5647-1
定　　价　52.00元

主编的话

周 宪

自有了人，就有了文学。自有了文学，就有了关于文学的言说。自有了这些言说，人类文明的家园便多了一扇窗户。透过它，我们瞥见了大千世界。

口传文化时代，人们口口相传谈论文学；印刷文化时代，人们记录下自己的文学感言，付梓出版；今天的电子媒介文化时代，尽管文学这一古老的形式面临严峻挑战，但文学的话语仍作为不可多得的生存智慧，不断激发人们对自然的爱，对社会的关切，对人自身的洞察。

基于这一判断，我们策划了“名家文学讲坛”书系。

在一个实用主义和实利关怀甚嚣尘上的时期，被冷落了的文学涵养及其精神熏陶反倒变得异常重要了。此书系意在收罗国外知名思想家和学者的精彩篇什，展现文学思想的博大精深，由此开启一个通向人类精神家园的门径。此一讲坛吁请天下文学爱好者们齐聚那里，聆听各路方家坐而论道，发表有关文学的奇思妙想。

我想，此“讲坛”意义毋庸赘言。

作为主编，我诚邀各位读者带着自己的知识行囊上路，在绵延不绝的文字旅程中，去分享那妙不可言的文之悦！

2008年岁末于古城南京

目　录

前 言

1984年初，我开始为切尔西出版社编辑文学批评文集，而首部文集《埃德加·爱伦·坡：种种现代批评观念》也于1985年1月付梓出版，因此眼下这套丛书实是这桩堂吉诃德式冒险的二十周年纪念。倘若有人问及，在这一过程中，究竟出版了多少种单行本，我记不得确切的数字，在这漫长的过程中，很多书已绝版，甚至一些整个丛书已不再继续。我估算足有上千种单行文集。单独一个批评家汇集、推介如此庞大的一整套批评观念，确实可说是疯狂。

有些书出现在极不可能的地方：博洛尼亚、瓦伦西亚、科英布拉、奥斯陆的旅馆客房，法兰克福和尼斯的旧书摊，我旅行所到之处的作家书架。我应马其顿一所大学的要求给它的图书馆寄去一批，也应要求捐了数册给美国监狱服无期徒刑的囚犯。这些年来，这千种书籍触及很多地域、很多人。我今年七十四岁，回顾过去二十年间这一殊为奇怪的努力，尤其在跨越两个世纪之后，叫我颇有些惶惑。

我在编辑手记中已明述，我并不赞同每一篇重印的批评文章所阐发的观点。但这些文章须适度地反映现行的批评模式和教育风气，对于所有这些观念，我自然不是都有兴趣。不过，我是一只恐龙，欢乐地自称“布鲁姆·崇拜莎士比亚·雷龙”（Bloom Brontosaurus

Bardolator)。关于想象性文学的伟大这一问题，我只认可三大标准：审美光芒、认知力量、智慧。随着我们的社会（迟缓地）改正偏见和
ix 不公，如今所谓的“相关性”，不出一个世代，便会被弃掷在垃圾桶。文学与批评界的时尚人士总会衰退过时。结实的老家具尚可作为古董流传，而糟糕的文学作品和意识形态的劝诫不会有这样的命运。

时间腐蚀我们、摧毁我们，而时间更残酷地抹灭庸劣的小说、诗歌、戏剧、故事，不论这些作品道德上如何高洁。走进一座图书馆，看看三十年前的杰作：在被遗忘的书籍当中，仅有寥寥数部仍有价值，而邪恶的湮灭使大多数畅销书成为时间报复的对象。日前，一位曾是我的学生的朋友告诉我，20 世纪美国第一位桂冠诗人是约瑟夫·奥斯兰德。我的记忆力仍相当顽健，却记不得这位诗人的任何诗行。现今一些女性主义浪漫主义学者研究、传授费利西亚·希曼斯夫人的诗歌。这位勇敢的女性赋诗支持她的同性，对于她的诗歌，我只记得《卡萨维安卡》的首句，但也是因为马克·吐温略作了添饰，化作一个对句：

> 男孩站在灼热的甲板上
> **一粒一粒啄食花生米**

我虽称赏奥斯卡·王尔德的壮美宣言：“所有艺术皆无用处”，但并不想印证文学于社会无用这一主张。莎士比亚可以代表最高文学造诣的最良善效用：倘若真正地理解了，它能够治愈每个社会所固有的一些暴力。在我看来，美洲迄今所蕴育的作家当中——不

论是北美、中美、南美、加勒比海，也不论是用英语、西班牙语、葡萄牙语、法语、意第绪语以及其他语言写作——沃尔特·惠特曼仍是最主要的诗人。惠特曼是医师、诗人—先知，内战时期在华盛顿特区的医院做志愿者，为伤兵包扎伤口、做护士之时，发现了他于社会有用的职业。阅读惠特曼，真正地理解惠特曼，能够使你学会自助，学会治愈你的意识创伤。

在迟暮之年，我将文学批评的功能多半看作鉴赏，在沃尔特·佩特意义上的鉴赏，融合分析与评估。佩特说"为艺术而艺术"之时，言下之意还包含 D.H. 劳伦斯所说的"为人生而艺术"。在惠特曼之后的生机论者当中，劳伦斯是最具挑衅性的，如今被彻底驱逐出英语国家的高等教育。女性主义者指控他憎恶女人，将他禁压，说他要求女性禁欲。学生从而不再阅读 20 世纪的一位大作家，一 x
位独特的小说家、讲故事的人、诗人、批评家、先知。

切尔西出版社文学批评系列这项事业如此庞大，无疑也将编者的缺陷与好处历然彰显。在编辑过程中，我的目标始终是力求赅备，并且通常试图撇开个人意见。眼见市场上停售一部重要著作，叫我痛心，尽管我也从我的偶像塞缪尔·约翰逊博士的《诗人列传》里寻得解慰。书商（在当时兼出版与销售）遴择诗人，而约翰逊仍能径直讲出真心话。如今谁还记得这些诗人：耶登、斯普拉特、罗斯康芒、斯特普内？倘若我指出酷似这些诗人的当代人，便要招人怨尤，虽则这样的名字数不胜数。

在这项追求赅备的求索中，我受到更为充分的教益，学会如何为更广大的读者写作。文学批评是个人的行动，也是与公众接触的行动。文学批评产生了许多巨擘，诸如约翰逊、柯勒律治、莱辛、歌德、哈兹里特、圣伯夫、佩特、库尔齐乌斯、瓦雷里、弗莱、燕卜荪、肯尼斯·伯克。但我再版的批评家大多没有这般声望：我不过是将能找到的材料堆砌起来罢了。终生的阅读和教授，使我得以从无数人那里学习无数东西，这样的智识负债是不可计数的。我重印过数以百计的批评家的文章，却不可能结识这些人，而他们的思想给我启
xi 迪，使我学会如何从他人的思想中学习。

导 言

本书虽然收有对三十九位短篇小说大师的评论，但是令我遗憾的是没有包括爱丽丝·门罗、萨基、埃德娜·奥布莱恩、A.E. 考帕德、弗兰克·奥康纳、凯瑟琳·曼斯菲尔德，以及较早时期的大师，如E.T.A. 霍夫曼、克莱斯特、托尔斯泰、列斯科夫、哈代等。

弗兰克·奥康纳曾写过一本颇富争议的短篇小说论集《孤独的声音》（1963），此书至今仍然促使我要做一番有意义的争论。总是令我不解的是，奥康纳在论及莎士比亚的时候真是精彩之极，然而《孤独的声音》从任何方面来看都不及《莎士比亚的发展》[①]，后者是一本关于这位史上最伟大作家的令人敬佩的文学研究之作。或许，奥康纳和短篇小说艺术的距离太近，他把它视之为“被淹没的人群”传出的孤独的声音。奥康纳不得不相信：

> ……短篇小说因其自身浪漫的、个人主义的、不妥协的性质——远离了大众。

从这一描述中我可以看见 D.H. 劳伦斯和詹姆斯·乔伊斯，海明

① *Shakespeare's Progress*，奥康纳发表于1960年的作品。——译注（本书脚注若无特别说明，均为译注）

威和凯瑟琳·安妮·波特，但是我看不到汉斯·克里斯蒂安·安徒生、屠格涅夫、马克·吐温、托尔斯泰、吉卜林和伊萨克·巴别尔。抒情诗歌从文艺复兴到浪漫主义，乃至到 W.B. 叶芝，均出自一座美好的高塔，但是短篇小说未必要反映任何一种特殊的社会辩证法。

短篇小说中没有荷马或莎士比亚，狄更斯或普鲁斯特，甚至也不能说，是屠格涅夫或契诃夫、乔伊斯或劳伦斯、博尔赫斯或卡夫卡、弗兰纳里·奥康纳或埃德娜·奥布莱恩这些人主导了短篇小说的形式。如果我听到人们说起史诗这种体裁的时候，首先会想到荷马或者弥
xiii 尔顿，而说起诗剧，多数人都会应之以《哈姆莱特》。短篇小说首先让我想到的是它的多样性，而抒情诗则让我想起雪莱和济慈，这只是我个人的怪论吗？从形式上来看，短篇小说是否更加难以界定呢？弗兰克·奥康纳或许会反驳我的这个问题：因为很难把个人主义、不妥协与难以界定的特性联系在一起。我猜测短篇小说有一些共通的要素把它们联系在一起，比诗歌、戏剧和长篇小说的共同特征联系得更为紧密。

可是，如果我仔细地想想我最喜欢的 20 世纪短篇小说家，如亨利·詹姆斯和 D.H. 劳伦斯，我基本感觉不出他们是在用同一种体裁写作：劳伦斯独特的生命力颂是表现主义式的；詹姆斯的种种微妙是印象派式的。弗兰克·奥康纳，忠实于他在批评方面的迷念，断定劳伦斯要“逃离他成长环境中那被淹没的人群”，但是我以为这是一种简单化的理解，或许劳伦斯努力逃脱我们与生俱来的堕落状态，也就是他所说的我们“在性欲上的磨难”。詹姆斯则生活在他受教养的世界里，把性欲和幽灵混合成迷人的化合物。那么，作为短篇小说家，劳伦斯和詹姆斯有什么共同点吗？

劳伦斯，作为说书人，传承了托马斯·哈代的特点，而詹姆斯结合了屠格涅夫和霍桑的特点。但是劳伦斯和詹姆斯都不是奇异怪诞派的作家，如H.C. 安德森、爱伦·坡、果戈理、刘易斯·卡罗尔、卡夫卡和博尔赫斯。如果说短篇小说的主要传统是契诃夫式的，与之相对的模式就是卡夫卡—博尔赫斯式的，梦魇般的怪诞幻象。劳伦斯和詹姆斯显示出契诃夫的特点，两人都不是博尔赫斯的先驱。

弗兰克·奥康纳觉得短篇小说是契诃夫式的艺术，充斥着“新的被淹没的人群，有医生、教师，有时还有牧师”。然而在读契诃夫的时候，我感到的是每一个人都被孤独和误解所淹没。奥康纳责备吉卜林太多地顾及周围人们的感觉，在我看来奥康纳似乎逻辑不通。短篇小说必须要写人的孤独才能经久流传吗？

马克·吐温、托马斯·曼、海明威、福克纳以及司各特·菲茨杰拉德，他们都深知孤独的滋味，但是对我来说，那几乎不是他们任何一个作为小说家关注的中心。劳伦斯告诉我们要相信故事，而不是艺术家，伟大的故事很少只是反映某一种人性特征。我在想，这卷书里评论的所有故事哪一篇是我最喜欢的呢？是巴别尔的《在敖德萨是怎样的》，还是汉斯·克里斯蒂安·安徒生的《牙痛姑妈》呢？巴别尔的本亚·科瑞克和魔王般的牙痛姑妈，他们根本就谈不上是被淹没的声音。也许短篇小说只是像一个又一个奇迹彼此相联吧。 xiv

亚历山大・普希金
（1799—1837）

在普希金的散文故事里，最有影响力的（翻译作品）显然是他的中篇《黑桃皇后》，虽然长篇小说《上尉的女儿》更多地表现了普希金多样的叙事才能。保罗・德布瑞岑是把《黑桃皇后》解读为卡巴拉式[①]寓言的俄国批评传统的顶峰。他对小说的多重象征主义所作的精细解释，我不想再补充什么了。但是，我自己作为批判性的卡巴拉信徒，也知道，一篇卡巴拉式的寓言，无论在普希金或在卡夫卡的作品中，都向我们表明修辞学、宇宙论和心理学不是三个学科，而是三位一体，所以这里我想谈谈《黑桃皇后》心理学方面的问题。

伯爵夫人，或者黑桃皇后，她不幸的秘密意味着什么呢？是赫尔曼把她吓死了，还是她把圣格尔曼伯爵的诅咒传给了赫尔曼，而且只有到那时她才能死去？对于伯爵夫人我们最确信的是，她曾经、正在，而且将会腐臭，她做圣格尔曼伯爵的情人正合适（如果那就是真正的她的话）。对于赫尔曼，我们最确信的是，他也是一样的腐臭，但是和伯爵夫人不同的是，他每次一讲话就会落入讽刺的陷阱。而他陷入最深的时候，是我们听到他讲的第一句话和最后一句话："这游戏让我着迷，但是我不能为了获取奢侈享受而去牺牲生活的根本东西。"还有他疯疯癫癫的反复嘟囔："三点，七点，爱司！三点，七点，

① Kabbalah，是犹太传统的神秘哲学。

皇后！”他当然牺牲了生活的根本东西，而伯爵夫人就是黑桃皇后，或者就是如死一般的生活，这就讽刺性地把玄妙成功的爱司换成了卡巴拉的皇冠，它既是顶峰又是虚无的深渊。

从心理学的角度来看，赫尔曼和伯爵夫人很相像，各自充满着世
1 俗的野心和魔鬼般的欲望，但是伯爵夫人一直到死都拒绝传授赫尔曼那三张牌。她活着的时候对赫尔曼说的只有一句话：“那是个玩笑。”而赫尔曼的回答又是个恶毒的讽刺：“没什么玩笑好开。”她最后的玩笑让他发疯，这个玩笑是卡巴拉式的魔术，爱司变成了黑桃皇后。而伯爵夫人的幽灵讲的话是无法与故事中多重决定的象征主义相和解的：

> “我违背了我的意志来找你，”她声音坚定地说，“可是我注定要满足你的要求。三点，七点，爱司，按顺序出牌，你就会赢钱，不过条件是，在二十四小时之内你只能押一张牌，而且以后你终生都不能再赌牌。如果你和我的养女丽莎维塔·伊凡诺夫娜结婚，我就宽恕你吓死我的罪。”

圣格尔曼伯爵和魔鬼本人，假定都在生命的彼岸，他们两人中是谁迫使她出来的呢？至于那最后一张牌，又是哪个在说谎？是她，还是在她之上的神？她为什么希望可恶的赫尔曼娶可怜的丽莎维塔·伊凡诺夫娜为妻？她是关心她的养女，还是对所有与她相关的人都心存恶意呢？为什么赌牌要三天而不是一天？我觉得无法从美学的角度来回答这些问题。而与美学有关的是，我们被迫试图回答这些问题，我们也一下子被这神秘的卡巴拉式的叙事中那些冲动、骗

局、背叛和拿破仑式的欲望所强烈地吸引。普希金创造了一个多重因素决定的宇宙，把我们牢牢地放在其中，去服从那些同样可怕的力量，这也是他的主人公所需要承受的。

掌控《黑桃皇后》宇宙的比喻是但丁式的，炼狱般的流放："你要知道别人面包的咸味，还有别人上下阶梯的艰难路途。"那是但丁在拉文纳，以及丽莎维塔·伊凡诺夫娜在伯爵夫人家。但赫尔曼和伯爵夫人也在那炼狱的台阶上向上攀登，两人都遭到了恶果。《黑桃皇后》的震撼力既是炼狱的又是地狱的，而读者则看到了这两个境域，她或他可以选择寓言的道路，一条狭窄的、盘旋向上的阶梯，或是赫尔曼疯狂的堕落，向外、向下，坠入冰冷的夜晚。 2

纳撒尼尔·霍桑
（1804—1864）

一

亨利·詹姆斯的《论霍桑》1879年12月在伦敦出版，系"英国文人"丛书之一。在这套39卷的丛书中它非常独特，是一部美国人评论美国人的著作。似乎只有霍桑堪称英国文人，而且似乎只有詹姆斯堪当美国批评家。或许这种背景妨碍了詹姆斯，而他的《论霍桑》被赞誉得过分；或者，霍桑让詹姆斯感到焦虑，即使乔治·艾略特也没有让这位自我放逐的美国人有过这种感觉。无论怎样，詹姆斯此文需要我们仔细阅读字里行间的真正含义，例如下面这段结束语：

> 他是一位优美、自然、富于独创性的天才。他特立独行，能够超脱凡夫俗子关注和追求的东西。他的生活纯粹，简单、质朴无华，一如他的作品。他基本上生活在对家庭的情感之中，那是一种极其温柔的情感；而且，他不焦躁，不做作，全身心默默地生活在他那迷人的艺术中。他的作品将永远长存，不会消亡，因为它们太新奇、太精美。在那些富于想象的人们中，他永远占有一席之地。没有人曾具有他那种生活观，没有人曾用一种文学的形式更成功地表现出他的生活观。他不是一个道德家，也不完

> 全是个诗人。从某种意义上说,道德家更沉重、更庞杂、更深郁;
> 而诗人则更飘逸不定、不负责任。而他却能把迸发出的想象与
> 他一直关注的道德问题完美地结合在一起。人的良心是他的主 3
> 题,但他是用创造性的想象来审视这个问题,因此由它自身的内
> 容又增添了一种趣味,而我几乎可以说,增添了重要性。

《红字》是否纯粹、简单、质朴无华?《玉石雕像》是否既非道德说教,又不具有诗意呢?我们是否能够断言,无论怎样带有创造性想象的色彩,人的良心总是霍桑关注的重点?詹姆斯对他的美国前辈的看法显然有点走形,这是出于对审视对象创造性误读的需要,因为那对象距离太近,以致其阴影投射到詹姆斯自己创作所需要的叙述空间。在这一空间,某种超出了阴影的东西令詹姆斯不安。伊莎贝尔·阿切尔与多萝西娅·布鲁克显然很相像,但与海斯特·白兰的关系甚至更接近,就像米莉·茜勒难免带有《玉石雕像》中希尔达的遗传特点一样。[①] 詹姆斯表现的女性是霍桑式的,这一点表面上不明显,其实最终却再清晰不过。然而即便是这种影响,以及它所导致的矛盾态度,似乎也并非削弱了詹姆斯《论霍桑》一文的主要困惑。更主要的是,詹姆斯因为放弃美国命运而内疚,使得他这段独白式的批评更加尴尬不安。詹姆斯曾在别处因为某个目的写过爱默生(虽然没有他哥哥威廉写得那么好),但是在《论霍桑》中,爱默生的形象却难以辨认,而且新英格兰的超验主义辩证观也隐约受到了攻击。

为霍桑作传者可能会感到遗憾,因为传主没能同改革家和

① 前四位分别为詹姆斯《贵妇画像》、艾略特《米德尔马契》、霍桑《红字》和詹姆斯《鸽翼》中的女性。

自由思想家们有更多的牵连，让他有理由写一章四十年前波士顿的社会状况。而抱有这一遗憾的必要理由应该是，严格地说，他个人的记忆应该延伸到那个时期，以及影响它的那些人，这样才可能充分地了解情况，并采用亲切的口吻。的确，很难看出，霍桑在《福谷传奇》中勾勒了几幅肖像的那一代人，现在为什么不应该被非常温柔、非常同情地讲述。如果用反讽暗示，那也应该是最轻微、最文雅的。当然，对一个简洁而又并非完美的历史记录者来说，对一个只做蜻蜓点水般的介绍，没有作为同时代人的优势的作者来说，只可能有一种语调。此书的编者，虽然他的
4 回忆来自稍后的一个时期，但是他记忆中有些人与那个有趣时代的那些躁动关系密切，而霍桑则不是这样。在这些人身上，至今仍然附着那个时代一些有趣的东西——他们袍子上带着它的某种气味；有些东西似乎在说，他们年轻而热情的时候，曾着迷于道德的神秘性，曾乐此不疲于一场奇妙的游戏。他们通常的标志是（当然也有例外）看似非常完美。他们似乎不被世俗所玷污，不谙世间的欲望与标准，看不懂文明发展的某些高级阶段人类堕落的各种花样；他们坚守着简单的民主方式，不虚伪、不做作、不妒忌、不玩世不恭、不趋炎附势。这个短暂的激荡时代对批评家造成了三四个不利因素——但这些很容易被与这时代相关的人忽视。这个时代在思想上带有地方主义的烙印；它只有开始而没有结果，只有早上而没有中午；除了一个人外，它再没有产生伟大的天才。这个时代产生了很多作品，但是（霍桑总被放在一边，他被看作同代人，却不是参与者）只有一个作家吸引了世人的兴趣。这种情形被可敬而高雅的爱默生形象地概括

> 并美化。他充分表达了那个时代的含义，并且无疑还远远不仅
> 如此，他是那个时代的天才，他就是超验主义的化身。非常顺应
> 当时当地的情境，爱默生表示，最重要的是要尊重个人的价值观
> 念，有责任实现个人的最大潜力，依循个人的灵感生活，表现出
> 个人的特性。他用美妙的反讽指责那些机构无耻的花言巧语，
> 它们宣称自己享有真理，还按照一定的比例和份额根据付费来
> 发放真理。爱默生讲生命的美丽和高贵，讲每个人来到这个世
> 上都属于整体，对于整体既有兴趣又利益相关。他说“在今天来
> 说，明确的义务就是不撒谎”，还有其他许多更容易用可笑方式
> 来呈现的话语。他坚持真诚、独立、直觉、顺性而为，不必为了更
> 舒服而去遵从和妥协。他劝人们等待使命的召唤，找到自己真
> 正相信应该去做的事，而不应被世俗的观点所左右。“如果几年 5
> 也没有等到召唤，几十年也没有等到召唤，那么我知道天地万物
> 之所需即是以我的节制来表明信仰……如果我不能做什么，至
> 少我不需要说谎。”对于（因为缺乏其他消遣和享乐）内省几乎成
> 了一种社会资源的社会来说，崇尚自我、崇尚个人的创新，以及尊
> 重自己的个性和独特性的理念，对当时的人一定有很大的魅力。

“可敬而高雅的爱默生”用耶鲁大学校长吉亚马蒂的话来说，“就像带刺的铁丝网一样可爱”。凡是读过那部伟大严肃而又最具美国特色的著作《生活的准则》的人，应该了解。詹姆斯笔下的爱默生，在此被小说家描写成了一个小地方的相当有魅力的人，还曾令老亨利·詹姆斯发出更具真正批评价值的评判：“啊，你这无法把握的

人！”① 从一个迥异的方面来看，霍桑也是个无法把握的人，他是个有意识而且敏感的艺术家，比起小亨利·詹姆斯毫不逊色。《红字》在詹姆斯的《论霍桑》中被恰如其分地称为霍桑的杰作，但是接下来又被批评“缺乏现实性，滥用想象的因素——某种肤浅的象征主义”。若不是霍桑式的表现方法成功开启的道路引向詹姆斯式的现实，以詹姆斯这样高修养的读者，应当不会评论霍桑“缺乏现实性”吧。

二

霍桑的最高成就不是《红字》和《玉石雕像》，它们虽然出类拔萃，却比不上他最优秀的短篇小说，其中最后一篇，奇异的《羽毛冠》，副标题为“一个富有寓意的传说”。它和卡夫卡的短篇小说《乡村医生》或《猎人格拉胡斯》一样离奇，小说笼罩着霍桑发表告别演说的黑色气氛，是他在对自己的艺术说再见。《羽毛冠》以不同凡响的力量，表现了一种与我们的世界相交的现实秩序，它既不完全和尘世相同，又和尘世相去不远，因此它或许是一篇我们语言中的无与伦比之作。

里格比大妈是个令人敬畏的女巫，她想创造一个“最像真人的稻草人”，因为厌倦了做丑陋怪物，她决心给我们呈现“美好、壮丽的东
6 西”。这女巫可说是雕塑家毕加索的真正前辈，她大胆地选择材料：

> 最重要的东西可能就数那根扫帚柄了，尽管它并不那么显眼，里格比大妈曾多次在半夜里骑着它在空中遨游，现在它成了稻草人身上的脊椎骨，或用俗话来说，成了“后脊梁骨”。他的一

① 原文为：“Oh, you man without a handle! ”

条胳膊取材于一个坏了的连枷,那曾是古德曼·里格比老爹生前用的,他受不了夫人的唠叨而离开了这多灾多难的世界。稻草人的另一条胳膊,如果我没记错的话,是用搅拌布丁的棍子和一把坏椅子的横档做成的,在肘部松松垮垮地绑在一起。说到他的腿,右腿是锄把子做成的,左腿呢,就是从柴禾堆里随便捡出来的一根棍子。它的肺、肠子,还有其他内脏什么的就用一袋稻草凑合了。这样,我们做成了稻草人的骨架和躯体。至于它的头,可敬的里格比大妈搞到了一个干枯的南瓜,她在上面挖了两个洞做眼睛,划了一道口子做嘴巴,把青色的瓜蔓放在中间当鼻子。这还真是一副令人起敬的面容呢。

稻草人的华丽装扮令它的设计制造者着迷不已("里格比大妈越看越喜欢"),她决定要仿效造物主耶和华,于是她把自己的烟袋杆插进稻草人的嘴里,对着这个新亚当吹了口气,给他生命。一有了生命,里格比大妈的造物就像弥尔顿的亚当那样被敦促道:"向前进!世界就在你的面前!"霍桑不容我们去怀疑其中包含的自我批评,因为所有的浪漫传奇都受到了生动的嘲讽:

在里格比大妈的命令下,稻草人伸出了胳臂,像是要抓住她伸出来的手。它向前迈了一步,不过,其实说不上是一步,只不过是向前蹭了一点儿,还摇晃了几下,几乎摔倒在地上。这个女巫还能指望怎样呢?说到底它不过是个用两根棍子撑起来的稻草人罢了。但是,这个固执的老巫婆又是横眉瞪眼,又是挥舞拳头,全然不顾实际的情况,硬是把她的意志和能量强加在这个可

> 怜虫身上，这个用烂木头、霉稻草、破布头组合起来的东西，被迫
> 要表现为一个人。结果，这稻草人走进那一缕阳光下。它站在
> 那儿——这个异想天开的可怜虫啊！——只有略微那么一点点
> 7 的人形，很明显，它躯体僵硬、走路摇晃、四肢不协调，是个干巴
> 破烂，一堆毫无用处的东西。它好像意识到自己不配站立似的，
> 随时都可能散架，倒在地上。我是不是该讲真话呢？就在这个
> 稻草人站出来的这一刻，它使我想起那些不冷不热的平庸角色，
> 他们都是由一些杂七杂八、被用了千百次，而且已经根本不再值
> 得一用的材料编成的，但是他们充斥在传奇故事作家（无疑，我
> 也是其中的一个）的小说世界里。

就在里格比大妈故意吓唬她的可怜虫，令他说话的时候，这位批评家却超越了普通的作家，向最伟大的传奇故事家耶和华本人展开了进攻。现在稻草人完全变成了人，他的造物主给他起名叫羽毛冠，并赋予他财富，把他送到这个世界上，去追求尊贵的法官古金的女儿，漂亮的珀丽。不过可怜的羽毛冠必须遵守一条规则，他必须不停地吸他的烟管，否则就会瘫倒散架，变回那堆造他的东西。一切都进行得无比美妙，羽毛冠是社会上成功的典范，对可爱的珀丽的诱惑也快要得手，可是在他照镜子的时候露出了破绽：

> 过了一会儿，羽毛冠停下脚步，摆出气宇轩昂的姿势，似乎要让这个可爱的姑娘欣赏一下他的风采，看她是否还能继续矜持下去。他佩戴的星形勋章、他的锦绣吊扣在那一刻都灿烂夺目得无法形容，他的衣服格外绚丽，他全身光鲜优雅，显出风度

> 合宜的完美巫术。姑娘抬起了头，眼神中带着爱慕又含着羞涩，在同伴的身上流连不已。接着，好像要判断一下自己纯朴的清秀在如此光彩照人的形象旁边会是什么样，她向正好在他们跟前的一面穿衣镜瞥了一眼。这是世上最忠实可靠的镜子，它不会奉承恭维。珀丽刚一看到镜子里映出的影像就尖叫一声，从陌生人的身边退缩了几步，惊愕地看着他，接着便昏倒在地。羽毛冠不禁也看了一下镜子，看，镜子里现出的不是他那绚丽外表
> 的影像，而是巫法被破除后露出的原形，一堆破破烂烂的东西。 8

羽毛冠逃到了妈妈那儿，得知了真相后他极其绝望，痛不欲生，他甩掉烟袋选择了自杀。里格比大妈为他念了墓志铭，奇怪的是，她的语调温柔了许多，或许此番经历让这位造物主变得更富于母性了：

> “可怜的羽毛冠啊！”她唠叨着，“我可以再给他一次机会，让他明天再出去，这些都不难。但是，不行啊！他的感情太脆弱，他的感受太深挚。他的心肠太好，在这空虚无情的世界上混不出什么名堂。好啦，好啦！毕竟我还可以把他当成一个稻草人来用啊。这可是个清白、有用的行当，也适合我的宝贝，如果他的人类兄弟个个都能有像他那样的合适职业的话，那这世道也就会好多啦，至于这烟袋杆子，我比他还需要呐！”

温柔而又古怪，但这也许是霍桑最晦暗的反讽。这个女巫比冷酷的耶和华要仁慈得多，耶和华总是要我们在这个难以生存的世界上继续前进。我们多数人更像羽毛冠，不太像海斯特·白兰。去掉

英雄光环的结局才是霍桑的最终遗产，它在纳撒尼尔·韦斯特和托马斯·品钦的传奇故事中仍然闪烁着光辉。

三

纳撒尼尔·霍桑关于美国式自我的观念是复杂的，无法用一种方式来概括。我觉得我对爱默生式的自我观的复杂性有一些理解，这体现在康科德镇那位圣人的著作中，并在梭罗、惠特曼、狄金森和梅尔维尔那里进一步发展（或背离）。要是没有爱默生，所有这些人都会大不相同。霍桑和爱默生的关系更加难以看清和说透。看似不太可能，但他们两人却经常一起散步，可能散文家是他们大部分随意谈话的主导者。除了妻子莉迪安和女儿埃伦，爱默生并不真正需要什么人，不过他发现，沉默寡言的霍桑是个令人愉快的同伴，尽管作为作家引不起他的什么兴趣。但那个时候，我们国家的这位圣人对小说并不太在意。蒙田的散文、普卢塔克的《道德论丛》、但丁和莎士比亚是爱默生酷爱阅读的。他探寻的是至理名言，不是道德的困惑。对于这位提倡自立的先知来说，对与错泾渭分明，感应着内心的神性、最好的和最古老的自我。霍桑并不太喜欢爱默生，但是不能完全
9 回避。海斯特·白兰就像亨利·詹姆斯的伊莎贝尔·阿切尔，是美国的夏娃，她们都是爱默生式的人物，正如惠特曼和梭罗是爱默生式的美国的亚当一样，他们永远属于清晨的阳光。梅尔维尔虽然曾因自我辩护而在《皮埃尔》和《骗子》中讽刺过爱默生，但是后者却是美国的柏拉图，启发了《白鲸》中诺斯替教[1]的宇宙观，虽然这部作品本

① Gnosticism，也称为灵知派，是一种哲学与宗教的混合体系。

身和爱默生一样是1855年《草叶集》的重要的最初起因。亚哈船长虽然拒绝做美国的亚当，但是他那种普罗米修斯式的精神，对雪白的魔鬼加之于他的灾难性的伤害（创造—毁灭）向命运进行反抗，使他的作品具有了爱默生的代表作——《生活的准则》那种坚毅的崇高感。而霍桑，在美国文艺复兴时期所有的巨人中，和不可避免的爱默生式的自我有着最微妙、最令人惊讶的关系。

《小伙子布朗》（1835）是霍桑早期的作品，是他大约三十岁时刚开始发现自己写作模式时的作品。可怜的布朗并不是个完全自立的人，实际上他是个受社会制约的可怜虫。霍桑既不想做，也不是爱默生式的人物，他为我们呈现的这个年轻的"好人"是个急需得到海斯特·白兰输血，或者得到其他虚构的爱默生门徒精髓的人。霍桑的许多含蓄讽刺之一是：确证强大自我的代价过高，而社会成规又低俗得无可救药，甚至于不值得去付出一点儿代价。霍桑从来没有讽刺爱默生主义，因为他赞成依靠自立反对社会压迫的辩证观，但是他又担心爱默生对唯信仰论的随意方式。不管怎样，霍桑做出了选择：他不会参加爱默生的**希望党**，但是他也不需要那个**记忆党**。于是就像他的很多有能力的读者那样，霍桑爱上了海斯特·白兰，而把那个可怜的布朗送进如同死亡一样的沉寂生活。

> 古德曼·布朗是不是在树林里睡了一觉，仅仅做了一个荒诞的同鬼巫聚会的梦？
>
> 要是你这么想，那就算是吧。但是，唉！这个梦对小伙子古德曼·布朗来说是个噩兆。自从那夜可怕的梦以后，虽说他没有变成一个绝望的人，却变成了一个严厉、忧伤、抑郁而多疑的

> 人。在安息日，当教会众人唱圣歌时，他却听不进去，因为罪恶的颂歌大声冲进了他的耳朵，淹没了所有祝福他的堤坝。牧师在讲坛上布道，带着激情和雄辩的力量，手放在打开的《圣经》上，宣扬我们宗教的神圣真理、圣徒般的生活、光荣的殉难，以及
> 10 未来的幸福或者难以形容的痛苦，而这时候，古德曼·布朗的脸色变得惨白，唯恐教堂的房顶会轰然坍塌，砸向这个亵渎神圣的白发老头和他的听众。他常常在半夜突然惊醒，推开费丝的怀抱。在清晨或者傍晚，当一家人跪下祈祷时，他脸色阴沉，自言自语，严厉地盯着妻子，然后就转身离开。他活得很久，最后成了一具满头白发的尸体，被人抬进坟墓，后面跟着的是费丝，她已是个年迈的女人，后面还有他的儿孙们，真是一大支送葬的队伍啊，邻居来得也真不少。在他的墓碑上，他们没有刻上表达希望的墓志铭，因为他是在忧郁中死去的。

自我诅咒竟然达到如此之地步，这在霍桑的小说里是无以复加了。到底是什么毁灭了布朗呢？是否就是大卫·布朗维奇的文章（在这一卷中重印）分析的那种美国的精神疾病呢？布朗活着的时候就像死了一样，这是美国激进新教的死亡的又一范例，表明约翰·加尔文的改革思想在这片大陆上的失败。乔纳森·爱德华兹甚至不再是个幽灵，而拉尔夫·沃尔多·爱默生仍然活着（除了在南方）。或许爱默生的生命力甚至更强大，因为我们至今仍被右翼爱默生分子所统治，同时左翼爱默生分子也仍以正义的怨恨毁灭着我们的大学，他们发誓，无论以多少人文主义文化为代价，都要去赎罪。在我现在的
11 学生中，看不见小伙子古德曼·布朗，只有几个海斯特·白兰。

汉斯·克里斯蒂安·安徒生

（1805—1875）

安徒生的重要前辈是莎士比亚和沃尔特·司各特爵士。他最好的作品可以说是《仲夏夜之梦》和司各特的《红铁手骑士》中极其优美的《流浪者威利的故事》的复合物，再加上一些歌德、诺瓦利斯和E.T.A.霍夫曼的“普世的浪漫主义”的混合剂。歌德的“自我否定”是安徒生艺术的中心，即真正只崇拜一个神，也就是命运。虽然安徒生的童话故事具有很强的独创性，但是他努力从民间故事中汲取坚韧接受命运的精神。尼采曾经辩论说，为了生活的缘故，要把动机和目的分开。但是在安徒生看来，不需要把动机和目的分开。生活中他失去了太多的东西：他从来没有一个自己的家或经久的爱情，但是他取得了不凡的文学成就。

与沃尔特·惠特曼一样，安徒生真正的性倾向也趋于同性恋。事实上，这两位大师都迷恋自我，虽然安徒生对女人的渴望要比惠特曼表现的大量对异性恋的文学姿态强烈得多。但是惠特曼是个先知诗人，给了人们得救的希望，未必是基督教的。在情感上安徒生自称更多地献身于幼年基督，但他艺术的本质却是异教徒的。和他同时期的丹麦人克尔凯郭尔很早就敏锐地感到了这一点。从21世纪的眼光来看，安徒生和克尔凯郭尔奇特地表现了丹麦文学中美学方面的两个极致。在2005年我们即将纪念安徒生诞辰200周年之际，在这本安徒生批评的引言中，我想清晰地描述那些使安徒生的故事流芳百世的特质。克尔凯郭尔本人曾很好地分析了他自己的写作目的，即是要说明：在表面上是基督教的社会里要成为一个基督徒是多么的不可能。在安徒生的心中，他的写作目的相当不同：在表面上是成
12 人的世界里如何保持童真。

我本人认为，儿童文学与好的，或者与为各个年龄段特别聪慧的儿童所写的伟大作品没有什么区别。J.K. 罗琳和斯蒂芬·金是同样糟糕的作家，他们是我们新的黑暗世纪的银幕——即电脑、电影、电视——的巨头。本人建议，无论什么时代都要劝孩子们反复读安徒生和狄更斯、刘易斯·卡罗尔和詹姆斯·乔伊斯，而不是读罗琳和金。有时候我对公众讲了这个观点后有人就问，读了罗琳和金，再去读安徒生、狄更斯、卡罗尔和乔伊斯不好吗？我的回答是很实际的：我们现在的时间是有限的，你反复读这些书，就没有时间读那些书。如果我们能活几百年，那可能会有充足的时间，但是现实的本质强迫我们要选择。

我刚刚读完这本 22 篇的《安徒生短篇小说集》，是戴安娜·克罗恩·弗兰克与杰弗里·弗兰克从丹麦语翻译的新译本。安徒生把他的回忆录称为《我生活的童话》，其中清楚地表现了 19 世纪早期的丹麦，他从工人阶层脱颖而出经历了怎样的痛苦。他创作生涯的动力是获得名声和荣誉，同时不忘他向上的努力是多么的艰辛。他父亲给他读《一千零一夜》的记忆似乎比他受养育的具体情景要强得多。阅读理解安徒生的传记是个奇特的过程：当我回想我所读过的内容，我得出的印象是，十多岁的安徒生是一个非常直率的人，他前往哥本哈根，在陌生人的好心面前完全崩溃。他一生都保持着这种奇特的

直率：他走遍了欧洲，拜见海涅、维克多·雨果、拉马丁、维尼、门德尔松、舒曼、狄更斯、勃朗宁夫妇，以及其他很多人。他是个名人搜寻者，并渴望自己有朝一日也能成为名人，最终他通过创作童话故事赢得了名声。

在各种体裁上安徒生都是个非常惊人的多产作家：小说、游记、诗歌、舞台剧，但是对我们来说，最重要的，而且永远最重要的，是他独一无二的童话故事。他把那些故事变成了他自己创造的产物，把超自然和普通生活融合在一起。这种方式始终令我惊讶，甚至比霍夫曼、果戈理和克莱斯特的故事还要让我惊讶，特别可怕而又避不开的爱伦·坡除外。

性挫折的困扰在安徒生的故事里无处不在，虽然深藏不露，却可以从他的女巫和冰冷的妖妇、他的双性王子这些形象中看出来。他的童话故事经历了四十多年的想象和修订，甚至到现在也没有得到充分的研究。这里我想对六篇故事作简短的评价和赏析：《海的女儿》
（1837）、《野天鹅》（1838）、《白雪皇后》（1845）、《红鞋》（1845）、《影 13
子》（1847）和《牙痛姑妈》（1872）。

《海的女儿》表面上生动地暗示了一个克己的寓言，然而从我对故事的文学感受来看，这是个可怕的故事，集中表现在可怕的海洋女巫这个形象上：

> 她来到森林中一块黏糊糊的空地上，又大又肥的水蛇在里面翻动着，露出它们难看的淡黄色肚皮。在这块空地中央有一幢用死人的白骨砌成的房子。海的巫婆就坐在这儿，她就像人们让小金丝雀吃糖一样，用她的嘴喂着一只癞蛤蟆。她把那些

奇丑的、肥胖的水蛇叫作她的小鸡，并让它们在她巨大松软的胸口上爬来爬去。

“我知道你是来求什么的，”海的巫婆说，“你太不明智了。你可以得到你想要的，我美丽的公主，但是它将会带给你悲伤。你想要去掉你的鱼尾，生出两根支柱，能够像人一样走路。这样那个王子就会爱上你，你就能得到他，因而也得到一个不死的灵魂。”

说到这儿，巫婆可憎地大笑了一通，癞蛤蟆和水蛇都滚到了地上，在周围爬来爬去。“你来得正是时候，”巫婆说，“明天太阳出来以后，就得再等一年才能帮你了。我可以给你配一帖药，在太阳出来以前，你必须游到陆地，然后坐在海滩上，把这药喝掉。这样你的尾巴就可以分成两半，收缩成人类所谓的‘漂亮的腿’了。可是这会很痛——就好像有一把尖刀切开你的身体。凡是看到你的人都会说你是他们所见到的最美丽的女孩。你还将保持着你那轻盈的步子，任何舞蹈家都不会跳得像你那样轻柔。不过你走的每一步都会使你觉得好像走在尖刀上，好像扎得你鲜血直流。如果你愿意忍受所有这些痛苦，我就帮助你。”

“愿意！”小美人鱼用颤抖的声音说。这时她想起了那个王子，想到她就要获得不死的灵魂。

“可是要记住，”巫婆继续说，“你一旦获得了人的形体，就再也不能变成小美人鱼了。你就再也不能游到水下，回到你姐姐和你爸爸的宫殿里了。而且，假如你不能得到那个王子的爱情，使他因为你而忘记他的父母，一心只想着你，并叫牧师来把你们的手放在一起结成夫妇的话，你就不会得到不死的灵魂。

在他跟别人结婚后的第一天早晨，你的心就会破碎，你就会变成海上的泡沫。”

“我还是愿意。”小美人鱼说。但她的脸变得死一样惨白。

“但是你还得给我酬劳，”巫婆接着说，“而且我所要的也并不少。在海底，你的声音算是最美的了。我肯定你想用这声音去迷住他，可是你得给我这个声音。我要你最好的东西来换我那珍贵的药。你知道，我得把我自己的血放进这药里，好使它尖锐得像一柄双刃剑。”

“可是如果你拿走我的声音，”小美人鱼说，“那么我还有什么呢？”

“你还有美丽的身材呀，”巫婆回答说，“你还有轻盈的步子，还有你那会说话的眼睛呀——有了这些东西，你肯定能迷住一个男人的心。唔，你已经失去了勇气吗？伸出你的小舌头。我把它割下来作为酬劳，然后你就会得到我这剂烈药了。”

这真是太恐怖了，在文学幻想中几乎无可比拟。它有伟大艺术的庄重美感，却又令人不寒而栗。安徒生的想象是有力的，但又是残忍的，《海的女儿》的温和结局最不能（令我）信服。故事的结尾应该是美人鱼从船上跃入大海，她感到身体融化成了泡沫。安徒生不能忍受这种虚无缥缈的牺牲，所以他让他的主人公从泡沫中**上升到**天空的女儿们那里去，从而恢复了她的声音。美学的难点不在于感伤而在于升华，这是对性冲动的一种抵御，可以感动少有的圣人，却往往在想象类文学中无能为力。

《海的女儿》没有统一的寓意，谁想在其中找什么道德意义就该枪毙。我用的这话是马克·吐温的精髓，而不是弗兰纳里·奥康纳的模式。我喜欢安徒生对丹麦民间传说《野天鹅》的改编，它的故事发展完全是矛盾的，其中也有一个不能说话的姑娘，美丽的艾丽莎，后来和一个国王再次结婚，那个国王特别愚蠢，在罪恶的大主教的怂恿下，他把艾丽莎当成女巫，几乎把她活活烧死。这怪异的再次结婚倒也并没有显得不合适，因为故事中，艾丽莎的十一个哥哥一到白天就一下子变成了十一只野天鹅：

> “我们弟兄，”最大的哥哥说，“只要太阳还悬在天上，就得
> 15 变成野天鹅。当太阳落下去的时候，我们就恢复了人形。因此我们总得注意，在太阳落下去的时候，要找到一个坚实的立脚处。如果这时还向云层里飞，我们就会变成人坠落到深海里去。我们并不住在这儿，在海的那边有一个跟这边同样美丽的国度。不过去那儿的路程很遥远，我们得飞过这片汪洋大海，而且途中没有任何海岛可以让我们过夜。海中央只有一块礁石冒出水面，它的面积只够我们在上面紧紧地挤在一起休息。当海浪涌起的时候，泡沫就向我们身上打来。”

这幅画面具有流传久远的神话的奇特感，还有令人不安的意味。在我们年轻的时候，我们是否也在白天变成野天鹅，只有在晚上才变回成人，站在深渊中的一块礁石上休息呢？回想半个世纪以前的自己，现在七十四岁的我对安徒生的这个不可思议的延伸比喻产生了一种奇妙的莎士比亚式的感动。

在1845年安徒生已近中年时写的两篇著名故事中，他的想象力

达到了新的力度。《白雪皇后》被安徒生称为七个小故事的故事，或是“心灵的冰之谜”，这个绝妙的词取自并且指的是诺瓦利斯未完成的虚幻小说《亨利希·冯·奥夫特丁根》。其中的坏家伙，即魔鬼自己，制造出一面镜子，后来镜子碎成无数的碎片，这镜子是还原方法的精髓；或者说，一个人或一件事的**真正**样子，就是从最坏的角度看到的样子。安徒生的故事中心是两个孩子：格尔达和加伊，最初他们反抗所有的还原方法。他们很穷，虽然不是亲兄妹，但是彼此就像亲兄妹一样。美丽却冰冷的白雪皇后诱拐了加伊，格尔达去寻找他。一个老巫婆收留了格尔达，她虽然并不恶毒，却有着控制欲。格尔达离开后在广阔的世界上继续寻找加伊。但是我的简述无法再现安徒生叙述中欢快的反讽语调，即使最危险的形象也是以变幻无常的形式匆匆而过，比如会说话的驯鹿、小强盗女孩，她挥舞着刀子，却又愿意做格尔达的朋友，还有北极光和有生命的雪花。当格尔达在白雪皇后的城堡里找到加伊后，她的亲吻温暖着加伊，直到他心中的冰块融化。获救后他们一同返回家园，生活在永远是夏天的幸福中，性意味朦胧不明。①

《白雪皇后》的迷人之处是格尔达持续的机智和勇气，这来自于她的自由天性，或者源于对所有还原方式的拒绝。她无形中成了安徒生的辩护人，为安徒生作为一个讲故事的人的力量、为他不懈的自我努力辩护。也许格尔达是安徒生对那个很难说是他的崇拜者的克尔凯郭尔的回答，格尔达可以看成是用来对抗克尔凯郭尔的最怪异的作品：《恐惧的概念》、《致死的疾病》、《恐惧与战栗》、《重复》。这 16
些题目属于白雪皇后的世界，而不是格尔达和安徒生的世界。

① 此处原文为“ambiguously sexual”。

令人惊恐而又著名的故事《红鞋》,总是让我害怕。美丽的红舞鞋让珈伦不停地旋转,她受到了诅咒要永远不停地跳舞,即使双脚被砍掉(经她的同意)也不解决问题。只有死亡才能免除她的罪孽,使她获得解脱。安徒生的故事像黑色的迷雾,暗示了弗洛伊德所说的多重决定论,使珈伦成了格尔达的对立面。

《影子》写于1847年那不勒斯炎热的夏天,也许是安徒生最难以捉摸的名篇。作者和他的影子相互分离,与沙弥索和霍夫曼的故事传统一样,安徒生的影子是恶毒的伊阿古式的人物,返回来找到安徒生,劝说他做游伴,也可以说是做他自己影子的影子。读者开始对这种玄妙的关系感到混乱,这种混乱的感觉越来越强烈,因为又来了一位公主,她把什么都看得一清二楚,可是她让最初的那个影子做她的游伴。安徒生威胁说要暴露身份,但是他被先前的影子所囚禁,而且不久就被处死。这个古怪而又令人痛苦的寓言故事预示着卡夫卡、博尔赫斯和卡尔维诺的到来,但更有趣的是,这个故事让我们感到安徒生与他自己以及与他的艺术的关系中所有的矛盾和问题。

我最喜欢的一篇安徒生的故事是令人恐惧的滑稽故事《牙痛姑妈》,这篇故事写完后不到三年他就去世了。他可能想让这篇故事传达他的理念,或者是他最后决定要说的话,是安徒生自己用第一人称说的话。安徒生是一个用讲笑话来刺痛人的发明者,他继承了莎士比亚,预示了菲利普·罗斯。在安徒生的故事中没有一个人比牙痛姑妈还要咄咄逼人:

> 地板上放着一个人形,又瘦又长,很像小孩子在石板上画出的那种东西。它应该看上去像一个人:一条瘦长的线代表身体,

> 另外两条线表示两条手臂，每条腿也是用一条线表示，头是多角形的。
>
> 这形状很快就变得更清楚了。它穿着一条长裙——很瘦，很秀气——这说明这个人是个女性。
>
> 我听到一种嘘嘘声。这是她呢，还是窗缝中嗡嗡响的马蝇呢？
>
> 不，这是她自己——牙痛姑妈——发出来的！她这位可怕的魔王皇后，愿上帝保佑，请她不要来拜访我们吧！
>
> “在这儿住很好啊！”她嗡嗡地说，“这儿是一个很好的地 17
> 方——潮湿而松软的土地，蚊子长着有毒的针，曾在这儿嗡嗡地叫。现在我也有这针了。这种针需要在人的牙齿上来磨快。躺在床上睡着的这个人的牙齿白得发亮。它们既不怕甜，也不怕酸；不怕热，也不怕冷；不怕硬果壳，也不怕梅子核。但是我要摇动它们，晃动它们，给它们灌进一阵风，叫它们从根里凉个透。”

就像这可怕的女人说的那样：“大诗人的牙应该大痛，小诗人的牙应该小痛。”故事中有一点让人迷茫：我们无法知道牙痛姑妈和可爱的米莉姑妈（她曾经鼓励安徒生的诗歌创作）是同一个人还是两个人。故事的倒数第二句话是：“所有的东西都会变成垃圾。”

这语调听起来就像《传道书》的传道者①：凡事都是虚空。安徒生是个有远见的小说家，但是他的童话世界是邪恶的。他在美学上的重要性，我毫不怀疑，但是我认为我们仍然没有学会如何来读懂他。

---

① Koheleth 是希伯来语的“传道者”之意。见《圣经·旧约》中《传道书》。

埃德加·爱伦·坡

（1809—1849）

一

批评家，甚至好的批评家，也会因为某些最奇怪的理由而赞赏坡的小说。坡是一个真正的南方人，他极其反感爱默生，显然他（和惠特曼、林肯一样）认为爱默生不是一个基督徒，不是保皇党，也不是古典主义者。自立，这一爱默生式的对原罪的回答，在坡的世界里是不存在的；在那里你一开始就必然要遭受厄运，命中注定是悲惨的。但我认为，坡憎恶爱默生的理由与霍桑和梅尔维尔比较隐晦地怨恨爱默生的理由是一样的，而在目前在世的最卓越的美国作家，罗伯特·佩恩·华伦，以及在我国当今学界许多文学批评家的心中，这些理由同样继续存在。如果你不喜欢爱默生，你可能就会喜欢坡。爱默生是实用主义的创始人；坡却和任何主义都没有一点关系，而这也正是他所想要的。伊沃尔·温特斯指责坡故弄玄虚，但这种真实的指控对坡来说也不会有什么损害，就如指责他缺少品味和辨不出调一样。爱默生，无论好坏，过去是、现在也还是美国的精神，但是坡，过去是、现在还是我们的癔病，是我们受到压制时的怪异的一致性。我这么说当然并非想说坡要比爱默生更深刻或别的什么。爱默生愉快而有意识地甩脱了过去。批评家倾向于接受坡的轻松的历史主义，

他们或许没意识到,他们得到的满足是:坡的每一篇小说,给人感觉
太清楚地,一开始就表明了它的结局。我们不必等到看见玛德琳·厄
舍和那所房屋倒塌在可怜的罗德里克身上,在叙述者到达这个地方
之前就已经倒塌了。爱默生赞美自由,也就是他和梭罗所说的“野
性”。在坡的小说里没有人是自由的或能够狂野,坡的一些学界中的
崇拜者真的喜欢每件事、每个人都受到宇宙和过去的制约。开始就
要自由,像神、像爱默生式的亚当一样,或像杰斐逊一样,但对作家来
说,要自由是让人困惑的,甚至让人发疯的。美国的作家和注释家对 19
坡的半无意识的爱,是因为他那超越弗洛伊德式的对多重决定论的
感觉和感知力,压抑而奇特独创。沃尔特·佩特曾评论说,博物馆令
他感到压抑,因为它们让他怀疑人是否曾经年轻过。在坡的故事里
没有人是年轻的。就像 D.H. 劳伦斯愤怒地看到的,在坡的小说里每
个人都是吸血鬼——尤其是坡自己。

二

坡的故事里,于我上述所说情况近乎例外的,是篇幅最长、最有抱负的《阿瑟·戈登·皮姆的故事》,就像坡最好的诗是长篇散文诗《尤莱卡》。哎,即使对这些作品的评价也有些过高,也许只是因为坡的批评家理所当然地变得过于急切地想看到他得到正名。《皮姆》的可读性很强,而《尤莱卡》却是连篇的重复。奥登非常推崇《尤莱卡》,可是谈论起来却只记得一点,所以有人怀疑他是否读了全诗,至少是英文版的全诗。约翰·T. 欧文以他的《美国的象形文字》表明他是坡最资深的批评家。欧文恰当地以《皮姆》为主,同时论证了《尤莱卡》

作为“美学宇宙观”，对应了我们每个人身上的、弗洛伊德所说的“身体自我”。但是欧文有些过于精明，他并未断言，坡在《尤莱卡》中的表现实现了其非同一般的意图。

> 既是前苏格拉底式又是后牛顿式的诗歌《尤莱卡》，表明了感觉的真实，身体的直觉，即头脑通过对外部自然的思考所发现的各种物质形成统一体，即它们作为各个部分组成了一个整体，如果不是无限的，也是非常巨大的，超出了人类感知的时空界限。于是在《尤莱卡》中，坡向我们展示了“统一”宇宙体的悖论，它没有整体意象——是非逻辑性的、直觉的信念，其“真实性”基于坡的感觉：宇宙和起源神话是内部地理的形式，即在测绘物质宇宙的掩盖下，测绘欲望的宇宙。

欧文写的也许是布莱克，或者是其他那些试图描述所有欲望模式的先知。通过暗示，欧文捕捉到的是坡的令人困惑的预感，也就是弗洛伊德理论中最难懂、介乎心灵和身体之间的“边界概念”，如身体
20 自我、非压抑的内向投射的防卫机制，以及尤其重要的，心理冲动或本能。不仅是坡的《尤莱卡》和《皮姆》，他所有的故事，甚至他的一些诗歌，都和弗洛伊德对身体自我的思考特别相近。弗洛伊德在《自我和本我》（1923）中，使用了 E.T.A. 霍夫曼（和坡）的奇特语言来描述这种复杂的概念：

> 自我首先是身体自我，它不仅是表面的实体，而且本身就是某一外表的投射。如果我们希望找到一个和它相似的对应物，

> 最合适的就是解剖学者制作的“皮质的微型人体”,用脑皮层做的头朝下,它的双脚在上,脸朝后,而正如我们所知,它的言语机能中枢在左侧。

弗洛伊德在1927年审定英译本时补充的一个注释,但在德文版一直没有补上,对上述这段第一句做的说明从某种程度上与坡的《阿瑟·戈登·皮姆的故事》结尾的关键性比喻正好相似:

> 这就是说,自我最终来自于身体的感觉,主要来自于身体表面涌现出的感觉,此外,如我们上述所见,它代表了大脑器官的外表。

坡的相当一部分神秘力量源于他自己纠结的感觉,即自我总是身体的自我。他故事中的人物几乎活出了可以想象到的每一种心理内投和身份证明的幻想,通过在身体上吞噬情感上失落的东西,寻求减轻精神的抑郁症。D.H. 劳伦斯在《经典美国文学研究》(1923)中从道德上强烈批评了坡,谴责他的“要爱的意志和要意识的意志,断言向死亡本身挑战。这是人类在认识上的自负”。富于启发性的是,劳伦斯对坡的攻击和他对弗洛伊德的攻击在精神上十分相似,他认为弗洛伊德的《精神分析和无意识》是设法要我们违背对于乱伦的禁忌。这种解释就像劳伦斯评论说坡要我们相信吸血鬼一样地过分。不过,在劳伦斯强烈反对弗洛伊德和坡的话里,仍然有一些启发性的东西。劳伦斯潜在的含义是,他们暗示幻想的首要地位,并不只是在性生活本身之中,而是在身体自我通过吸纳和认同的行为形成自身的过程中，从而，他们各自把精英个体都置于危险的境地。

《尤莱卡》的宇宙观和《皮姆》的叙事都围绕着相互作用的幻觉
21 展开。《尤莱卡》的副标题是“论物质和精神世界”，而且坡用斜体强调它的“总论”：“**在万物之首最初的统一体中存在着引发万物的第二起因，伴随着不可避免的毁灭的胚胎。**”[①] 弗洛伊德在他的宇宙论《超越唯乐原则》中假定，无机物界先于有机物界，而且趋势是万物要返回其最初的状态。因此，一切生命的目的就是死亡。死亡的冲动，在弗洛伊德后期的二元论中变得至关重要，然而又纯粹是个神话，因为弗洛伊德唯一的根据是那种重复的强迫症，从重复到死亡是一个极大的飞跃。这种对自己的神话的依赖或许引发了弗洛伊德的大胆言论，他在《精神分析新引论》[②] 中承认，冲动的理论，可以说，是他自己的神话，冲动不仅是伟大的构想，而且在其不确定性上特别地崇高。我希望我能够断言，《尤莱卡》具有一些“超越唯乐原则”或甚至超越弗洛伊德的弟子费伦茨的惊人之作《海神塔拉萨：性生殖器理论》的发人深省的力量，但是《尤莱卡》与爱默生的《论自然》相比却很糟糕，后者本身只有几段配得上爱默生后来的论述。然而瓦雷里对《尤莱卡》的称赞在某种程度上有点道理。对于某些知识分子来说，《尤莱卡》表现了神话的作用，类似于坡的故事一直以来对许多读者产生的作用。《尤莱卡》的结构不匀，大量的重复，有时抽象得不知所云，但它像那些故事一样似乎不是出自某一个人笔下。诗中充斥的是共同的梦魇之普遍性。如果说，当我们用自己的语言来对别人重述时，那些故事不会损失多少，甚至还会有所增益，那么，瓦雷里从《尤莱卡》

① 黑体字部分在原文中为斜体。

② *New Introductory Lectures* (1933).

中所看到的，或者最近的批评家如约翰·欧文或丹尼尔·霍夫曼所介绍的，都使它获益。即便是翻译成他自己的语言也总是对坡有益的。

我没有篇幅，也没有欲望来概述《尤莱卡》的内容，而且做概述除了使读者和我自己厌烦之外，没有任何的意义。当然坡从来也没有像他在写作《尤莱卡》时那样的热情和真挚，对此他曾表明：“**我在此提出的是真实的**。”但是以下这段是《尤莱卡》的结尾几句：

> 想一想，个体身份感将逐渐融入到普遍的意识中——比如说，当人感觉不到自己是人，那他将最终到达那令人敬畏的辉煌纪元，看到他的存在犹如耶和华一样。同时谨记于心，一切皆生命——生命——生命中的生命——不太伟大的生命存在于更加伟大的生命之中，所有的生命存在于圣灵之中。 22

对于这一点，坡还加了一条“注释”：

> 当我们进一步思考上文所述过程时，我们将失去个体存在这个想法带来的痛苦就会马上消失，因为这一过程不多不少，刚好就是每一个体智力把所有其他的（即宇宙的）智力吸收到自身中的过程。上帝或许包容一切，而**每一个体**都必须成为上帝。

爱伦·泰特，对他的表亲，坡先生，并非没有理解同情，他评论《尤莱卡》中坡的消亡说：“当坡带着上帝一起走进那并不比宇宙小的坟墓时，有一种可怕而崇高的景象。”如果我们仔细阅读，坡的比喻是“吸收”，而我们是在坡的作品总把我们带入的地方，在内向投射的最终幻想里，那时身体自我和宇宙变得难解难分。再一次，我怀疑这个判断能否对坡产生丝毫的削弱，因为他的长处不是在认知性上，亦非在文体上。坡的神话，就像心理分析的神话一样（我们尚不能忍受说它就是个神话），是对任何现代主义都特别合适的，不管你说是早期的、鼎盛的，或者后现代的现代主义。在这个问题上，最终的判断当然属于现代主义的最权威的理论家 T.W. 阿多诺，属于他最后的书《美学理论》。阿多诺在论及“和解及以模仿适应死亡”时，把犹太人的消极神学观和心理分析的领悟结合在了一起：

> 否定性是艺术的障碍还是真理并不由艺术来决定。艺术作品本身是否定性的，因为它们服从客体化的规律。这就是说，它们把艺术所客体化的东西杀死，使之从直接和真实的生活情境中分离。它们得以生存是因为它们带来死亡。在现代艺术中尤其如此，我们从中看到一种普遍的模仿性的放纵于物化，即死亡原则。艺术中的幻觉是试图逃离这个原则。波特莱尔标志了一个分水岭，在他之后的艺术寻求抛开幻觉，同时又不听凭自身成为物中之一物。现代主义的先驱者们，坡和波德莱尔，是艺术的第一代技术专家。

正如阿多诺所知，波特莱尔不只是个艺术的技术专家，但是坡，除了他的神话创作天赋外，只是这样一个专家。C.S. 刘易斯也许是
23 对的，他坚持认为这种天赋甚至能独立于其他文学天赋而存在。布莱克和弗洛伊德命中注定是神话的创造者，他们在认知和文体上也同样的强有力。坡，虽然他的思想性一般，他的比喻缺乏生气，但他

是一个伟大的幻想家。幻想，从神话的角度看，结合了纳西索斯和普罗米修斯①的两种姿态，二者在意识形态上相互对立，但在形象上却是可以相容的。坡是他的民族的纳西索斯兼普罗米修斯。如果这么说是对的话，那他是不可回避的，即使他的故事和霍桑的对比起来较弱，他的诗歌几乎经不起阅读，他的思考性的文章与他蔑视的北方对手——爱默生的散文相比显得黯然失色。

三

要更细致地解释坡的神话诗学的必然性，我想谈谈他的小说《丽姬娅》和《皮姆》的结尾。丽姬娅，是个高挑、忧郁、纤弱的超验主义者，临死时还在低声抗议着软弱的人类意志，它不能让我们永远地活下去。她那心神恍惚、没有名字的丈夫，即故事的叙述人，努力安慰着自己，先是用鸦片，后来又娶了“特里范宁家族的金发碧眼的罗伊娜为妻”。不幸的是，这位替代者对他没有什么用，所以她很快就病魔缠身地死了。她的尸体动了又动，只是一次又一次地活了又死。最后，她的尸衣松开，叙述者看到未死的丽姬娅，身披着那刚刚消失的继任者的裹尸衣。

作为吸血鬼的意志的寓言，这个结尾还不错。博学的丽姬娅想必是趁她不在之际完成了她意志力方面的训练，或许也只是欠死神一个替代品——那个做不到超验的罗伊娜。从神话诗学来说，更令人印象深刻的是叙述者意志这个模棱两可的问题。坡自己的生活，犹如沃尔特·惠特曼的一样，是美国的神话，我们所有人通常记住的

① 纳西索斯和普罗米修斯是古希腊的两个神话人物，分别暗含“自恋”和“创造”的含义。

是，坡和他的亲侄女弗吉尼亚·克莱门结了婚，那时她还不到十四岁。她过了十年多一点就去世了，而且长期以来她一直处于半合法的婚姻状态。坡自己在不到三年后也随她而去，死时只有四十岁。《丽姬娅》是坡自认写得最好的故事，是在结婚一年多时写成的。后来的弗洛伊德含蓄地推测说没有偶然；我们死是因为我们终将要死，我们的性格也是我们的命运。坡的神话中也是如此，精神气质是魔鬼，而魔鬼是我们的命运。弗吉尼亚去世后那年，坡曾向一个寡妇诗人萨
24 拉·海伦·惠特曼求婚。传记作家告诉我们，那个女人因为一些坡的品行的流言而产生了怀疑，但也许是惠特曼太太已经读了《丽姬娅》！不管怎样，他们没有结婚，坡也没能活下去和另一个寡妇，他童年时代的心爱之人艾尔米拉·罗伊斯特·谢尔顿结婚。也许她也读过《丽姬娅》并记在了心里。

《丽姬娅》的叙事者的记忆力非常不好，不然就是和他自己的意志力有一种奇怪的关系，因为在开始他就告诉我们，他和丽姬娅结婚却一直没有设法了解她姓什么。她家的名字本身就是一个传说，或故事，而这就足够了。正如故事第二段暗示的，这女子是他吸鸦片时梦到的一个形象，有着影子的脚步。这意味着可能根本就没有这样一个女子，或者如果你愿意把你的幻想具体化，就必须把你那个同体的罗伊娜作为献祭。让叙事人感动吃惊的是丽姬娅对他的强烈感情，但它只有通过眼神和声音才能表达，只要这位理想的女子还活着。或许是这种受阻的强烈感情，通过某种矛盾的自恋杀死了丽姬娅，因为她不是被她欲望的意志，而是被她意志的欲望所控制。她的意志要她对那个必然不能胜任的叙事者抱有无限的激情，而当他辜负她时（其中暗示的），她用这意志的激情抵制垂死，最后抵制死亡。她的

可怕的诗,《征服者蝶蛹》,预示了她从死亡复生:“通过轮回还会存在/回到自己原来的地方。”但是当她真的复活时,那地方已大不相同。可怜的罗伊娜病入膏肓,她那个叙事者丈夫变得甚至只对她略微有一点点兴趣,而她的身体完全被复活的丽姬娅盗用。然而那个不幸的叙事者有点不同,抑或只是因为他的自恋最终与第一任妻子的可怕普罗米修斯式的性格失去了平衡。小说结尾没有丽姬娅激昂的最后宣言。她的意志赢得了完全胜利,但是我们知道叙事者的意志没有和丽姬娅的融为一体。他再次不断地被她的眼睛所吸引,这证明她仍然对他具有魔一般的力量,但最后他的话暗示了小说开始就确定的信息:她不会回来太久——她永远是“我失去的爱”。

《皮姆》的结尾已经被约翰·欧文分析得非常出色,所以我只想简略地点一下,那绝对是坡的效果最强烈的结尾:

> 这时我们冲进了大瀑布的怀抱,一道打开的裂缝迎接着我们。但是在我们前边的路上升起了一个裹着尸衣的人形,他身型巨大,超过所有人类中的居民。而且这个人皮肤的颜色像雪一样的白。 25

欧文证实,此时坡用的阿尔卑斯山上的白色幻影是浪漫主义的比喻,也是观察者自我放大后的投影。皮姆走进的裂缝是我们熟悉的浪漫主义的深渊,它不属于自然界的一部分,而属于创世之前的永恒。在那个深渊反射的影像中,皮姆看到了自己裹着尸衣的形象,在自然、洁白的背景中十分完美。假定,这就是最初的身体自我、在堕入创世之前的诺斯替教[①]的自我。就像《尤莱卡》的结尾一样，坡把阿尔法和欧米伽[②]连成了一个启示录式的轮回。我认为我们可以把皮姆的，也是坡的，洁白身影看成是意志在美国的胜利，其虚幻性就像丽姬娅侵用罗伊娜的尸体一样。

通过《皮姆》和《丽姬娅》，坡告诉我们，作为美国人，我们既是我们的追求之主体也是其对象。爱默生在把欧洲人的深渊感美国化的时候，就把自我和深渊作为事实分开了："根据个人的才能，也许有两步、三步或四步，但是对每个审视的灵魂来说，有两个引人注意的事实——我和**深渊**。"坡寻求避免使用爱默生的方式，最终发现一个事实，其实它不是事实，而是个愿望："我愿是**深渊**。"这种形而上的失落对南方的美国文学传统追随者有吸引力。这种吸引力不能被否定，因为它是个神话，坡用他的生命和他的作品支撑的神话。如果北方的，或者爱默生的神话的高峰体现在沃尔特·惠特曼作为"裹伤者"[③]的美好意象，像一位母亲般的父亲，在内战时期的华盛顿地区的医院里奔忙，那么南方的反神话，在它一开始就是那么的完美，那是坡的披裹着雪白尸衣的幻影进入深渊，灵魂之船即将倾入其中。坡的天才是为否定和对立而生，而爱默生式的美国的肯定力量为坡魔鬼般的意志力的要求给予了动力。

---

① 此处原文是"the Gnostic self before the fall into creation"。诺斯替教相信生命的直觉，认为物质和肉体都是罪恶的，只有领悟神秘的"诺斯"（希腊文gnosis，意为"真知""灵知""直觉"），才能使灵魂得救。

② 在希腊字母表里第一个字母是"A，α"（Alpha），代表开始；最后一个字母是"Ω，ω"（Omega），代表终了。

③ 《裹伤者》（*Wound-Dresser*）是惠特曼的诗歌，发表于1865年，诗中以一个老兵的口吻讲述内战期间在华盛顿的战地医院的所见所闻，讲述了诗人的痛苦。

四

要说坡作为批评家的成就并非虚构的话会令人宽慰，但是那个极好的、新的、几乎是完整的版本，包括了他的散文、评论和札记，却证实并非如此。这说明坡的确是阿多诺所说的“艺术的技术专家”。奥登通过对比波德莱尔认同的作家（德拉克罗瓦①、康斯坦汀·盖斯②、瓦格纳）的作品和坡所评论的作品（如《基督的卖花人》、《得克萨斯州史》和《L.M. 戴维森后期诗歌集》），为坡的批评作辩护。奥登得出的结论是，坡还评论过布莱恩特、拜伦、柯勒律治、狄更斯、霍桑、华盛顿·欧文、朗费罗、雪莱和丁尼生，数量之多足以展示他真正的批评意识。坡对这些诗人和小说家的批评没什么值得注意的，对于阅读他们根本就没什么帮助。因为其中没有批评的眼光，没有独创 26
的见识，没有准确的或具有启发性的并列对照，或历史的定位。下面这段是坡在《札记》中对丁尼生所做的评论，一般来说比他写的其他评论要好：

> 为什么有些人不知疲惫地试图解释像《夏洛特女郎》这样的幻想之作？……如果作者不是有意给自己提出暗示性的不确定的意义，意在带来某种模糊的，因而也是精神的**效果**的确定性——这，至少是出自于那诗歌天才的无声分析的提示，那天才在其充分发展时，体现了各级知性能力。

---

① Eugène Delacroix (1798—1863)，法国著名画家。

② Constantin Guys (1803—1892)，法国画家，著名的记者。

我认为这是典型的坡的批评，他对《夏洛特女郎》毫无趣味的评论明显就是错误的。没有哪一首别的诗，即使是伟大的文字画家丁尼生所写，在意义和效果上都是有意写得如此明确。在这首或许是最为前拉斐尔派风格的诗中，任何含糊的东西都会被一丝不苟地排除在外，其中的每个细节都会产生一种印象，可以称为客观逼真的梦幻图像。如果我们依次把阿诺德、佩特和王尔德看成19世纪实用批评的三种可能性，我们会发现坡与这三种模式毫不相关：阿诺德把对象看成它真实的样子，佩特把对象看成自己确切感觉的样子，而天才的奥斯卡·王尔德看到的是对象本身确实不是的样子。如果《夏洛特女郎》是个客观对象，那么坡什么也没有看到：这首诗本身的内容，对这首诗感受到的印象，或者最好的，即王尔德感到的、诗中缺少的或被排除掉的东西。坡的描述性术语是“不确定性”和“模糊性”，但是丁尼生的诗却正好与之相反：

> 她离开织机，离开她织的网，
> 她三步两步走出她的闺房，
> 她看见睡莲已经开放，
> 她看见那头盔上羽毛高扬，
> 　　她低头去望卡美洛的方向。
> 那张网飞出窗外随风飘荡，
> 一道裂缝横贯镜子中央，
> “我注定在劫难逃！”她喊道，
> 27 　　这就是夏洛特女郎。

不过，坡作为一个实用批评家，还真的适合他当时的多数题材，比如S.安娜·刘易斯，《大海之子和其他诗歌》（1848）的作者，对她那首抒情诗“被遗弃的人”，坡写道，“这首小诗我们已经读了二十多遍，每次读都会对它愈加赞叹。**它有说不出的美**”（坡加的强调）。我只引用六节中的第一节：

人们曾说——所有死去的人
　　都会得到一份眼泪；
有些刺痛、流血的心
　　对着每具棺木感喟；
但在那痛苦和恐惧的时刻
　　谁能靠近来面对
我那卑微的卧榻并流下这
　　一滴永别的眼泪？

可是，瓦雷里告诉我们，坡还是个理论家。坡的敏锐的自我意识，被瓦雷里极大地误读为开创与发展了强烈的怀疑思想。假定，坡的三篇著名文论是“写作哲学”、“诗的基本原理”和“诗的原则”。刚刚读完这几篇文章，我不能理解瓦雷里在写给马拉美的信中对坡的理论的称赞，“那么深刻、那么暗藏的博学”。当然，我们正是因为那些品质而看重瓦雷里的理论，所以我又回到我在开始说的，法国人眼中神秘的坡。瓦雷里也许可以说是同时用了佩特和王尔德的批评模式去读坡。他清楚地看到他对坡的印象，而且还看到坡的文章里缺少的东西。真是可敬啊，所以瓦雷里把批评的神话——那个法国人的坡，带到了顶峰。

五

谁的头摇摆着要摆脱那肿胀的吊带？
谁的尸体沿着腐蚀的轨道冒烟，
从后面远处闷燃的一团中跃然喷出
在大脑里的沟壑与岔路中——
从遥远后方撕裂的残肢中喷着气，
在大脑分区之间交织的裂缝……？

哈特·克莱恩在他的长诗《桥》中的“隧道”部分看到了坡，他
28 告诉我们为什么带有神秘诗学的坡对于美国文学的神话而言是避不开的。坡的噩梦中投射和内射机制使人联想到好似新的地下世界的纽约地铁，在那里，柯勒律治的“浪漫主义的深壑”已经内化成“大脑里的沟壑”。坡作为诗人和批评家，无论他有什么错误，无论在他的故事中风格与思想之间存在着什么差距，对于我们和世界各地的人来说，坡都位于美国经典的中心。霍桑隐晦地、梅尔维尔明确地，对爱默生的民族希望做出了更多的批评，但是他们对爱默生以及他的美国自立论的实用主义绝不是完全否定的。坡对于次要一些的超验主义者的抨击毫不留情，比如对布朗森·奥尔科特和威廉·艾勒里·钱宁，但是他对爱默生的明确排斥却仅限于一个不正确的评论，认为爱默生和托马斯·卡莱尔无甚区别。如果有机会坡能读一读卡

莱尔那篇疯狂而令人惊奇的小册子《黑人的问题》，肯定会感到崇敬。从神话的角度来看，坡是必要的，因为他所有的作品是为否定性唱赞歌。爱默生是一个认为文学就像生活的伟大理论家，是个非常好的实用批评家（当他想这么做的时候，但不经常），他也是一个很好的诗人（有时），但他永远是个重要的格言家和散文作家。坡，一行又一行，或一句又一句地比起来，几乎谈不上是爱默生的对手。但是以法国人的方式来看，坡就像 T.S. 艾略特所称赞的，"我们看到了一团独特的形状和印象深刻的规模，令我们的目光时时流连"。从神话诗学方面来说，艾略特也许是对的。 29

尼古拉·果戈理

（1809—1852）

陀思妥耶夫斯基有一句名言："我们都是从果戈理的《外套》中走出来的。"《外套》讲的是一个倒霉的抄写员的故事，他的新外套被人偷走，他按理找领导求助，可得到的却是轻蔑，结果这个可怜的人死了，之后他的魂灵仍然徒劳地寻找正义。这是一个好故事，但还不是果戈理最好的，他最好的可能是《旧式地主》，或者是荒诞的《鼻子》。后者开始讲的是，一个理发师吃早饭的时候，在他妻子刚烤好的面包里发现了一个顾客的鼻子。果戈理的精髓，在纳博科夫的许多作品中隐约延续，在意大利小说家托马索·兰多尔菲的成功之作《果戈理的妻子》中达到了顶峰，也许这是我读过的最可笑而又最令人丧气的故事了。

叙述者是果戈理的朋友和传记作者，他"不太情愿地"给我们讲述了果戈理妻子的故事。现实中的果戈理是个虔诚的信徒，他从来没有结婚，大概在四十三岁时，烧毁了他未发表的手稿之后有意禁食，饥饿而死。但是在死之前，兰多尔菲笔下的果戈理（可能像卡夫卡或博尔赫斯创造的人物）和一个橡皮气球结了婚，一个美妙的充气人，可以随着丈夫的意愿变换形态和大小。果戈理非常爱他的妻子的种种样子，享受着和她一起的性关系，并给她起名叫加拉加斯，这名字是根据委内瑞拉首都而起的，但是其原因只有发疯的作家才晓得。

结婚后的几年，一切都还安好，直到果戈理得了梅毒，他把这一切不公平地怪罪到加拉加斯的身上。在随后的几年里，果戈理对沉默的妻子越发感到爱恨交加。他指责加拉加斯自慰，甚至不忠，所以她变得充满怨恨，又极度的小心。最后，被激怒的果戈理（有意）不断地往加拉加斯身上打气，直到她爆炸，碎片在空中散落。这位伟大的 30
作家把果戈理夫人的碎片收集起来，扔在壁炉中烧毁，和他未发表的手稿分享同样的命运。在这火中烧毁的，还有果戈理扔进去的一个橡皮娃娃，加拉加斯的儿子。在这最后的灾难之后，传记作家为果戈理的虐妻罪名做了辩护，并且向这位作家的高度才能表示敬意和怀念。

阅读兰多尔菲的《果戈理的妻子》时，最佳的前言（或后记）就是读果戈理的一些小说，在这个基础上，我们就不会怀疑不幸的加拉加斯的真实性。她与果戈理能为自己发明的（或者创造的）梦中情人一样可能。与之相比，兰多尔菲不可能会写出类似的故事，称之为《莫泊桑的妻子》，更不用说《屠格涅夫的妻子》。必须是果戈理，只能是果戈理，而我很少怀疑兰多尔菲的故事，特别是每当刚刚再次读过之后。加拉加斯的现实性是博尔赫斯在表现他的特隆[①]时没有寻求，也没有成功达到的。作为果戈理的唯一可能的新娘，在我看来，她就好像是对弗兰克·奥康纳坚持的主张的最大戏讽，他认为现代短篇小说中的孤独的喊叫声出自于被淹没的人们[②]。还有谁会比果戈理的妻子被淹没得更深呢？ 31

① 指博尔赫斯的短篇小说《特隆，乌克巴尔，奥尔比斯·忒蒂乌斯》（“Tlön, Uqbar, Orbis Tertius”）。

② “Submerged Population”，出自奥康纳对小人物的概括，比如果戈理的《外套》中的主人公，是受欺辱的、被挤压到社会底层的人物。

伊凡·屠格涅夫

（1818—1883）

《猎人笔记》中我最喜爱的故事是“白净草原”和“美人米也恰的卡西扬”，可是我已经在《如何读，为什么读》（2000）中谈论过这两篇小说，所以在这儿我就谈谈《笔记》中的最后一篇“森林与原野”吧。

屠格涅夫，还有契诃夫，他们创造了一种流行的现代短篇小说的模式，这种模式后来受到被称为卡夫卡—博尔赫斯传统的虚幻文学的挑战。屠格涅夫的《笔记》的美学魅力依赖于作者对自然之美的敬畏；这个猎人追寻的目标与其说是猎物，不如说是风景。

“森林与原野”一开始就强调了猎人孤独的快乐：

> 等你走了有两里左右的时候，天边开始泛红；桦树林中寒鸦已经惊醒，笨拙地在树枝中飞来飞去；麻雀在昏暗的麦垛周围叽叽喳喳地叫着。空气变得更晴朗，路也看得更清楚，天亮了，云朵变得更白，田野变得更绿。茅舍中的灯发出红色的火光，从门外可以听见睡意蒙眬的说话声。这时朝霞燃烧起来，天空闪现出一道道金色的彩云，峡谷里雾气缭绕；云雀在高声地歌唱，一阵黎明前的风吹了过来，红彤彤的太阳从天际冉冉升起。阳光一泻万里洒向世界，你的心像鸟儿一样在心中扑腾。一切都是那样的新鲜，欣喜而可爱！远处的景色一览无余。这里的树

> 林后面隐约可见有一座村庄。那儿，再远一点的那个村庄里有
> 一座白色的教堂，还有，那山上有一片白桦林。它的后面是你正 32
> 要去的沼地……快点跑啊，马儿啊！大步往前跑！……还有不到两里路了。太阳升起来得很快，天气很好……今天会是个好天。你看见一群牛从村子里走了过来。你再登上山顶……多么美的景致啊！这河水蜿蜒伸展有七里多呢，水雾中隐约可以看到微弱的蓝光。河的那边是一片茂盛碧绿的大草地，再过去，是一片低矮的山丘。远处有几只凤头麦鸡在沼泽的上空飞翔鸣叫。阳光透过隐约可见的湿润空气，把远处的景色清晰地显现出来……没有夏天的雾霭，呼吸多畅快啊，四肢的活动多轻松啊，人在这春天般的清新气息中觉得多健壮啊！

从这字里行间到海明威的尼克·亚当斯的故事，明显有一脉相承，这就是享受孤独的自由，海明威所说的“按你自己的方式生活”。在森林中最终是你和你的狗在一起，而且你看到了一幅完整的景象：

> 你在森林边走着，眼睛不时地看看你的狗，但是此时心爱人的形象涌入你的心头，心爱人儿的面庞，活着的和故去的，沉睡了好久的印象不知怎的都苏醒了。想象力像空中的鸟儿一样翱翔，一切都复活了起来，清晰地出现在眼前。你的心有时会突然颤抖，有时会怦怦直跳，有时会动情地向前冲去，有时又一下子沉浸在回忆中。全部的生活就像一幅画卷自然而又迅速地展开；一个人此时拥有了他的整个过去，整个过去的感情，他的所有力量和整个心灵。他周围的任何东西都不能搅扰他——无论是太

> 阳，是风，还是声音……

这幅情景，尽管个别看是完整的，但还是知道自己的局限性。你所拥有的是在树林中的自由，不是草原上那种令你惊愕的壮美感。

> 再向前走，再向前走！前边就是那大片的草原。你从山上远望——多么美的景色啊！一座座低矮的圆形山丘，如同犁过的波浪，之间的沟壑中长满了灌木，与山丘相互交织。这里那里散落着片片树林，就像是长条的岛屿。一条条狭窄的小径从一个村庄通向另一个村庄，教堂白得耀眼。柳树丛中一条小河隐
> 33 约闪现，这条河流在四个堤坝处受到拦阻。远处的田野里野鹤成行，兀立踱步。一个地主的古老庄园连同它外边的建筑、果园和打谷场，惬意地建在小池塘边。但是您继续前行，向前走，再向前走。山丘变得越来越小，几乎看不到树木。最后，啊！到了——那无边无际，一望无涯，广阔的大草原！

《笔记》有意集中讲述一望有涯的景物。面对大草原，你需要成为托尔斯泰，你自己升华到自然之中，如同你可能见到的景物一样强壮。在非凡而细腻的笔触控制下，屠格涅夫巧妙地暗示出他自己的局限性，向我们再次表明为什么他的《笔记》是这样一部抑扬顿挫的
34 杰作。

赫尔曼·梅尔维尔
（1819—1901）

一

莎士比亚，这位最重要的作家，对梅尔维尔的艺术，他的《白鲸》和他的短篇小说，有很深的影响。亚哈船长[①]以麦克白的模式大声地诉说，克莱加特[②]明显是伊阿古[③]的翻版。甚至《缮写员巴特比》，表面上较多地受益于查尔斯·狄更斯，实际上借鉴了莎士比亚的省略法，即对剪裁艺术的把控。梅尔维尔小说中最至关重要的从不说出来；大量的悲伤感情只是暗示，并没有表达出来。巴特比和叙事人之间几乎没说什么话，然而他们之间深不可测的东西值得探讨。当叙述者轻声说，死了的巴特比"在跟国王和大臣们一起"睡觉时，我们对约伯式的美学上的高贵，同时又完全是莎士比亚式的再现[④]感到吃惊，然而在深思后那种吃惊随即消失。尤里乌斯·恺撒和勃鲁图斯[⑤]，行刺一幕之前两人的交谈应该是个关键时刻，但却只是就什么时辰了一问一答，分享一刻平常的时光。埃德蒙和李尔王，除了在过道见面

① Captain Ahab，是《白鲸》中为了复仇而追杀白鲸的人物。

② Claggart，是小说《比利·巴德》（1924）中的反面形象。

③ Iago，莎士比亚的《奥赛罗》中的恶人。

④ 参见布鲁姆《威廉·莎士比亚》（2007）中论述李尔王受难的论述，曾提到《圣经·约伯记》中的"约伯的高贵"。

⑤ Brutus（公元前85—前42），罗马政治家，刺杀恺撒者之一。

打个招呼，从来没有说过话。安东尼和克莉奥佩特拉从来没有单独相处过。在刚登基的亨利五世拒绝福斯塔夫的那痛苦一幕，获得解放的君王不允许那个聪明人说一句话。这种省略模式，无处不见而又常常未被认识的莎士比亚式技巧，提示了梅尔维尔在《缮写员巴特比》中的缄默。

《迷幻群岛》[1] 表面上是斯宾塞和班扬式的，但暗中更多反映的是《暴风雨》[2] 的影响。在“第七章”中，克里奥犬王是对普洛斯彼罗[3] 的大胆戏仿，他统治的魔法小岛，靠的不是爱丽儿和一帮精灵，而是一群凶狗。“第九章”进一步延伸了戏仿，可怕的奥波勒斯公开认同于卡列班[4]：“这是我的岛，因为西考拉克斯是我的娘。”可是奥波勒斯不只是卡列班，还是雅典的泰门[5]，《迷幻群岛》让梅尔维尔达到的效果，如同莎士
35 比亚在《雅典的泰门》这最令人不快的悲剧中产生的效果是一样的。

《班尼托·西兰诺》在我看来是梅尔维尔短篇小说的杰作，一本异乎寻常而又难以琢磨的故事，其中的德拉诺船长和班尼托·西兰诺的谈话来往相岔，超越了他们危险的情境，当时德拉诺并不知道西兰诺还有他的船被反叛的奴隶们占领。即使营救胜利，这位美国船长和西班牙船长还是处于不同的世界：

> “可是现在温和的海风吹着你的脸。你不觉得这风像人

---

① *The Encantadas* (1854)，是梅尔维尔的中篇小说，由十个章节构成，后收入《广场故事》(1856)。

② *The Tempest*，是莎士比亚的最后一部剧作。

③ Prospero，是《暴风雨》中的米兰公爵，被其弟篡位后逃到一个荒岛，靠他的魔术最终复仇。他的仆人爱丽儿是一个空气精灵。

④ Caliban，《暴风雨》中半人半兽形怪物，由女巫西考拉克斯所生。

⑤ Timon，莎士比亚悲剧《雅典的泰门》中的雅典贵族，由于乐善好施，许多人乘机前来骗取钱财，后来导致其倾家荡产，朋友们纷纷弃他而去，他最后愤世嫉俗，在绝望中孤独地死去。

一样是来医治你的伤痛吗？这海风是热心的朋友，是坚定的朋友啊。”

“可它们的坚定是要把我吹向坟墓，先生。”这回答预示着不祥的征兆。

“你已经得救了，”德拉诺船长喊道，他感到越来越吃惊，越来越痛苦，“你已经得救了。是什么给了你这样一种阴影？”

“那黑人。”

普洛斯彼罗告诉我们回到米兰后，他三分之一想的将是他的坟墓，即使强大的魔法让他胜券在握。给普洛斯彼罗造成死亡阴影的不是卡列班，而是他失去了的曾经享有的圣人炼金术职业。班尼托·西兰诺感到的阴影不仅是巴伯[①]，在那具有象征意义地被他称为“那黑人”的阴影下，他海上船长的职业已经不再。西兰诺的反思和内向性格与德拉诺的强壮外向对立，这是莎士比亚式的对立。在内心的自我成长中西兰诺现在不知所措，这是创作中最突出的莎士比亚式的例子。

亚当式的比利·巴德不是莎士比亚式的人物，在他面对伊阿古式的克莱加特时，愈发突出了他的无助。克莱加特的“偏执”明显来自伊阿古式的要毁灭奥赛罗的欲望。柯勒律治对伊阿古的概括：“无动机的恶意”对克莱加特来说是再合适不过了。如果我们没有经历过伊阿古这样的人，我们很难接受克莱加特。莎士比亚的伊阿古对梅尔维尔的克莱加特产生的效果不只是影响的问题，“感染”要比“影响”更恰当。克莱加特的“生来堕落”是从伊阿古到梅尔维尔的邪恶

① Babo，是《班尼托·西兰诺》中占取西兰诺的船，杀害西兰诺的船员的黑人奴隶的头子。

天赋的神秘传输。

二

梅尔维尔的《广场故事》发表于1856年，在《白鲸》发表五年之后。六篇故事中的两篇——《缮写员巴特比》和《班尼托·西兰
36 诺》——通常无疑被看成是梅尔维尔最有力的作品，还有《白鲸》和（相对弱一些）《骗子》、《水手比利·巴德》。其他两篇故事《迷幻群岛》和《钟塔》在我看来似乎要更好，堪比《白鲸》中的最佳片段。《广场故事》中有两篇相对来说价值不大：《广场》和《卖避雷针的人》。一部中篇小说集中能有四篇堪称杰作，这是非常大的成就，但如果你是梅尔维尔，你会特别的痛苦，你已失去了大部分读者。想当初，早期《泰比》和《奥穆》的成功后，《玛地》反响模糊一些，而《雷德本》赢回了一大部分读者，《白外套》得到了更多的赞誉。《白鲸》在今天与《草叶集》和《哈克贝利·费恩》一起，被看成是堪作我们民族史诗的三部作品之一，但是，《白鲸》和《草叶集》一样，最初都只有一个伟大的读者（霍桑读梅尔维尔，爱默生读惠特曼），而几乎没有得到大众的反应。《白鲸》发表一年之后，梅尔维尔的早期读者被那本糟糕的《皮埃尔》杀死了；尽管有各种现代的挽救企图，《皮埃尔》当然是不可读的——用当今批评界滥用的这个词的传统意义来说。你就是读不下去，除非你不读不行，非需要读它不可。

《广场故事》中最好的小说表现了《皮埃尔》之后为自己写作的梅尔维尔，或许他还为霍桑或几个怪人写作。他靠自己养活妻子、四个孩子、母亲，还有几个姐妹，自1855年后，梅尔维尔基本上靠借债

度日，霍桑和理查德·亨利·达纳虽然做过一番努力，还是没能为《皮埃尔》的作者在领事馆谋得一职。在19世纪50年代末期，几经折磨而又腼腆的梅尔维尔尝试去各地演讲，然而他既不像亨利·沃德·比彻是个讲坛上的重磅人物，又不像拉尔夫·沃尔多·爱默生是个异常雄辩的圣人，他落得一败涂地。不幸的婚姻、母亲的控制、明显的文学上的失败，《广场故事》写自于他最低谷的时期。虽然像卡莱尔和罗斯金一样，埋头阅读詹姆斯国王钦定本的《圣经》，但梅尔维尔也并不比他们更相信《圣经》。然而，正如《白鲸》在《圣经》、斯宾塞、莎士比亚、弥尔顿中找到真正的且无比有力的前辈，《广场故事》亦然。梅尔维尔对《圣经》神学的摒弃，他那种几乎是诺斯替教式的对自然和历史的怀疑，在《广场故事》中，以及他后期所有的小说和诗歌中，找到了有力的表达方式。

三

《钟塔》是一个只有十五页的故事，但它具有如此强烈的震撼力，以至于每一次的重读都会让我感到读的是篇极好的短篇小说。班纳多纳是“一个伟大的机械师，一个不幸的孤儿”，他要争取的是更大的
自由，就像普罗米修斯一样，而不是扩展必然性的王国。他想让他设 37
计的高大的钟塔成为意大利最壮丽的塔，但结果却只是像“一棵石头松树”、“一堆黑木头墩子”。它成为一座新的巴别塔：

> 像巴别塔一样，这座塔的地基始建于人类历史的鼎盛时期。在第二次大洪水之后，黑暗时代的洪水退去，大地复苏新绿。在

如此长时间的大洪水之后，难怪人类会像诺亚的儿子们一样，产生欢乐的希望，带着示拿地[1]的志向高飞。

论决心的坚定，那时的欧洲就没人能超过班纳多纳。和黎凡特[2]的商业往来使得国家富强，他住的那个州的人们提出要在意大利建造最壮丽的钟塔。他的名声使他当上了建筑师。

一块又一块的石头垒了起来，一个月又一个月过去了，这座塔在增高。它越来越高，虽然速度像蜗牛爬，它的自豪却像火炬或是火箭。

当工匠们离开后，这位建筑师，每天完工后，独自站在不断升高的顶层，看到他已经超过高高的围墙和树木。他常常在那儿流连忘返，满怀着更为宏伟的种种计划。圣徒节那天，人们蜂拥而至，爬上粗糙的脚手架，就像水手登上帆桁，蜜蜂缠绕在树枝上，他们不在乎什么石灰和尘土，也不在乎从上面落下来的小石片——他们的敬意大大激发起他的自尊感。

终于，竣工的节日来到了。随着弦乐的声音响起，最后一块石头慢慢地升到天空，随着礼炮的响声，那块石头被班纳多纳亲手放到最后一个位置上。随后他登上那块石头，挺身屹立，独自一人，抱着双臂，望着蓝色的内陆阿尔卑斯山雪白的山顶，还有更白的山顶，更蓝的近海的阿尔卑斯山——这些在平原上无法看到的景象。当他转而去看下面的人群时，他什么也看不见，只听到人们为他发出的震耳欲聋的热烈欢呼声。

人们之所以如此激动，是因为看到建筑师站在那三百英尺

① Shinar，《圣经·创世记》第11章记载，示拿地是人类联合起来兴建通天塔的地方。

② Levant，地中海东岸的一大片地区，在当时泛指东方。

高的云端、没有栏杆的高台,他如此的镇静。这是除了他没人敢做的。但是他曾定期地站在塔上,在塔升高的每个阶段——如此修行产生了最后的结果。

我们从班纳多纳身上看到亚哈船长的身影,不同的是亚哈身
上具有人性的成分,而这位伟大的机械师却缺少一切悲怆。亚哈演 38
的是复仇者的悲剧,而班纳多纳的目的,除了显示他的尊严,没有任何其他动机。他的尊严大概和作家的尊严有关,而那钟塔的唯一痕迹——黑木桩——可能是他的皮埃尔,虽然这种联系可能是梅尔维尔不愿看到的。这个形象的性压抑是明显的,但这对于理解是什么导致班纳多纳必然失败的命运没有多少帮助,因为不管怎样,那表演必然是一幕阉割的仪式。梅尔维尔的普罗米修斯,亚哈和班纳多纳,和上天进行了一场公开的诺斯替的争论。梅尔维尔的叙事,在最有力的时候,绝对知道卡夫卡在他伟大的寓言中用少有的清晰话语所声称的:

> 乌鸦说它一叫就可以毁灭天堂。无疑它说的是对的,但对天堂来说这证明不了什么,因为天堂清楚地表明了乌鸦的不可能性。

在梅尔维尔看来,天堂表明的就是:亚哈和班纳多纳的不可能性。亚哈是个捕鲸人,不是建筑师,但是毁灭大鲸鱼莫比·迪克或者建造钟塔,就是堆砌巴别塔并逃脱处罚。

> 如果有可能建造巴别塔而不登上去，这样做这项工作或许会得到允许。[①]

卡夫卡的格言应该是梅尔维尔小说的合适标题，班纳多纳造塔的部分目的是为了登上去，站在“三百英尺高的云端、没有扶栏的高台”。卡夫卡可能会对班纳多纳说，地下的迷宫可能会更好，当然那也必须是上天允许的，否则上天会认为那是巴别沟：

> 你在建什么？—— 我想挖个地下通道。我必须做一些改进，我那儿的住处太高了。
>
> 我们在挖巴别沟。[②]

班纳多纳与卡夫卡关于那高塔的最伟大的寓言[③]最为接近，那其中谈到一位学者，他认为中国的长城“会是人类历史上真正第一次为新的巴别塔创建稳固的地基。也就是说先筑长城，再建塔”。如果
39 梅尔维尔有知，会觉得“建在长城上的巴别塔”的结束语是对班纳多纳—梅尔维尔做出的最好评注，无论是对他的设计方案，还是对他的命运：

> 在那时人们的头脑中有很多疯狂的计划——这位学者的书只是一个例子——也许只是因为这么多的人想要尽可能集合力量来达成单单一个目标。人性，本质上是易变的，像浮尘一样不

① 卡夫卡，《巴别塔—卡夫卡的布拉格：摘要》。

② 卡夫卡，《巴别沟》。

③ 卡夫卡，《建在长城上的巴别塔》。

足，不能承受压力。如果约束它，它很快就会开始疯狂地撕扯对它的束缚，直到把一切扯得四分五裂，围墙、契约，以至于人性本身。[1]

班纳多纳的坠落始于他铸造那个大钟：

> 那些释放的金属发出猎狗般的吠叫声。工人们吓得缩成一团。在他们的恐惧中，害怕会给这钟造成可怕的致命伤。班纳多纳像沙德拉[2]一样，毫无惧色，他挥起沉重的铸勺，在红红的火光里冲过去，反复击打那个主要的罪犯。被击打的铁块中有一个碎片溅落到沸腾的质料之中，然后一下子就熔化了。

这块溅落的碎片显然是梅尔维尔个人对某种罪恶感的比喻，以他自己痛苦的体验来判断，他自己的成功是有缺憾的，甚至包括《白鲸》也是有缺憾的。更有趣的是，班纳多纳创造了一个机械人[3]，或弗兰肯斯坦式的怪物，它的名字很可爱，叫作哈曼，无疑是呼应《以斯帖记》[4]中的恶人。哈曼想要做个敲钟人，这也就意味着"某种未来人的形象"，或者是巨人奴隶的形象，可以被称为塔罗斯[5]，就像斯宾塞《仙后》中第五章描写的那个相当凶恶的、挥舞着铁链与爱尔兰的暴徒拼斗的铁汉。可是并没有创造出塔罗斯，让班纳多纳这位雄心壮志的艺术家作祭品，哈曼就足够了。

---

① 卡夫卡，《建在长城上的巴别塔》。

② Shadrach，《圣经·旧约》中的人物，见《但以理书》第三章，是一个不惧鬼神坚信上帝的形象。

③ 原文为斜体"*golem*"，指16世纪常说的有生命的假人。

④ Haman，见《圣经》，是公元前5世纪波斯帝国的大臣，劝说国王杀死末底改和全国的犹太人。

⑤ Talus，是《仙后》中的铁汉形象。

> 所以，在这段时期，他忘记了他的创造物，而他的创造物并没有忘记他，而且它忠实于它的制造，忠实于它那小心上好的发条，准时在规定的时间离开它的地方；沿着上好油的线路，毫无声响地滑向它的目标点；然后，对准乌纳[1]的手，敲响“当”的一声，却笨拙地、狠狠地击中挡在前面背对着它的班纳多纳的脑袋，带着铁链的双臂立刻举了起来，上下摇晃。下落的身体阻止了这个东西的回返，所以它站在那儿，仍然威胁着班纳多纳，像是在对他轻声说着死后的恐怖。凿子从手中掉了下来，但是落在了手的旁边；瓶中的油流了出来，流到了铁轨上。

梅尔维尔的哪一部作品摧毁了他自己？如果对比一下这篇故事有意用的艾迪生或约翰逊式的结尾，和哈特·克莱恩的《断塔》中受其启发的著名章节，或许会产生一点启示，因为克莱恩是梅尔维尔的非常好的解读者：

> 所以盲目的奴隶服从了更加盲目的主人，但是，在顺从中，杀了他。所以创造者被他的创造物杀了。所以这个钟对于这个塔来说太沉了。所以那个钟的主要弱点在于人的血给它带来的瑕疵。所以傲慢存在于堕落之前。

> 那些钟，我说，那些钟压倒了塔；

---

① Una，钟上代表1点钟的形象，这里可能用的是斯宾塞的《仙后》中的人物，在诗中，Una代表了真正的教会，也是真理的化身。

我不知它们向哪边摇摆。它们的语言透过骨髓
刻录在内膜上，我久已散落的笔画
断断续续…… 啊，我是他们教堂的司事奴隶！

克莱恩既是班纳多纳，又是哈曼，他复杂的命运甚至比梅尔维尔还要不幸，梅尔维尔当然认为自己代表了班纳多纳。班纳多纳的钟塔也许是皮埃尔，但是更可能是《白鲸》本身，梅尔维尔“久已散落的笔画 / 断断续续”，就像哈特·克莱恩的《桥》。这并不意味着哈曼就是亚哈船长。然而梅尔维尔的“坏书”——正如他给霍桑的一封著名的信中对《白鲸》的称呼——的确可能毁掉了作者一些关乎性命的东西，即使仅仅从他反思过去的意识来看。 41

刘易斯·卡罗尔

（1832—1898）

一

> “这小狗多可爱啊！”爱丽丝说，她靠在一棵金凤花上休息一会儿，用一片叶子给自己扇扇风，“我真想教它几招，要是——要是我像正常那么大小的话！啊，亲爱的！我差点忘了我还得变大才行啊！”

重温《爱丽丝漫游奇境记》、《镜中世界》和《捕猎蛇鲨》，无论是怎样的一个过程，那感觉既不像重读，也不像第一次读。刘易斯·卡罗尔在某种程度上是个莎士比亚式的作家，他的作品对我们来说已经成为经典。我们随便举个例子，比如《爱丽丝漫游奇境记》中极其匪夷所思的第六章“猪与胡椒”，爱丽丝走进一间很大的弥漫着烟雾的厨房，闻到满屋的胡椒气味，她发现了不时打喷嚏的公爵夫人，一边哭叫一边打喷嚏的小婴儿，还有正搅拌着一锅汤的厨娘，和一只咧嘴笑的大柴郡猫。卡罗尔常用的幻觉效应此时达到了高潮（如果可能的话），厨娘开始把她随手拿到的东西（比如火架子、锅子、碟子）向公爵夫人和嚎叫的婴孩砸去，而公爵夫人一边喊着“剁了她的头！”一边还给她的婴孩唱着摇篮曲，她唱到每一句结尾时就有意（用力）地摇：

“对你的小男孩讲话要厉害，
他打喷嚏就要把他揍：
他这么做就是要把你气坏，
因为他觉得这样很逗。”

合唱
（婴儿和厨娘一起唱）：—— 42
“哇！ 哇！ 哇！”

当公爵夫人唱第二段的时候，她使劲把小男孩扔上扔下，可怜的小东西大声嚎叫起来，所以爱丽丝很难听清她唱的是什么词：——

“我对我的小男孩说话很严厉，
他打喷嚏就要把他揍；
因为只要他愿意，就完全可以
拿胡椒的呛味当享受！”

合唱
“哇！ 哇！ 哇！”

“来！ 如果你愿意的话，可以抱他一会儿！”公爵夫人一边对爱丽丝说，一边把小孩儿抛给了她。“我要去和王后玩槌球，得准备一下。”说着她就匆匆走向门外。那个厨娘拿起炒勺向她扔去，但是没有砸中。

卡罗尔认为，模仿者的原则是要选择最好的诗歌作模型，可是这里他选的范例是19世纪中期非常糟糕的儿童诗歌：

> 对小孩儿讲话要温柔！
> 你就会感到它的爱；
> 教小孩子说话要轻柔；
> 它不久就不再是小孩。

显然，这可怕得足够作它自己的戏仿了，但卡罗尔为他自己隐晦的目的而需要它。胡椒粉这个特殊的比喻对应了性爱刺激物，而且小男孩后来变成了一只猪（大概因为卡罗尔不喜欢男孩）。爱丽丝，像卡罗尔一样，觉得他们没什么用：

> 于是她把小东西放下，看见它悠然跑进了树林，感到很轻松。“要是它长大的话，”她自言自语地说，“肯定是个可怕的丑孩子。可我觉得，它做了小猪还相当俊呢。”然后，她开始回想她认识的其他男孩儿，想哪些孩子变成猪会更像样，“如果有谁知道什么方法能把他们变成猪——”她正自言自语时，看见了柴郡
> 43 猫，她吓了一跳，那只猫正坐在几米远的一棵树的树杈上。

柴郡猫是个具有讽刺性的谜，它是卡罗尔许多如此费解的、谜语似的寓言的典型代表。柴郡猫完全不讲礼貌，但一般来说，它和奇境

中的多数居民没有什么不同。在批评界有个共识,即爱丽丝这个孩子比奇境里的任何居民要成熟得多,但柴郡猫所说的也同样有道理:

这只猫看见爱丽丝只是咧嘴笑了笑。她想,看上去它倒是个好脾气,可是它的爪子还是很长,它的牙也很多,所以她觉得应该对它尊敬点儿。

“柴郡猫咪,”她胆怯地说,因为她完全不知道它是不是喜欢这个称呼,还好,它的嘴咧得更开了,“好吧,看来它还高兴。”爱丽丝想,然后她继续说:“请告诉我,我从这儿应该怎么走?”

“那完全得看你想去哪儿啊。”猫说。

“我不大在乎去哪儿——”爱丽丝说。

“那就走哪条路都行。”猫又说。

“——只要能**到个地方**。”爱丽丝解释说。

“哦,那你肯定没问题,”猫说,“只要你走得够长。”

爱丽丝觉得它说得有理,所以试着又问:“这儿住的是什么样的人啊?”

“在那边,”猫挥动着它的右爪子说,“住的是个帽匠。”然后又挥着另一只爪子说:“那边,住的是只三月兔。你想访问谁就访问谁,他们俩都是疯子。”

“我可不想到疯子那儿去。”爱丽丝说。

“哦,这可没办法,”猫说,“我们这儿的都疯了。我疯了,你也疯了。”

“你怎么知道我疯了?”爱丽丝说。

“你肯定是疯了,”猫说,“要不然,你就不会到这儿来了。”

爱丽丝觉得它说的没什么道理，可她还是接着问："你怎么知道你疯了呢？"

"好，先这么说吧，"猫说，"一只狗没有疯，你同意吗？"

"可以这么说吧。"爱丽丝说。

"那好，"猫接着说，"你看，狗生气的时候就吼叫，高兴的时
44 候就摇尾巴。可是**我**呢，我高兴的时候吼叫，生气的时候摇尾巴，
所以我疯了。"

"我说你这不是吼叫，我管这叫喵呜。"爱丽丝说。

爱丽丝是因为来到奇境才疯的吗？柴郡猫再次出现的时候，它表演了一段著名的时隐时现的把戏，在它最后一次身体完全消失之后，它的笑脸还停留了好久。这个本体性的笑脸是柴郡猫发疯的标记，也是下一章"发疯的茶会"的前奏曲，而且是接下来的"爱丽丝"故事系列的象征标记，因为这些故事可以相当准确地描述为一个发疯的茶会，而不是无意义的茶会。莱昂内尔·特里林曾经说过："无意义的世界一词是19世纪的英语，是刘易斯·卡罗尔和爱德华·里尔的奇特发明。"他承认，如果从批评的角度来看，无意义对他来说是无法说清的东西："艺术的神秘性之一，可能是解释不清的东西，就像悲剧为什么会带给人快乐，无意义为什么会博得如此神魂颠倒的吸引力，而且为什么在运用成功时，它会变得更加有意义。"

另一位和特里林一样出色的批评家，威廉·燕卜荪，从爱丽丝独特的姿态找到了对发疯的防御，从而试图找到谜题的答案：

发疯的帽匠讲话无礼的技巧多半是从哈姆雷特那儿学来

的。这个基调和精神错乱有直接关系，我觉得，正是这个基调如此清晰地表明这些书并非无关紧要，而且爱丽丝接受这群疯子时的冷静勇气，也给了它们力量。

（“孩子像情郎”，《田园诗选》）

在我来看，卡罗尔并没有把无意义变得“更加有意义”，爱丽丝那种毫无怀疑的勇气也并不特别冷静。卡罗尔和崇高的爱德华·里尔不一样，读卡罗尔我不觉得他是个说胡话的作家。讲谜语并不是无意义，而且像谜语一样的寓言不是把激发人的勇气作为其主要的优点。卡罗尔是维多利亚时期的浪漫主义作家，就像他的同代人一样，像前拉斐尔派诗人一样，但是他对幻觉变化的使用和他们完全不同，他对浪漫主义鼎盛时期的追求所做的批驳或者修正，是完全成功的。克里斯蒂娜·罗塞蒂的《魔鬼市场》比起卡罗尔，倒和爱德华·里尔有更多的相似之处。而斯温伯恩和卡罗尔相比，更是一位灵巧的戏仿诗文作家。

卡罗尔的戏仿诗歌，有的时候虽然非常好，但是没有超过他所戏仿的声音，他没有抛开自己作为文学后生的包袱。但是“爱丽丝”的系列故事和《捕猎蛇鲨》的独创性却令人信服，而前拉斐尔派的作家 45
们有时只是不自觉地模仿济慈、雪莱、丁尼生和勃朗宁。浪漫主义的性爱追求，在雪莱的《生命的胜利》中的“地狱”篇里就已经结束，后来被前拉斐尔派诗人炼狱般的受虐狂所替代。但丁·加百列·罗塞蒂、斯温伯恩，还有跟随他们的批评家佩特，一度用身体来代替或比喻时间，并接受他们的意志对时间的复仇加之于他们身体上的暴力。

卡罗尔把自己等同于那个七岁的爱丽丝，从而回避了施虐受虐狂和浪漫主义的性爱追求问题。奇境只有一个现实原则[①]，那就是时间已经被扼杀了。不需要有什么来代替时间，即便是只有发疯才能扼杀时间。爱丽丝只是因为需要才发疯，这或许是她从哈姆雷特那里得到的真正遗产。只要她能回到奇境，她就不会长大，也不会在性的方面变得成熟；只要她需要，她也能随时离开奇境。前拉斐尔派诗人和佩特深深地生活在现实原则的世界中，叔本华和弗洛伊德的世界中。用精神分析来解释卡罗尔的作品之所以总是失败，是因为它们必然会显得简单粗俗，结果令人生厌。爱丽丝这个形象并不肯屈尊让人告知她躲避什么，卡罗尔的书也不是在教人如何升华。这些书中所压抑的是他对文化的不适，包括对华兹华斯——像他那样视野的一位最伟大的前辈。

二

“住嘴！”王后说，她气得脸色发紫。

“我偏不！”爱丽丝说。

“那就剁了她的头！”王后声嘶力竭地喊着。但是没有一个人动手。

“谁怕你啊？”爱丽丝说（这时她已经恢复到原来的身材了），“你们只不过是一副纸牌！”

这里是《爱丽丝漫游奇境记》的转折点，表明爱丽丝从她自己的幻觉效应状况中解脱出来，这之后，她回到了我们的现实社会。在《镜

① 原文为 reality principle。

中世界》中与之相对应的一刻微弱地重复了这段的光彩：

> 瞬时间乱成一片。好几位客人已经倒在盘子里。汤勺正从餐桌上向爱丽丝的座位走来,并且不耐烦地向她挥手,要她让路。
>
> “我再也受不了了!”爱丽丝喊着,一面跳起来,双手抓住了桌布,用力一拉,那些盘子、汤碗、客人、蜡烛全都滚到了一起,在 46
> 地板上堆了一堆。

从“你们只不过是一副纸牌！”到“我再也受不了了!”的变化,很好地再现了读者从《爱丽丝漫游奇境记》到《镜中世界》经历的那种相对的美感减弱的体验。如果从来没有第一本书,我们会觉得第二本书非常独特,这也就从另一方面让人不能不羡慕第一部爱丽丝的故事能够如此回避所有像苦涩那样凡俗的人类情感了。白兔[①]是对卡罗尔本人关于文学上,甚至性爱上的迟到感的非凡戏仿,然而他所传达的是强烈的生命力本质。我们所有的人,到现在也永远没赶上一次非常重要的约会,但这种对迟了、迟了的担心,对于我们当中的许多人来说,是一种焦灼的期待。对卡罗尔来说,在第一次爱丽丝的幻想中,一切都仍然还早,这就为这本书营造了胜利永久的纯粹和灿烂的气氛。

读《镜中世界》我们会不断感到苦涩的滋味,这或许说明了为什么现在看来,这第二本、相对次要一些的书那么怪异地总有一种当代作品的感觉。它的缩影是一首重要的诗“海象和木匠”：

---

① 指把爱丽丝带进奇境的白兔。

“‘哎，等一会儿，’牡蛎们叫道，
　　‘等一会儿我们再聊，
因为我们全是胖子，
　　有的已经喘不过气！’
木匠说：‘不用急。’
　　牡蛎们对他很感激。

海象说：‘来一块面包，
　　这就是我们现在的需要，
另外再来点香醋和胡椒，
　　那就呱呱叫。
要是你们准备好——亲爱的牡蛎，
　　我们就开始吃个饱。’

‘但是别吃我们！’牡蛎们叫道，
　　显得有点儿发青，
‘你们刚才还那么好，
　　现在这么做太无情！’
海象说：‘夜色多么美妙，
47 　　‘你们可喜欢这风景？’

‘你们跟我们来真好！
　　你们的味道也很赞！’

木匠没有说什么，只说：
　　‘给咱再切上一片，
我希望你别装聋——
　　我已经跟你说了两遍！’

‘丢人呵，’海象说，
　　‘对它们使这种坏心眼。
咱们带它们走了这么远，
　　还让它们跑得这么赶！’
木匠没有说什么，只说：
　　‘奶油涂得太厚了点！’

‘我为你们哭泣！’海象说，
　　‘你们真让我觉得可怜。’
他又是抽泣又是流泪，
　　一面把最大个的挑拣，
还举着一块手帕，
　　掩住自己流泪的双眼。

‘噢，牡蛎们，’木匠说，
　　‘你们跑得很愉快啊！
咱们现在回家吧？’
　　但是没有听到回答，
这一点儿也不奇怪，因为——

他们已经把牡蛎吃光啦。”

在卡罗尔为爱丽丝的故事而写的戏剧版本中曾经加了一节，幸而在我们看到的版本中被删掉了。在这节里他批评海象和木匠“狡猾而残忍”，爱丽丝也表示同意这个评判：“它们两个**都**是非常讨厌的角色——”不过绵羊，还有那长得像鸡蛋、爱炫耀的憨墩胖墩也不是好角色，虽然我们不把它们当成其实际上奇特地再现了的本质来接受。卡罗尔的艺术赋予了它们各自独特的性格，令我们最不可思议的是，在卡罗尔这两部书中，只有爱丽丝缺少个性或者感染力。在“海象和木匠”中，那两个贪吃的骗子，彼此性格有鲜明区别。他们都是哭哭啼啼的人，典型的维多利亚鼎盛期那种多愁善感的人。他们生活在一个反自然的午夜世界里，太阳比阴沉的月亮更亮，这就可能表
48 示，这个世界古怪地是自然的——而且太自然——即：饥饿。

可以说，海象和木匠哭得胃口大开，这两个角色中，海象是个演说家，最后他被自己的雄辩大为感动，即使吃得心满意足，仍然不断地哭泣。虽然他比木匠更狡猾，可是他比木匠少些虐待狂。我们对木匠的话“咱们现在回家吧？”会畏缩，但是对海象哭着说的话“我为你们哭泣！你们真让我觉得可怜”，我们则应该更感到畏缩。

憨墩胖墩可能是卡罗尔的最有名的谜、最像莎士比亚式的人物。他还是对许多我们当代文学理论家的预言：“我能解释迄今为止创作的所有诗歌——还有许多没有创作出来的诗歌。”憨墩胖墩对爱丽丝非常粗鲁地说：“你和其他人完全一样。”但是当爱丽丝准确而规范地宣布她的评判，说他真的“不能令人满意”时，他就得到了应得的惩罚。

白方骑士是卡罗尔创造的谜中最让人满意、最迷人可爱的一个，他是《镜中世界》中的人物，他让我们再次生动地看到《爱丽丝漫游奇境记》中那更温柔的精神。在批评传统中，人们认为白方骑士是查尔斯·路德维奇·道奇森[①]的自画像，是刘易斯·卡罗尔的另一个自我、生活在现实原则世界中的卡罗尔。这种说法也许有道理，但更有可能的是，白方骑士是善良、勇敢、宽厚、发疯的堂吉诃德。如果柴郡猫说爱丽丝发疯的话是对的，那么白方骑士的发疯和爱丽丝自己的发疯是一样的。这是戏剧的发疯，是卡罗尔甜蜜的发疯，是对抗更加阴暗的疯狂的发疯。

卡罗尔最好的诗是“白方骑士之歌”，这是对华兹华斯那首伟大的危机之歌“决心和独立”的杰出的、喜爱的模仿。华兹华斯的近乎唯我论，不能倾听收集蚂蝗的老人如何回答诗人痛苦的问题（“你是怎么活下来的，你干的是什么？”），早在卡罗尔 1856 年发表的最初版本中，即他的《镜中世界》发表的十五年前，对此就给予了相当无情的戏仿。在 1856 年创作的“孤独的荒原上”那首诗中，诗人异常粗暴地，甚至非常野蛮地对待那位老人，不仅不听他说话，而且还踢他，掐他，打他的耳光，揪他的头发。但所有这些在这美好的修改版中通过白方骑士唱的歌得到了令人愉快的化解：

> “它虽然长，”骑士说，“但是非常、非常的精彩。所有的人听了我唱的歌，有的流泪，有的就——”
>
> “就怎么样？”爱丽丝问，因为骑士突然不说了。 49
>
> “有的就不流泪，你知道吗，歌的名称叫《鳕鱼的眼睛》。”

① 刘易斯·卡罗尔的原名。

“哦,那是歌的名字吗?”爱丽丝努力显出很感兴趣的样子问道。

“不,你不明白,”骑士有点急躁地说,“那是名字的**叫法**,真正的名字是《很老的老头》。”

“那我其实应该说‘那是这**歌**的叫法’么?”爱丽丝纠正自己说。

“不,不应该,这完全是另一码事儿!这**歌**叫作《方法和手段》。不过也是**叫法**。”

“那么这歌到底**是**什么呢?”爱丽丝这时完全糊涂了。

“我正要告诉你呢。”骑士说,“这歌其实是《坐在大门口》,谱子是我作的。”

说到这里,他勒住了马,让缰绳垂落在马脖子上。然后,一只手慢慢地打着拍子,他那文雅而可笑的脸上,露出淡淡的微笑,好像在欣赏他的歌和音乐,他唱了起来。

爱丽丝自从进入镜中世界以来,遇到了各种各样的奇事,而这是她记得最清楚的一件事了。许多年后,这一幕她回忆起来仍然历历在目,仿佛事情就发生在昨天一样:骑士温柔的蓝眼睛和他那和善的微笑;夕阳洒在他的头发上,照在他的盔甲上,闪闪发亮,让她睁不开眼睛;马儿静静地走来走去,缰绳松垂在马的脖子上,马儿啃食着脚下的青草;远处衬托着树林的黑影。她看到的这一切就像是一幅图画。她把一只手遮在眼睛上,背靠着一棵树,望着这奇特的一对儿,似梦非梦地听着那忧郁的歌声。

“可是那曲调不是他自己创作的,”她自言自语地说,“这是

《我给了你一切，我不能给更多》的曲子。”她站在那儿，仔细地听，但是她没有流泪。

“我要尽可能告诉你所有，
　　没有多少可以说。
我见到一位很老的老头，
　　在大门口坐。
我问，‘老人，你是谁？
　　你是怎么活下来的？’
他的回答像穿过筛子的水，
　　一点一滴流过我的脑子。

他说，‘我经常睁大眼睛，
　　把睡在麦子上的蝴蝶找。
我把它们做成羊肉馅饼，
　　然后到街上卖掉。
我把它们卖给那些船佬，
　　在暴风雨中航行的汉子，
如此我换来面包——
　　你看，小本的生意。’

但是我正在想一种妙计，
　　把人的胡子染成碧绿，
总是用一把大扇子，

　　这样就没人看得出。
所以，对老人说的话，
　　我没有什么答词。
我对他喊，在他头上敲打，
　　‘告诉我，你是怎么活下来的！’

他语调温和，继续讲故事：
　　他说，‘我有我的秘方，
当我发现一条山间小溪，
　　我让它发出闪光。
人们用它做一种东西，
　　就是所谓的罗兰发油。
但是他们只给我两个半便士，
　　算是我劳苦的报酬。’

但我正在想一种法子，
　　用奶糊充当食粮，
天天这样喂给人吃，
　　让人一天天长胖。
我把老人左右摇晃，
　　直到他的脸色发青。
‘你是怎么活下来的，”我叫嚷，
　　你干些什么营生？’

他说,‘我还在明亮的石楠间, 51
　　把鳕鱼的眼睛寻觅。
然后在寂静的夜晚,
　　用它做成背心的扣子。
我不去用它们换金元,
　　或者闪光的银币;
我只换半便士的铜板,
　　一枚可以买我九只。’”

寻找鳕鱼眼睛的老人,虽然被敲打,被摇晃,但他没有受到什么伤害,比起华兹华斯的“蚂蝗搜集者”,他是一个虽然来得晚了一点,但不那么可怕的现实原则代表。和“蚂蝗搜集者”很像,白方骑士诗中衰老的的幸存者,“就像是遥远地方派来的人 / 以适当的告诫,给我人类的力量”。对卡罗尔来说,就像对华兹华斯来说一样,他能选择的不是消沉,就是发疯,诗人年轻时的欢乐已经渐渐销蚀,活着就像死了一样。但是卡罗尔强烈地抵御他自己的华兹华斯主义,而且成功地进行了创新,在最后的版本中,那个老人的故事不再是华兹华斯式的故事,而纯粹是奇境的故事。

“现在,如果我偶然把
　　我的手指放进胶水里,
或者发疯似的硬把
　　右脚伸进左边的鞋子,
或者把很重的东西

砸到了我的脚趾,
我哭泣,因为这使我想起
我熟悉的那个老头——
他的脸色温柔,他的话语
慢悠悠,
他的头发比雪还白,
他的脸像乌鸦黑黝黝,
他的眼睛像煤渣,烧得红透,
他看上去精神恍惚很忧愁,
他身体摇晃前前后后,
他嘟嘟囔囔说个不休,
像有面团塞在嘴里头,
他的鼻子哼哼着像水牛——
在很久前夏季黄昏时候,
52 坐在大门口。”

马克·吐温
（1835—1910）

对马克·吐温最有用的批评研究，对我来说，是詹姆斯·M. 考克斯的论著《马克·吐温：幽默的命运》（1966）。但是考克斯没有涉及吐温的短篇小说，而只研究了他的主要作品，包括《哈克贝利·费恩历险记》、《傻瓜威尔逊》、《艰苦岁月》和《傻瓜出国记》。正是考克斯，指出了“马克·吐温”的意思是轮船水手表示危险水位的信号，不是安全水位的信号。塞缪尔·克莱门斯，即后来的马克·吐温，一直是我们最重要的幽默作家，但是他最好的作品——包括他的短篇小说——充满了危险的信号。考克斯还强调吐温作品中反复出现的陌生人形象——具有讽刺性和神秘性的特点——他们的干预，无论对于已经建立的道德规范，还是对于我们普遍的幻想欲，都带来了危险。

在考克斯看来，吐温一生都在大力反对吹毛求疵的良知，即弗洛伊德的超我。吐温天性喜欢琢磨，是伟大的逃避主义艺术家，就像他巧妙创造的人物哈克贝利·费恩一样。他最好的短篇小说是他运用迂回战术的作品，因为真理，就像对哈姆雷特来说一样，是杀死我们的东西。在马克·吐温的小说里，就像在莎士比亚和尼采的作品里，虚无的深渊在神秘地向我们招手。

吐温最初在艺术和商业上的成功是他早期的短篇小说（1865）

《卡拉韦拉斯县驰名的跳蛙》,其中的叙事人惠勒是那些面无表情的叙事人的祖先,他们是吐温风格的荣耀。吐温成为他那个时代伟大的表演家之一,他的演讲以貌似严肃的方式表达,在效果上可以对抗爱默生的耽于幻想的演讲和狄更斯的戏剧性的朗读。惠勒的叙事方式成为吐温在台上演讲的风格:一副既天真无辜,又急迫可笑的样子。

53 在1876年,吐温面对一部分哈特福德的观众,朗读了惊人的小说《康涅狄格州最近的狂欢节上犯罪的事实》,在这个虚幻故事中,叙事人讲他如何杀死了一个可笑的侏儒,即他的良心,来作为前奏,让世界重新开始。

> 在头两个星期里我杀死了38个人——这主要是出于我对他们的嫉恨。我烧毁了一座房子,因为它挡了我的视线。我还从一个寡妇和一些孤儿手里骗走了他们的最后一头牛……

对超我的战争在1882年的小说《偷走的白象》中进行得要间接得多,其中对侦探小说的滑稽模仿,极其夸张地控诉了所谓调查冲动本身。对疯狂的恐惧,吐温的幽默天才的基础,转化成那篇出色的小说《败坏了哈德堡的人》,一幅微型失乐园的图景,并暗示了千年盛世之前的社会图景(1899)。哈德堡,"在整个一大片地区中最诚实最正直的小城",可以是在我们再次迎来千年盛世时美国的任何一个地方。那个"败坏了"哈德堡的人是马克·吐温的神秘或带有讽刺意义的陌生人,一个寻找真理的撒旦。在风格和情节上堪称短篇佳作,"哈德堡的堕落"可以说是吐温最精妙地战胜了超我中所包含的社会因素的虚伪性。

吐温1893年的小说《百万英镑》，精炼了他关于腐败的寓言。这个故事仍然像以前那么轻松，但是在揭示金融幻象方面却很少有堪与匹敌者。虚无主义，即对自然和社会的虚幻性的诺斯替派的意识，在他死后发表的未完成的小说《神秘的陌生人》片段中达到极其强烈的程度。吐温最后的英雄——小魔鬼，控告“超我”或“道德感”是人类生存中的真正恶棍。上帝、道德完美的神，类似于布莱克诗中的乌里森[①]，对马克·吐温来说，是最终的罪犯。对上帝的攻击（无论是如何解释的上帝），这对幽默来说是非常困难的基础，正如吐温认识到的那样。面对他艺术方面外在的局限性，吐温屈服于绝望。 54

① Urizen，可意译为智力神，是威廉·布莱克诗中传统理性与法则的代表。

亨利·詹姆斯
（1843—1916）

一

亨利·詹姆斯的热情的批评界崇拜者们做得过于极端，称他是主要的美国作家，甚至称他是成就最大的英语小说家。这第一个论断还只是忽略了沃尔特·惠特曼，而第二个论断则在一定程度上回避了一系列非凡的作家，从塞缪尔·理查逊的《克莱丽莎》，到简·奥斯丁，再到乔治·艾略特，而且还回避了另一个传统的作家，从菲尔丁到狄更斯再到乔伊斯等。詹姆斯当然是一位重要的美国小说家，他写的最好的作品使他真的可以和奥斯丁、乔治·艾略特相提并论。他的前辈，霍桑，在《玉石雕像》之后的巨作《贵妇画像》和《鸽翼》的炫丽光辉里，得到了岂止是充分的满足，而那些跟他相竞争的美国小说家——梅尔维尔、马克·吐温、德莱塞、福克纳——他们能够经得起和詹姆斯相比，只是因为与他如此完全的不同。不同使福克纳——特别是在他高峰时期——成为真正的，即使是一时的对手。也许，如果你想在美国小说中找到非詹姆斯式的感觉的持续力量，你需要找出我们奇异的、与他相对立的传统，在《白鲸》和它阴郁的后代如《我弥留之际》、《寂寞芳心小姐》和《拍卖第 49 批》[①] 之间推衍。我们的

① 这三部作品分别是福克纳、纳撒尼尔·韦斯特和托马斯·品钦的小说。

散文体小说的规范意识，最先由《红字》预示出来，经亨利 · 詹姆斯强化，其精神不仅通过他的众所周知的门徒得以延续，如伊迪丝 · 沃顿的《纯真年代》和薇拉 · 凯瑟的出色小说《一个迷途的女人》，而且更加微妙地（因为还融入了约瑟夫 · 康拉德的氛围）在许多不同的作家中延续，像菲茨杰拉德、海明威和华伦。很明显，詹姆斯之于美国散文体小说的关系，完全就像惠特曼之于我们诗歌的关系；就像爱默生所预言的，他们在其各自的领域都是中心人物，在歌颂美国的新事物中，他们的到来永远地改变了一切。

詹姆斯在我们小说家中的中心地位有明显的讽刺性，因为就像 55
后来那形象比他小很多的 T.S. 艾略特一样，詹姆斯在爱默生的美国出生成为美国公民后，放弃了他的国籍，最终成为英国臣民。但有意义的是，在批评界众所周知，詹姆斯一直是最具美国特色的小说家，他在《专使》中表现出的独特的民族性，比起他的《黛西 · 密勒》和《美国人》来说一点儿都不少。詹姆斯，这位敏感又时而不循常理的文学批评家，非常懂得我们持续学习和再学习什么；一个美国作家可以追随爱默生，也可以反爱默生，但即使对爱默生持以负面的姿态，最终也还要回归到他制定的后基督教的美国宗教准则——自立。明显的爱默生主义者，如梭罗、惠特曼和弗罗斯特，他们受康科德城圣人的渗透并不比那些反爱默生主义者受到的更多，如霍桑、梅尔维尔和艾略特。也许最受其缠扰的作家是那些回避爱默生，而又从不离开他那种辩证氛围的人，这些人包括艾米莉 · 狄金森、亨利 · 詹姆斯和华莱士 · 史蒂文斯。

爱默生对亨利 · 詹姆斯来说，在一定意义上属于同一个家族传统，虽然这本身难以解释为何这位小说家写的有关这位散文作家的几乎一切都明显失败。詹姆斯在谈及爱默生的话题时总是饱含一种讽刺语调，这对代表美国的力量、命运、幻想和财富的先知来说几乎是不合适的。我认为詹姆斯不知不觉地把爱默生和这位圣人的好朋友——老亨利·詹姆斯混在了一起，后者是一个我们不喜欢的信奉斯威登堡[①]的人，但是也许最好说他是美国诺斯替派思辨者，他用了爱默生的模式，他的名声可以说更接近于布朗森·奥尔科特[②]，但不如《生活的准则》的作者。

明智而神圣的爱默生是一位懂得规避的大师，特别是当他的信徒对个人或者对精神的事情变得太迫切的时候。现在老亨利·詹姆斯在人们的记忆中不仅是亨利、威廉和艾丽丝的父亲，还有他针对爱默生发出的著名感叹，从偶像崇拜的另一面发出的钦羡："啊，你这个难以把握的人！"

年轻的亨利·詹姆斯在公开场合下赞美爱默生，然而又评论道："恰如其分地说，爱默生的文章从总体来看，完全没有章法可言。""章法"（composed）在这里是个关键词，它让我想起史蒂文斯的"我们的风气之诗"中描写的美妙时刻：

永不安宁的心仍然存在，
所以人们想逃离，或回来，
56 回到那早已有章法的年代。

爱默生的心情，不仅是焦躁不安，而的确是永不安宁，就像詹姆

① Emanuel Swedenborg (1688—1772)，瑞典科学家、神秘主义者、哲学家和神学家。1745年的一次通灵体验使他转向对灵界的研究。爱默生等许多作家都从他的思想得到灵感。

② Amos Bronson Alcott (1799 —1888)，美国哲学家，与爱默生、老亨利·詹姆斯都同时生活在美国的新英格兰地区。

斯家族中每个人的心情一样。爱默生的文章，完全没有章法，不断地回到早已有的章法，回到他的崇拜者尼采所说的人类的原生诗歌，和我们拼凑起来并称之为我们的宇宙的虚构物。詹姆斯如此敏感，不可能不知道这一点。他选择不知道这一点，因为他需要身居乡村的爱默生，就像他需要身居乡村的霍桑一样，就像他需要单纯、文静、与世隔绝，甚至有点孩子气的新英格兰一样，而新英格兰却从来不是这样。

T.S. 艾略特能够感到惊奇的时期——亨利·詹姆斯为什么没有剖析 R.W. 爱默生——似乎安全地过去了，但是我们应该记得艾略特那句奇怪的抱怨：詹姆斯作为批评家，"即使对那些在我们看来他应该能一节一节地剖析的人——爱默生或者诺顿——他的笔触也是犹豫不决的；他想慷慨大方，他有一种政治动机，一种包容，（在对待美国作家时）承认在这些情形下这是最好的可能，或者其中有好的品质"。这里除了把爱默生和查尔斯·艾略特·诺顿明显地相提并论之外（这可以看作是把弗洛伊德与伯纳德·贝伦松[①]相提并论），这种不友好的评判还降低了爱默生的地位，把曾经是，而且现在仍然唯一是美国心灵的他，降低成为至多有理由让詹姆斯（和艾略特）屈尊去评论的人物。这其中的文化争论在艾略特那里是显而易见的，甚至是强迫症般的；在詹姆斯那里虽然较为和蔼些，却同样是不能接受的：

> 他的一生可以分为三个阶段，第一阶段（就像多数人一样）

① Bernard Berenson (1865—1959)，立陶宛裔美国艺术批评家和历史学家，特别以其关于意大利文艺复兴方面的著作，包括《文艺复兴时代的威尼斯画家》(1894) 等而著称。

是游学、实验和选择的阶段——也是努力和痛苦的预备阶段。爱默生已经有他的思想，但是他用了很长的时间寻找他的形式——这形式，正如他自己后来说的，他从来没有完全找到，而且相当体现他特征的是，他后来的岁月（它们越来越不肯给他那词），想在他的最薄弱点来攻击他，在他占位最不稳定的地方，某种程度上起到了剥夺他这一点的作用。这听上去相当的严酷无情，从卡波特先生[①]讲述的他青少年时期的生活，我们得到了一种他那时没有什么出路的可怕印象。如果他不做农夫，也不做商人，他会去“教书”；那就是这位希望能为心灵的东西献身的年轻的新英格兰人的主要资源和部分通识教育过程。然而，一无
57 所有也有它的好处，至少对于爱默生来说是如此，心灵的东西的确被非常好地思考了一番。如果说，对道德生活他比别人有更为生动的感受是他特别的伟大之处和他的特殊标志，那么可以不夸张地说，这一部分要归于他以有限的方式看到我们生活的能力。在他周围的那个朴素、畏惧上帝而又实际的社会并不是是富饶多姿的：它有着伟大的智慧和能量，但是它在整体上朝着一个方向发展。后来的三次机会——他三次去欧洲旅行——让他看到一个更加复杂的世界，但是他的精神，他的道德趣味，还是一如既往，仍然一直留在他年轻时住的朴素无华的家里。在那儿生活，他对于恶的那种成熟的无意识，是我们所知道的他的最美的表征之一。他早期的写作充满了对那个地方和那个时代的罪恶所作的古怪抨击，但是在结构上有些可爱的空泛、轻巧、笼统之处。他能说的几乎最厉害的话就是，那些罪恶的东西是

① James Elliot Cabot，爱默生的朋友，他写的《回忆爱默生》发表于1887—1888年。

消极的,而他们城里的那些伙伴们不够勇敢。我们觉得,他的最初印象是从一个既无极端痛苦、又无极端奢侈的社区得到的。五十年前新英格兰的生活给观察者提供的是个普通的地方,像一幅没有色彩、缺乏特别力度的图画。就是从这一些通常的、只是一般性的快乐和痛苦中他开始梳理概括——这一事实在某种程度上解释了他在列举数据方面出现的某些不恰当和单薄之处的原因。但是这点也有助于解释他对灵魂本身直接的、亲近的洞见——不是灵魂中的情绪、扭曲和反常形式,而是灵魂中被动的、敞露的,然而又健康的形式。他知道人的天性,知道其中的危险有着长期传统,但是我们觉得,一旦他触摸到了解救方法,发现它们多数都经常深藏在美德与精神的幽僻处,他对混乱就只有一种道听途说得来的、不完全的认识。这需要一些创造力(读者可能会说太多了):仔细追溯他的才华和那个简朴、本分、快乐,但又绝对是贫瘠的昔日波士顿之间的关系。在那里有非常强的意志,却只有很小的支持根基——就像一个政府部门没有反对派。

天才本身在我看来是无可辩驳的——我说的天才是指,把
性格看作真实的、至高无上的东西。其他作家已经找到了比较 58
完整的表达方式:比如,华兹华斯和歌德,他们给人一种已经找到了自己的形式的感觉,而爱默生呢,我们始终觉得他一直在寻找他的表达形式。但是没有人能够像他那样一如既往,而且尤其是有那样自然的眼光,看到在通往理想和独立的道路上我们需要做什么,我们能够做什么。伴随爱默生的,总是对道德经验特殊的感受力——总是这个而且只是这个。然而我们有一种感

觉，生活从来没有贿赂他去关注其他东西，他关注的只是灵魂；而且的确，在他成长和生活的那个世界上，那些贿赂和诱惑、欺骗和奖励并不多。他处在令人羡慕的地位，能显示他不断努力要显示的东西，即奖励来自内心。那时的新英格兰，任何能够那么做的人都确信能够成功、得到听众和理解：当然，尤其是，考虑到他在用如此神圣的说服力来表达。不仅如此，通过他口头说话的、面对面的方式，以及他那少有的、无法抗拒的声音和美好的温和、谦逊的权威性——爱默生讲演的方式给他的演讲增添了魅力。如果阿诺德先生得到印象说他在有限程度上是一个文人，我认为这是因为得到了更多的印象认为他是个演说家。但是无疑，演讲从没有比爱默生口中发出的更去除了粗劣成分——这令人想到很强的光和很大的刷子——爱默生的演讲并不低俗化，只是把密教变成了听得见的，他并没有采用演讲人在讲台上通常用的方法，把为数不多的听众当成多数人，相反，他是把多数人当作少数人。也许在那时没有任何其他社会能让他使这么多的人明白他；在读他的文章时我们对他的听众刮目相看，想不出哪里还会有那样重视道德的听众了。可是要知道，在1847—1848年冬季这段时间，就是在他第二次访问英国的时候，他在伦敦和其他主要城市都有很多听众。卡波特先生的传记中提供了许多他让人满意的证据，他可以说许诺给那个民族的愉悦与启示，那些人们几乎只能完全从道德世界中去寻找娱乐、奖赏和安慰。但是他自己的文章要更充实得多，几乎随便翻
59 到哪里都可以看到这样的例子。

让我吃惊的是，詹姆斯认为爱默生的“伟大之处”和“独特标志”是“他对道德生活比别人有更为生动的感受”，除非“这道德生活”指的完全是詹姆斯认为的含义。我更想说的是，詹姆斯小说的伟大之处和独特标志表现了对道德生活更生动的感受，甚至比简·奥斯丁或乔治·艾略特所传达给我们的还要多。爱默生对道德的关注并不怎样多于他对形式的关心；他的主题是权力、自由和命运。至于詹姆斯在爱默生身上发现的“对于恶的那种成熟的无意识”，我自己却一直也没有看到，虽然这二十年来我几乎每天都读爱默生，我想起叶芝后期写的关于雪莱的《解放的普罗米修斯》，其中叶芝表明，他那位具有怀疑精神和富于激情的前辈，因其当然是个伟大的诗人，必然缺少恶的眼光。詹姆斯和叶芝都同样有力的误读的必要性，是为了给他们自己留出更大的空间。

我虽然为爱默生而嫉妒，但我认识到没有一个批评家达到詹姆斯的水平，看出并说出爱默生最大的美德是什么：“但是没有人能够像他那样有一如既往的，而且最重要的是那样自然的眼光，看到在通往理想和独立的道路上我们需要做什么，我们能够做什么。”的确没有人，除了亨利·詹姆斯，因为伊莎贝尔·阿切尔对她自身的追求就是极其爱默生式的关于理想和独立的观点。“道德世界”是詹姆斯的话语，詹姆斯的重点。爱默生自己的重点，我猜想，比詹姆斯的要更实际的多。当詹姆斯1904年返美访问时，在他自我放逐二十年之后，他回到了康科德城，并在《美国景象》一书中记录下他的印象：

> 要说这些见证方法是让我们感动并从而去思考“康科德学派”的最后理由，这有点儿怪，但也非常精确——我承认，我用

了“康科德学派”这个无效的说法；或许，我应该肯定地说，从爱默生和他们有着几乎一生关系这个事实来看，如果说其中不是必然有些绝对的东西那才怪呢。当我们“扯到”魏玛的时候，我们可能会笑，但是我得承认，从我这方面来说，对于我们找到的歌德和席勒的等价物（用“美金”表示）还相当满意。两个罐子的钱都一样是满满的，如果歌德代表的是金子而席勒代表的是银子，我发现（撇开对这两种金属的任何偏见），爱默生和梭罗之
60 间也有同样好的关系。我翻开爱默生和歌德的书为了得到的是同样的好处，都是那种在智慧的博大空间中畅游的感觉，在智慧和诗歌、在《诗与真》[1] 中迸发出来的，犹如岩石中迸发出来的晶莹剔透的甘泉，无处不在。无论为什么我翻开梭罗的书（我不需花时间来说明充分的理由），我翻开他的书多过翻开席勒的书。这就回到我们对爱默生的感觉：他这样稀有的天才——这天才造就了他，对于关注他的人来说，他是第一个，而且是真正少有的，美国精神在文学上的代表——这样的天才把他的事业置于一个林边湖畔的美丽地方，一个如此长久以来有着社会上的、典型的，而且尤其是有趣的同质性的地方，不可能没有产生一种影响，仿佛传递给它某种抹不掉的东西。在他很长的生涯里，这里就是他直接、具体、充分的世界，给了他最接近于生活的看法。他的一半的意象，我们可以看出，是从这里四季的交替及这里展现的许多样式中吸取来的。我不讲他从其他地方获得的另一半意象。现在，让人钦慕的是，我们仿佛仍然看见这些意象中的事物，它们像空中飞翔的鸟儿，在朦胧的黄昏时刻，飞回它们的鸟

① *Dichtung und Wahrheit* (1811—1833)，歌德的回忆录。

> 巢。如果一个人到了一定“人生年龄”,至少就会听过他的演讲。我在那里的时候,我感觉没有一片黄叶的飘落,不是带着爱默生的姿态飘落。

这篇优美的学习心得表达了他的留恋之情,它告诉我们,和T.S. 艾略特相反,詹姆斯和爱默生实际上是什么样的关系。我们知道在威廉·詹姆斯身上有多少根本的东西是来自于爱默生的,特别是他的实用主义是从《经验》这篇文章产生出来的。亨利·詹姆斯从爱默生那里得到的并不比威廉·詹姆斯少。《贵妇画像》很难说是爱默生式的小说;也许《红字》实际上更接近于此。然而伊莎贝尔·阿切尔是爱默生的女儿,就像兰伯特·斯特莱特[①]是爱默生的继承人一样。爱默生的光环即使在亨利·詹姆斯的幽灵故事中也仍然闪烁着。

二

我最喜欢的詹姆斯的中篇小说是他的《小学生》(1891),这不是一篇幽灵故事,然而仍然深深地(或许辩证地)带有爱默生的色彩。《小学生》写于早期詹姆斯的杰作《波士顿人》、《卡萨玛西玛公主》(都发表于1886年)与中期詹姆斯的作品《波音顿的珍藏品》、《梅西所知道的》(都发表于1897年)和《尴尬年代》(1899年)之间。从某些方面来看,《小学生》对我来说是詹姆斯早期风格在中短篇小说中的完美之作,就像《贵妇画像》是其长篇的完美之作一样。然而《小 61

① Lambert Strether, 是亨利·詹姆斯的小说《专使》(1903)中的主人公。

学生》是一篇令人困惑的故事，其意义是那么的微妙，所以，单一的解释是绝对不能令大家满意的。

詹姆斯在“纽约版前言”[①]中，恰到好处地回避了《小学生》中明确表现的道德问题。在谈到《梅西所知道的》时，詹姆斯指出：“小孩子的感知远远超过他们的词语表达；他们看到的事物在任何时候都要丰富得多，他们的理解力甚至常常超过他们当场说出来的、他们所能说出的词语所包含的意义。”在詹姆斯描写的那些孩子里，命运悲惨的摩根却很不适合这个理论，他那异常丰富的词汇量总能跟得上他那准确而充分的理解力。对于摩根，詹姆斯充满深情地说道：“《小学生》中，我的小顽童有丰富的情感，看上去——尽管如此，我认为，他还是保留了小男子汉的气概。”这当然是这个故事部分的巨大魅力所在：我们所有的读者，很快就会分享作者（还有彭伯顿）对摩根的感情，他的确是美国男孩的出色画像之一。我想不出还有哪两位真正卓越的美国小说家像亨利·詹姆斯和马克·吐温共同点这样少的，然而我可以想象得出摩根·莫林和哈克贝利·费恩的对话，两个十分不同而又互补、渴望自由的美国男孩的形象。

在我的记忆中，詹姆斯只提到吐温一次，这位大师说的话（1874）相当的严重，他说：“在马克·吐温流行的今天，提醒人们这一点是没有坏处的：缺乏滑稽，也许可以一口气由崇高的存在来弥补。”当然，詹姆斯还说过一些对惠特曼和狄更斯更坏的话。我自己更喜欢《哈克贝利·费恩历险记》，甚至超过喜欢《贵妇画像》，但是，如果我们撇开詹姆斯的观点中那种驱邪的态度不说，我们会同意《小学生》中充

① 亨利·詹姆斯在1908年在美国再版了他的小说，称为纽约版。

满了滑稽和崇高的因素，即使这两方面明显地比《哈克贝利·费恩》要稍微弱一些。可怜的摩根，在莫林这家人里就像个抱错的孩子，哈克·费恩做他的家教都比彭伯顿会好得多，要是摩根能有足够强壮的身体经受的话。

批评界中有一种流行的观点，对于摩根的死，他们责怪长期忍受和奉献的彭伯顿，责怪令人难以容忍的莫林夫妇，但这在我看来非常荒唐。身无分文的彭伯顿，离开莫林这家人之后几乎难以维持自己的生活，他对摩根毕竟又能做什么呢？小说中最后一幕极其微妙，我读的时候一点儿也看不出彭伯顿抛弃摩根的意思。

> “我们努力过，我们受苦过，”他的妻子接着说，“但是你已
> 经让他变成了你的亲人，最大的牺牲我们都已经熬过来了。” 62
>
> 摩根已经从他父亲那儿转过身——他站在那儿，看着彭伯顿，脸上露出一丝光彩。他已经不再为他们共同的屈辱状态感到羞耻了，这件事还有另一个办法——关键要抓住那另一个办法。他一下子感到孩子般的快乐，这快乐并没有因为下述想法而减少：随着他这种意外的神圣希望——这快乐来得太突然太强烈，这种结局和一本好孩子的书里讲得很不一样——“逃跑”的事情要留给他们自己来处理。这孩子般的快乐只是短短的一瞬间，而彭伯顿对那股突破了他最初的屈辱而涌现出来的感激和依恋之情几乎感到害怕。当他结结巴巴地说：“我亲爱的朋友，你对**这个**办法怎么说呢？”此时此刻，叫人怎么能不说一些热情的话呢？但是当看到接下来的情况，就更需要勇气，这孩子很快地坐在了旁边的椅子上，孩子的脸色发青，手举起来放在了

> 左胸口。他们三人都看着他，但是莫林太太突然跳上前去。“啊，他那宝贝的小心脏啊！”她喊了出来。此时她跪在了他的面前，并没有对偶像的尊敬，她紧紧地把他搂在了怀里。她转身对彭伯顿激动地叫喊着：“你带他走得太远了，你催他走得太快了！”她的儿子一声不吭，过了片刻，她仍然搂着他，跳了起来，面孔扭曲，惊恐地喊道：“救命！救命！他要死啦，他要死啦！”彭伯顿感到同样的惊恐，从摩根自己惨白的脸上看出，无论他们怎样疯狂地叫喊他也听不见了。他把他从母亲的怀里半拉出来，在这个时候，他们两人一起抱着他，相互望着对方，眼中流露着无限的沮丧。“他衰弱的器官经不起这个，”彭伯顿说——“这突然的激动，这整个的场面，这剧烈的感情。”
>
> “但是我以为他**想**跟你走啊！”莫林太太呜咽着说。
>
> “我**告诉**过你他不要的，亲爱的。”她丈夫答道。莫林先生此时浑身颤抖，他有他自己的方式，他的心里和他的妻子一样受到震动。但是在最初的一阵子之后，他就像一个饱经世故的人一样承受了丧子之变。

摩根，在我看来，不是因为莫林夫妇的抛弃或彭伯顿的拒绝而悲伤致死，而是因为感到能和彭伯顿一起极度喜悦而死。这在我看来和李尔王的死极其相似，因为我同意哈罗德·戈达德的解释，即李尔
63 王不是死于悲伤，而是死于喜悦，在幻觉中他相信科迪利娅的嘴唇还在动。叶芝所说的“悲剧性的喜悦”是很难达到的莎士比亚的特性，而在《小学生》的结尾，詹姆斯出奇地达到了那种境地。但是这本伟大的小说仍然给我们留下了那个道德问题：在这明显不适合摩根的

世界上，他还有别的什么出路吗？

詹姆斯对我们的父亲爱默生说的美妙（而又错误）的评判是，这个圣人在文体上是失败的，他“只有靠他内容的力量”来取胜。我并不属于那些认为爱默生的观点无力的人，但是我知道他的观点的力量基本上来自他的文风。智慧对我们来说显示不出它的权威性，除非它在修辞的方式上智慧地表现出了个性，而保持爱默生的萨满教式的魅力靠的也正是他的文风。我在《小学生》这篇故事中看到了一点轻松但又明确的文风，这正是一篇爱默生式的关于自由或野性在异己环境中的命运的故事，也就是说，流落于异国他乡、身处旧大陆社会堕落和错误价值观中的美国精神的悲剧。詹姆斯在他的“前言”中并没有这么说，但是摩根是欧洲的牺牲品，也是他的家人徒劳无益地试图在那个地方找到归属而造成的牺牲品，在那里保持亚当的态度是没有适当的位置的。

如此看来，《小学生》的确崇高而又滑稽，是《哈克贝利 · 费恩历险记》有点儿远却是真正的亲戚。亨利 · 詹姆斯最终成为乔治五世国王的臣民，他不能容忍那位可敬的美国作家马克 · 吐温，后者曾说过那句风趣的话：英国人应该通过让皇家的大猫小猫杂交来取代汉诺威王朝。但是这并没有阻止詹姆斯在《小学生》中不由自主地自我惩戒，写出雄浑有力、爱默生式的对美国命运的告诫重奏，让我们面向西方的暮色之地，丢弃试图成为欧洲世界的男人和女人的错误幻想。 64

居伊·德·莫泊桑

（1850—1893）

契诃夫曾经从莫泊桑那里学过如何表现平庸。莫泊桑则从他的老师福楼拜那里学到了所有的一切，包括表现平庸，但是作为小说家，莫泊桑很难比得上天才的契诃夫，或者屠格涅夫。列夫·谢斯托夫，20世纪早期出色的俄国宗教思想家，相当充分地表达了这个观点。

> 契诃夫美妙的艺术没有死——他的艺术，仅仅靠每一个触摸，每一个呼吸，每一个眼神，就可以杀死人们为之生活和为之骄傲的一切。而且在艺术方面他不断地完善自我，他取得的精湛技巧超过了欧洲文学中所有他的对手。莫泊桑常常需要使出浑身解数来战胜其牺牲者。但那个牺牲者常常从莫泊桑的手中逃脱，虽然遍体鳞伤，仍然可以留下性命。在契诃夫的手中，没有人能逃脱一死。

这是一个非常阴郁的观点，没有一个读者愿意把她自己看成是作者的牺牲品，然而谢斯托夫实际上在对比契诃夫时更看重莫泊桑，相当于有的人对比克里斯托弗·马洛和莎士比亚时看重的是马洛。然而莫泊桑是真正“流行的”短篇小说家中最好的，很多方面优于欧·亨利（他也是个很好的小说家），而且比令人不快的爱伦·坡要更招人喜欢。成为流行艺术家本身就是个了不起的成就；在今天的美国我们已经看不到这样的人了。

契诃夫看上去简单，实则总是微妙得深不可测；莫泊桑的许多简单只是如它们看上去那样，却并不浅薄。莫泊桑从他的老师福楼拜那里学到了一点，“天才是长期耐心”地观看别人看不到的东西。莫泊桑是否让我们看到了没有他我们就根本看不到的东西，我十分怀 65
疑。因为那需要莎士比亚或契诃夫的才华。莫泊桑也有19世纪和20世纪早期许多小说家的问题，他们用亚瑟·叔本华的求生意志的哲学眼光来看待一切事情。我也宁愿戴一下叔本华的眼镜，就像戴弗洛伊德的眼镜；二者看事物几乎同样地都会放大并变形。但我是个文学批评家，不是个小说家，莫泊桑在思考男人和女人的怪异欲望时，如果能扔掉哲学家的眼镜，他就会写得更好。

莫泊桑在他创作的最佳状态时，他的小说非常好看，无论是幽默哀伤的《泰利埃夫人的产业》或者是恐怖的故事《霍拉》，这两篇故事我想在这儿谈一谈。弗兰克·奥康纳坚持认为，莫泊桑的小说和契诃夫和屠格涅夫的相比显得不尽人意，可是能和这两位俄国大师相比的小说家寥寥无几。奥康纳的真正意见是，他认为在莫泊桑的故事里“性行为本身变成一种谋杀的形式”。但是刚刚欣赏完《泰利埃夫人的产业》的读者会很难同意这个观点。福楼拜在有生之年未能完成他想写的小说，他曾希望把他最后一部小说的背景放在一个小城镇的妓院，他的儿子在这篇富有活力的小说中完成了这个工作。

在《泰利埃夫人的产业》中，每个人物都是那么和蔼可亲，这是这篇小说的部分真正魅力所在。泰利埃夫人，这位受人尊敬的诺曼底农妇，把她的小店办得像个酒店，甚至可以说像一所寄宿学校。她的五位性工作者（正如现在有些人称呼的那样）被泰利埃夫人那善于安抚的口舌，伴着她那自始至终的好心情，描述得生动而且甚是可爱。

在五月的一个傍晚，那些常客的心情都变得很不好，因为小店的门上贴着一张告示：“本店因参加第一次领圣餐停业。”夫人和她的员工们去参加这个活动了，参加领圣餐的是她的侄女（也是她的教女）。当这些妓女想起自己做姑娘时的日子，受到感动，开始哭个不停，她们的哭声有很强的感染力，整个会众感动得泪流满面，欣喜若狂，最终使领圣餐的活动达到了高潮。牧师宣布圣灵已经降临，他特别感谢泰利埃夫人和她的员工们。

兴高采烈地回到了她们的小店后，夫人和她的姑娘们又回到她们每晚的日常工作，不同的是，她们表现得比以往要更热情更快乐。“我们并不是每天都会有什么事情可以庆祝啊。”泰利埃夫人在小说的结尾说道，只有毫无欢趣的读者会拒绝和她一起庆祝。因为至少这一次，叔本华的门徒从对性和死的关系的抑郁思考中挣脱出来。

66 旺盛精力的故事是难以抗拒的，莫泊桑从来没有像写《泰利埃夫人的产业》那样写得津津有味。这个诺曼底的故事有热情、欢笑和惊异，甚至还有一种灵性的洞察。那燃烧在会众心中的五旬节的狂喜是真实的，就像点燃众人情绪的这些妓女的哭声一样真实。莫泊桑的嘲讽比起他的老师福楼拜明显要更友善（虽然没有那么细致）。这个故事是下流的，但是不淫秽，有莎士比亚的精神；它表现了生活的广度，而且没有贬低任何人。

莫泊桑的后期生活很不幸；将近三十岁时，他染上了梅毒。

三十九岁时，病毒感染到了他的脑子，一次自杀未遂后，他被关进了精神病院，在那里他度过了生命的最后几年。他最令人不安和恐怖的小说《霍拉》，和他病情的结果有复杂而微妙的关系。故事中的无名主人公可能是个将要发疯的梅毒病人，虽然莫泊桑的讲述中没有哪里实际上叫人推出这层意思。第一人称叙述的《霍拉》，给我们的线索比我们所能解释的多，因为我们不能理解这个叙述人，不知道是否能够相信他的印象，关于这些印象我们得到很少或得不到独立的证明。

《霍拉》一开始讲的是那个叙述者——一个富有的年轻法国绅士——他让我们相信，在美丽的五月的一个清晨他是多么的快乐。他看见一艘华丽的巴西三桅船在他家门前的河上驶过，他向那艘船致敬。这个手势显然召唤了霍拉，一个看不见的人，后来我们得知正是霍拉在巴西肆虐施魔，并导致随后的疯狂。霍拉们显然是吸血鬼的优雅的堂兄妹；他们喝的是奶和水，他们从睡着的人们身上不是吸血，而是汲取生命力。无论在巴西发生了什么，我们完全可以怀疑在诺曼底到底在发生什么样的事情。我们的叙述人为了摧毁他的霍拉，最终一把火烧了他家的房子，但是却忘记告诉仆人，他们和房子一起被大火吞噬。当讲故事人意识到他的霍拉仍然还活着的时候，他最后告诉我们他要杀死他自己。

无论霍拉的行程是否是从巴西到诺曼底，显然它的确是**他的**霍拉。霍拉是叙述人的疯狂，不只是他疯狂的原因。莫泊桑写这个故事是否在讲述他受梅毒之苦是什么样子？有一刻，这个受折磨的人看着镜子，但是看不见他的映像。然后他在镜子后方的雾中看见了自己。薄雾渐渐消失，他终于完全看清了自己，对着这团雾，或者对着挡在他面前的障碍物他喊道："我看见他了。"

叙述人说，霍拉的降临意味着人类的统治已经结束。吸引术、
催眠术、暗示法，所有这些都是霍拉意志的种种表现。“他来了！”这
67 个受害者叫喊道，突然有人闯了进来，在耳边喊着霍拉的名字：“霍
拉……他已经来了！”莫泊桑创造了霍拉这一名字，这是否在戏仿英
语妓女一词的谐音呢？虽然那看上去没什么关系，除非莫泊桑的性
病真的是深藏在这篇故事的中心。

恐怖小说是夸张而有趣的文体，莫泊桑对于这种文体非常擅长，
但是没有哪篇比《霍拉》更加有力。我觉得这是因为，从某个层面来
说，他知道他预言了自己的发疯以及（企图的）自杀。作为短篇小说
家，莫泊桑没有像屠格涅夫、契诃夫、亨利·詹姆斯或者海明威那样
在艺术上的显赫，但是他受广大读者的喜爱当之无愧。一个创造了
《泰利埃夫人的产业》以及那些可爱而欢乐的形象，同时又写出了《霍
拉》那令人信服的恐怖故事的人，永远是小说大师。为什么要读莫泊
桑呢？因为他最好的小说会紧紧抓住你，就像少数其他小说家那样。
你从他讲述的声音里得到了许多东西。这虽然不是上帝给予的富足，
但是它使许多人喜欢，而且能引你领略那些比莫泊桑还要微妙的讲
68 故事人的更难领会的快乐。

约瑟夫·康拉德

（1857—1924）

在康拉德的《青春》（1898）中，马洛为我们描述了一幅“朱迪号”沉没的壮丽景象。

在昏暗的天地之间这艘船在猛烈地燃烧着，血红的烈焰映衬着一圈圈紫色的海水，一圈圈闪着不祥亮光的海水。一阵高而亮的火焰，一束巨大而孤立的火焰从海上升起，它的顶端有一股黑烟在不断地冲向天空。船在猛烈地燃烧着，显得悲伤而壮丽，就像是黑夜中点燃的一个火葬堆，大海围绕着她，星空俯视着她。这壮丽的死亡来得就像一种恩惠，一种奖赏，一种报偿，对这条旧船来说，她已完成了她的使命。把她疲惫的灵魂交给大海和星空来看守，就像光荣的凯旋一样让人心动。就在天空发亮之前，船的桅杆纷纷落下，一时间迸发出纷乱的火星，火星随着飞翔的火焰充满了安静而警觉的天空，充满了那无声地躺在海上的无垠的夜空。天亮之后，她只剩下了一副烧焦的船壳，静静地漂浮在一片烟云下，燃烧的煤炭在她里面闪着光亮。

然后船桨开始划动，几只小船排成一列，由大船带领，围着烧剩的船壳移动，仿佛是在为她举行葬礼。当我们划过她的船尾时，一束火光狠狠地向我们射来，接着她突然沉了下去，她的

> 头先沉入水中，水蒸汽发出一阵巨大的嘶嘶声。还没烧尽的船
> 尾最后也沉了下去，上面的油漆已经不见，已经破碎，已经剥落；
> 没有什么字母，也没有什么题词，没有什么固执的图案像她的灵
> 70 魂一样，对着冉冉升起的太阳闪耀出她的信念和她的名字。

“还没烧尽的船尾”视觉上的无名感增强了天启式的生动性，这如同基督教信徒信奉的纲领，既传统上不允许违背上帝的第二诫[①]，同时传统上又坚称不可妄称其名的神。随着“朱迪号”的沉没，康拉德埋葬了青年人的浪漫幻想，但是像康拉德笔下的所有损失一样，这次沉没中的毁灭因素具有奇特的辩证性，因为只有经历了失败，方能在艺术真实的再现中获得想象力的补偿。康拉德最初是福楼拜和他的“儿子”莫泊桑的学生，后来成为亨利·詹姆斯叙事方法的门徒，获得了新生，不过那是写《波音顿的珍藏品》和《梅西所知道的》的詹姆斯，不是后期的詹姆斯。

伊恩·瓦特令人信服地追溯了马洛的来源，它源自“詹姆斯通过其中一个敏感的中心人物而展开的间接叙事法”。马洛是詹姆斯嘲笑的“那种反常的不可思议的水手”，实际上反映了康拉德在偏离詹姆斯对他的过度影响。用詹姆斯的话说，马洛总是通过“把自己和叙事混在一起”，确保一种神秘的含蓄不露的姿态，从而拉开康拉德和詹姆斯的印象派技法之间的距离。虽然康拉德的最伟大的作品和佩特的那本还不确定是小说文体的《享乐主义者马利乌斯》[②]没什么可比性，但是康拉德的印象主义是极端的、自我的，就像佩特的一样。

---

① 指不可制造偶像和拜偶像。

② 指英国作家沃尔特·佩特（1839—1894）的*Marius the Epicurean*（1885）。

（佩特《想象的画像》[1] 中的）塞巴斯蒂安·范斯托克，和《诺斯托罗莫》中的德科德这两个人的命运肯定有相似之处。

众所周知，康拉德在1897年为《水仙号上的黑家伙》所作“前言”中强调，他创作的“首要任务就是要让你们**看见**”。他大概意识到如此方能进入散文先知的行列，那一时期最具代表性的作家如卡莱尔、罗斯金和佩特。当时在这群人中有一个运动，从卡莱尔热情洋溢的“自然的超自然主义”，到罗斯金对传福音的热情的异教化，再到佩特闪烁其词的、怀疑的享乐派物质主义，这个运动带有雄辩的启示性，即我们所看见的一切是不断变化的感觉。康拉德做得超过佩特的一点，是把印象主义转变成意识的状态，其中旁观的叙述者不由自主地卷入他所见的事情中。詹姆斯与福楼拜相比可能像个印象派作家，但和康拉德相比，就明显有点儿像个柏拉图主义者，他通过完全属于他自己的精致正规的几何图形，把形式和结局强加在人物关系的变化上。

看到康拉德在形而上的层面算不上是个理想主义者，并非是要证明他是比他的师傅詹姆斯更有力的小说家。这或许是说康拉德的新颖之处比詹姆斯的更令人不安，或许能帮助解释为什么是康拉德，
而不是詹姆斯，对美国那代小说家（包括海明威、菲茨杰拉德和福克 70
纳）起了主导的影响。《太阳照常升起》、《了不起的盖茨比》和《我弥留之际》的世界来自于《黑暗之心》和《诺斯托罗莫》，而不是《专使》和《金碗》。达尔·本德伦[2] 是康拉德式探索的一位极端继承人，探索把印象主义带入人类的意识中的黑暗之心，我们只不过是一股感觉流，凝视着外面的一股印象流。

---

① 英国作家沃尔特·佩特的*Imaginary Portraits*（1887）。

② Darl Bundren，福克纳《我弥留之际》中的人物。

《黑暗之心》

《黑暗之心》可能历来都是个论争的战场，一派读者认为它表现了美学的胜利，另一派是像我这样的读者，怀疑它不能把我们从它本身不可救药的蒙昧主义中拯救出来。在某些时候，马洛看上去并不知道他在说什么，这几乎可以确定是有意设置的叙述力量之一，但是如果康拉德好像最终也不知道的话，那么他就必然会失去他作为讲故事人的一些权威性。也许他把我们的死亡，或我们的忧虑丢给死亡——我们忧虑他不能把虚幻的故事时间拉得足够长，无法使小说给我们造成的沮丧情绪得到升华。

这些沮丧情绪不应轻视。康拉德的用词通常是完美无瑕的，但众所周知，在《黑暗之心》中通篇都含混不清。E.M. 福斯特对康拉德的全部作品的刻薄评价也许只有用到《黑暗之心》上才是正确的。

> 无论是在中间还是它的边缘都是雾蒙蒙的，他的天才的秘密木桶装的是一团雾气而不是珍珠……事实上，没有让人信服的东西。

福斯特指的蒙蒙雾气看来包括康拉德那种常用的形容词语，比如“怪异的”、“说不出的”、“凶恶的”等等，但是这些与他无意中做的自我模仿相比还只是些小缺憾。有些时候听着不像康拉德的，更像詹姆斯 · 瑟伯[①]对康拉德的风趣嘲讽：

① James Thurber (1894—1961)，美国幽默作家，下面的引文取自康拉德的《黑暗之心》。

> 我们把库尔茨抬进了驾驶室,那儿空气更流通些。他躺在床铺上,眼睛盯着窗外。外面的人群起了一个旋涡,那个梳着头盔样发式的黄褐色脸颊的女人向河边冲了过来。她伸出双手,大声喊着什么,所有那些狂暴的人就跟着大喊起来,他们的吼声清晰,节奏急促,喊得气喘吁吁。 71
>
> “你懂他们在喊什么吗?”我问。
>
> 他依然向窗外望着,没有理我,眼神流露出热切的渴望,脸上显出一种惆怅和怨恨的表情。他没有回答,但是我看到在他苍白的嘴唇上浮现出一丝微笑,一种说不出是什么意思的微笑,过了一会儿他的嘴唇抽动了一下。“我能不懂吗?”他喘着气慢慢地说,好像是一种超自然的力量把这几个字从他的心里掏了出来似的。

不能为这段话辩护说,它就是弗兰克·科莫德所说的“当马洛无法胜任所描述的经历时,他需要”的一种语言。这里,那个经验描述出来了吗?“说不出是什么意思的”微笑,在文学文本中即使只笑了一次,也已经笑得够多了。《黑暗之心》具有某种神话的力量,即使这本书不自觉地受到蒙昧主义的局限。《黑暗之心》一直萦绕着美国文学,从 T.S. 艾略特的诗歌,到 1920—1940 年那个时代的主要小说家,再到一系列的电影,如奥森·韦尔斯的《公民凯恩》(该片是韦尔斯在放弃拍摄《黑暗之心》的项目后的替换之作),以及科波拉的《现代启示录》。在这种情形下,康拉德的杂乱无形或许帮助了他,使他那到处四散的想法能够几乎被所有的观众接受。 72

安东·契诃夫
（1860—1904）

契诃夫去世已经将近一百年了，但他仍然是最有影响的短篇小说家。和契诃夫的小说传统相对的还有另一个传统，那个对立的模式是由卡夫卡创造、博尔赫斯发展的。而像詹姆斯·乔伊斯、D.H. 劳伦斯、厄内斯特·海明威以及弗兰纳里·奥康纳这些不同的小说家，基本上属于契诃夫的传统（尽管乔伊斯否认这一点）。

本集简要地研究契诃夫最好的五篇故事，而我在这篇导言中只想谈谈托尔斯泰最喜欢的故事《宝贝儿》。批评家们在《宝贝儿》中发现了古希腊神话中赛琪[①]和艾科[②]的描述，这些典故是存在的，但是契诃夫这篇奇妙故事的核心并不在此。托尔斯泰最恰当地点出了这个核心的含义，他说这个宝贝儿，奥莲卡，有个“美好而圣洁的”灵魂。奥莲卡活着的意义就是为了别人着想，她的爱是如此的完美，对别人的关心就是她生命的全部。

虽然你可以认为奥莲卡像个孩子，或像个妈妈，但似乎最好还是按照托尔斯泰的观点，看到她有一个圣洁的灵魂。

马克西姆·高尔基在回忆契诃夫时曾说过一句名言：和契诃夫

① Syche，希腊神话中她是一位国王的女儿，拥有绝世美貌，人们常把她与集智慧与美为一身的女神维纳斯相比。有时翻译成“精神”或“灵魂”。

② Echo，希腊神话中的森林女神，因受天后赫拉的妒忌，遭到报复，失去了说话的能力，只能重复别人的声音。

在一起时,"每个人都会不知不觉地感到一种想要更简单、更真实、更本我"的欲望,这种效果契诃夫的读者也可以体验得到。这并不是说怀疑主义的、无所不知的契诃夫又是一个托尔斯泰所指的圣洁的灵魂(虽然在某种程度上托尔斯泰就是这样认为的),而是说,契诃夫无疑像他的先师莎士比亚一样,会劝你相信,你和他在一起能够看到本来你可能永远也看不到的东西。那么我们在《宝贝儿》里能看到什么呢?我们怎样读这篇故事,而且为什么呢?

在现实中有没有像奥莲卡这样全心全意的人呢?然而,"全心全意"是一种误导,至少因为可怜的奥莲卡如果没有什么人爱的话,就
变成了一具空壳。她的状况变得如此的极端,需要契诃夫的所有技 73
巧来教我们,含蓄而又坚决地,避免对她的病因做庸俗的推测。她没有自己的观点,然而她是个"温柔、心软、富于同情心的女孩儿",她缺少自我感,只有在她爱别人的时候才能感到自己的存在。把她看成父权社会的女性牺牲品是荒唐的:你用什么才能提高她的意识呢?其实无论什么时候都有像她这样的人,也许很多,男人和女人都有。虽然托尔斯泰的宗教思想很多都是他自己的,然而我们可以理解他所说的这个宝贝儿或"小小的灵魂"之圣洁性的特别含义。约翰·济慈说他什么都不相信,只相信心灵情感的神圣;威廉·布莱克向人们表明,所有活着的是神圣的。奥莲卡的圣洁就在于此。济慈补充说他还相信想象的真实,但要是没有心灵情感的指引,奥莲卡就不会想象。

契诃夫像莎士比亚一样,不解决什么问题,也没有为我们做什么决定,他完全是在莎士比亚对人类的发明的意义上,探索人类的全部真理。奥莲卡,虽然无疑完全是个俄国人,但也带有普遍性。契诃夫对她的嘲讽姿态只是莎士比亚式的:命运的轮子转了一圈,我们又到

了这里。生活夺走了奥莲卡身边的三个男人，只留给她一个养子，为了他，她才能够继续活下去。莎士比亚作为舞台剧作家，禁不起再现平庸，因为即使是他也无法用我们普通人的不幸吸引住观众的兴趣。契诃夫，骨子里是莎士比亚式的作家，用他的故事表现了甚至连他自己的话剧也不能做的事情：阐释了平凡的生活，既没有歌颂，也没有歪曲。契诃夫最著名的剧作《三姐妹》，不可能有像奥莲卡那样的人物，即使让她演次要人物也不行。《宝贝儿》是文学上的奇迹，契诃夫能够集中而充分地表现奥莲卡，这个只能通过完全爱别人才能活下
74 来的人。

欧·亨利

（1862—1910）

威廉·西德尼·波特[①]是美国流行文学的中心人物。他享有大量的、长久的读者，他的名声几乎等于短篇小说这种文体，虽然他说不上是这种文体的创造人之一，或者说是主要的创新人之一。他的喜剧天赋相当突出，尽管有局限性；他细腻的自然主义笔法几乎总是受到他的前辈弗兰克·诺里斯光环的影响。对于欧·亨利来说最重要的是他留住了一个世纪的观众：普通读者在他的故事里看到的是他们自己，不是更真实或者更奇怪，而是像他们自己的过去和现在一样。

欧·亨利最著名的故事《麦琪的礼物》中有明显的感伤之情却能长久不衰。作者对人物满怀着深情和兴趣，因为这是根据他的妻子和他自己而写的，他以优美和同情的笔触来表现他们。塞缪尔·约翰逊博士说过，爱是傻瓜的智慧，智者的愚蠢。这对莎士比亚的《李尔王》来说是个令人赞叹的批评观点，但是对温柔的《麦琪的礼物》来说，这个评论有些太宽泛太激烈，因为这里爱的愚蠢实际地表现为一种智慧。

欧·亨利最复杂的小说之一《市政报告》中表现了更加完整的视野：幽默，似是而非，对那个古老南方的幸存者阿扎莉亚·阿戴尔

---

① William Sydney Porter，欧·亨利 (O. Henry) 是他的笔名。

的性格描写，甚至有点儿博尔赫斯的风格。虽然作者试图保持冷静的态度，但是当发现压迫阿扎莉亚·阿戴尔的那个可恶的温斯特·卡斯韦尔少校死在黑暗的街上时，他显然是高兴的，我们也一样。

> 认识他的善良的市民们站在那里，绞尽脑汁想为他说一两
> 75 句好话，如果可能的话。一个面貌和善的人想了好久之后说道：“卡斯大约十四岁的时候，在学校里他的拼写学得最好。”

欧·亨利晚期的作品《带家具出租的房间》，可能是他故事中最令人压抑的。巧合，几乎总是被作者用得太多，在此则变得像宿命。城市的衰败和污秽，这一切使得那对情人的自杀变得令人信服。有一句描写楼梯地毯的句子令人难忘，它捕捉到了出租房间的恶臭气息，在这里有一对情人死了，或者要死了。

> 它好像已经植物化了，在这恶臭、阴暗的空气中已经退化成翠绿的地衣或者说是蔓延的苔藓，一块块地长到楼梯上，踩在脚下像有机物一样黏糊糊的。

这段描写处在丁尼生的《莫德》中的丰盛繁茂与早期 T.S. 艾略特和福克纳的某些丁尼生式的描写之间。欧·亨利作为一个流行艺术家，他心中压抑着象征主义诗人的一面，这幅幽灵般的景象有利于
76 调和他作品中太明显的意外描写。

拉迪亚德·吉卜林
（1865—1936）

一

莱昂内尔·特里林在1943年写了“论吉卜林”（该文被收入1951年再版的《文学的想象》），二十年之后他又重申：如果能再写这篇评论，他会写得“少一些挑剔，多一些热情的赞美”。特里林一直是他那个时代批评界的代表，他反映了对吉卜林的评价中一个直到1987年还在持续的运动。我想只要我们的文学传统还在，这个运动就会和与之相对立的运动共存，和反吉卜林的运动共存。吉卜林不论从什么方面来看，都是个真正的流行作家。他的故事，如《要做国王的人》[①] 这样的故事、《丛林之书》和《原来如此的故事》中的儿童读物，以及小说《吉姆》——吉卜林的代表作，和后期的故事及数十首民谣，它们不仅是流传至今的优秀文学作品，并且一直能带来娱乐。好像吉卜林的目的就是要反对文学的崇高作用，即所谓为了更深奥的快乐而要我们放弃简单的快乐。

吉卜林在1906年“论文学”的演讲中描述了一个讲故事人的悲惨命运：

① 约翰·休斯顿根据此书导演了一部电影，中文译成《霸王铁金刚》(1975)，非常有名。

> 有个古老的传说告诉我们，一个人取得了非常显著的成就，他希望向他的部落解释他所做的事情。但是他要讲的时候，却一下变成了哑巴，一句话也说不出，他坐了下来。这时有个人站了起来——据说是个无主之人，他没有参加他同伴的那次行动，也没有什么特别的美德，但是他受到魔法的折磨——就是这个词——他得说必须说的话。他能看见，他讲述，他描述了那场著名的行动的功绩，描述得特别好，我们确信，他说的字字句句都
> 77 “有了生命，在所有听众的心里走来走去”。因此，那部落的人认为那些话一定是活的，他们害怕那个会说话的人会把不真实的故事传给他们的孩子，就把他抓住杀死了。但是，后来他们明白，那个魔力是在他讲的话里，不是在那个人的身上。

七年之后，弗洛伊德在《图腾与禁忌》的第四章可怕的“史前历史图景”中，描述了出奇类似的景象，其中一个原始部落中狂暴的父亲被他的儿子们谋杀吃掉，由此终结了父系游牧部落的历史。吉卜林的原始讲故事场面突出的是个“无主之人”，他唯一的美德是讲“必须说的话”。但是他也被那部落或原始群体的人杀死，以防他会对后人虚构那个部落的故事。只是后来，在弗洛伊德的书中，那些原始部落的儿子们才感到懊悔，所以“死去的父亲变得比生前更强壮”。只是后来，在吉卜林的故事里，那部落的人们才明白“那魔力是在他讲的话里，而不是在那个人的身上”。

弗洛伊德在“史前历史图景”中的真正主题是移情，是一种由多因素决定的情感从较早期的延续到后来的依附物上。吉卜林描述的讲故事的最初情景，其真正主题并不是什么部落的故事，或者讲的话

里有魔力，而是讲故事人的自由，那个无主之人的职业不是引他走向死亡，而是引他在死亡中复活。吉卜林否认的是他极大的恐惧，即那个魔力其实既在那个无主之人身上，也在他说的话里。

从吉卜林直率的帝国主义论和他强烈的反知识分子的观点来看，他和沃尔特·佩特、奥斯卡·王尔德、威廉·巴特勒·叶芝在一起时，最初可能会显得他不合适。然而，吉卜林是从美学修辞的角度来写作。从形而上的意义来看，他完全是佩特式的作家。佩特的《文艺复兴》中的“结论”不折不扣是吉卜林主人公的信条：

> 如果不能每时每刻在周围人们中看出一些激情澎湃的姿态，在他们的才华的光辉中看到某种悲剧性的力量分歧，那么就像，在这冰霜和阳光交织的短暂的白天，在天黑之前就要入睡。体验了这种壮美的感觉后，感到它是那么可怕的短暂，我们会不遗余力地用全身心去看、去感受，我们几乎没有时间把自己的所见所感归纳成理论。我们要做的就是，永远好奇地去尝试新的观点和追求新的印象。

弗兰克·科莫德看到，吉卜林这个作家“一向喜好情节和技巧，胜过喜好流行的为艺术而艺术之说”，但这多少有点是对佩特的《文艺复兴》“结论”中最后一段话的误读，这段话很快成为众所周知的规则： 78

> 我们还有一段时间，然后这个地方就没有人知道我们了。在这段时间里，有些人过得无精打采，有些人过得激情澎湃，而最明智的人，至少在“这世界上的孩子们”中，活在艺术和音乐

中。对我们来说,唯一机会就是拉长这段时间,尽可能地在现有的时间里加快我们脉搏的跳动。巨大的激情可以让我们有更敏锐的生命感受,感到爱的狂喜和悲伤,给我们各式各样的热情的活动,可以是无私的,或者相反,它们自然而然地来到我们许多人的心中。只有一点要肯定,这是激情——让你生出敏锐多样的意识果实。这种智慧,诗的激情、美的欲望、为艺术而艺术的爱,体现得最多,因为艺术降临到你的身边公开坦言,它来不为别的,只为给你最高质量的瞬间,仅仅为了那些瞬间的缘故。

吉卜林正像佩特和尼采一样,他感到简约的真理会摧毁我们,所以我们享有并珍惜小说。“对为艺术而艺术的爱”,按华莱士·史蒂文斯对佩特的信条的解释就是:即使知道小说不是真的,我们也选择相信。而小说,根据吉卜林的观点,是由我们心中魔鬼的力量写成的,是由“某种悲剧性的力量分歧”写成的。那些力量并不比它们所产生的故事和民谣更有意义。吉卜林最终还是和佩特一样深信,我们总是会陷入感觉的旋涡,各种各样相互交织的唯我的印象的聚合,极其生动,却没有什么结果。

二

吉卜林是一个超级短篇小说家,他发展了防卫性的一系列叙事技巧,有时候这一点增强了他作为作家的根本活力,而在另一些时候,或许却妨碍了他。他后期的短篇小说的艺术极其微妙,标志了他从深受马克·吐温影响的《吉姆》,到使用间接叙事模式的变化,而后者似乎是受了约瑟夫·康拉德和亨利·詹姆斯的影响。

《要做国王的人》可能是吉卜林最受欢迎的故事，大众读者的反应恰当地基于对两个主人公——卡内汉和德拉沃的精湛、生动的人物塑造之上。我发现自己很难认可一般公认的批评观点，即这是一篇对英国殖民主义的情感矛盾的寓言。虽然通篇带有讽刺含义，但从根本上来说，《要做国王的人》赞美了卡内汉和德拉沃的光荣和无畏的精神。

《没有教会祝福》和《莉丝佩斯》[1] 中对情爱的嘲讽比较温和，可 79
能是（可以说）吉卜林对已离他而去的情爱理想的留恋造成的。阿米娜和莉丝佩斯是两个不同的女子，无论在性格上，还是她们同英国人的爱情经历，都不一样。吉卜林的明智在于向我们展示了阿米娜实现了她天性的欲望，但却导致她过早地死亡，而莉丝佩斯的苦难则让她（一直到小说《吉姆》）都得以活下去。

吉卜林作为小说家的非凡创造力在《安提阿的教会》中展现得非常成功，小说用极其出色的散文体写成，可以说完全是吉卜林的创新：

> 从小竞技场后面出来的是吹着喇叭的四个号手，一个旗手，随后是一队骑警。他们骑的矮小的灰色阿拉伯马很是聪明，迈着斜步，侧身而行，肩膀擦着人群，用鼻子在人堆中闻着，似乎要人们来抚爱，此时号声在狭窄的街上震耳欲聋。不久，附近的一个广场疏散了这个压力。骑警们在广场分成四个部分，摆列成阵，然后向每个角落和中心的神像敬礼。人们像平时那样驻足

① “Without Benefit of Clergy”, 1891; “Lispeth”, 1886.

> 观看，看着那烛香如何由马背上被扔进一盏盏号灯中；孩子们走过来拍着那些马，说是认识它们；在烟雾缭绕的暮色中，分别的家人重新团聚；小贩们叫卖做好的晚饭；很快人群就融入到车水马龙的主路中。

这和《哈克贝利·费恩》的，或者和早期亨利·詹姆斯的散文写法都非常不同。吉卜林的介于二人之间的写作风格**似乎**是永恒的，但是当然有意识地开启了20世纪的开端。他的看似平淡的散文，暗示着黑夜的降临，就像这段真正耸人听闻的故事《玛丽·波斯盖特》的结尾所表现的：

> **但**这是个事实。一个女人如果不能做这些事也仍然有用——从某些方面来说比男人有用。她像铺路工那样重重地走过撒落的骨灰时，感到暗暗的激动。雨水使得火苗渐渐减弱，但是她能感觉出来——因为天已经黑得看不清了——她的活干完了。在焚化炉的炉底还有一点暗红的火光，如果她用那木头盖子半压在炉子上来挡大雨的潮湿，那火苗也烧不黑它。安排妥当后，她靠在拨火棍上又等了一会儿，此刻她感到的是越来越强烈的兴奋。她什么也不想。她任凭自己去感受。她长久的快乐被一个声音打断，一生中她已经多次痛苦地等待这个声音了。她倾斜着上身倾听，脸上露出微笑。那不会错的。她闭上双眼，
> 80 畅饮着它。它一度突然消失。
>
> “继续，”她喃喃地轻声说，“那还没有完。”
>
> 但是在两阵风雨的间歇，那声音还是停止了。玛丽·波斯

> 盖特从牙缝中快速地吸了一口气，她浑身颤抖。“**那**就行了。”她满意地说，回到屋里后，在下午茶之前她奢侈地洗了一个热水澡，洗掉刚才干的那些活带给她的污秽，然后下楼，弗洛小姐舒服地躺在另一个沙发上看到她，对她说：“非常漂亮！”

就是带着优雅的施虐狂的性特征，玛丽·波斯盖特享受着那个被击落的德国飞行员，享受他身负重伤渐渐死去的情形；那个躺在灌木丛里的人的痛苦，让她重新感到生命的活力。吉卜林为读者做得或许有些过分，但是我们还是对他的艺术感到战栗。它在《巴瑟斯特夫人》中达到的成功更加令人捉摸不定，我们既感到迷惑，又受到那些间接叙述的唆使，这看上去比那摧毁了故事主人公的阴暗性爱还更重要。

我小时候很喜欢《原来如此的故事》，到现在老了对这本故事集也仍然饶有兴趣。还有谁能把《独来独往的猫》的结尾写得更好呢？

> 然后那个男人将他的两只靴子和他的小石斧（一共是三件东西）向猫扔去，猫窜出了山洞，而狗追出去把猫撵上了一棵树；从那以后到今天，啊，亲爱的，五个男人里有三个人只要一看见猫，总要拿东西去打他，而所有的狗碰见猫都要把他撵到树上去。但是猫也遵守协议中自己要做的部分。当他在屋里的时候，他会杀死老鼠；只要小孩子不使劲拽他的尾巴，他还会好好地对待小孩子们。但是当他做完这些事情，间或有空时，当月亮升起，夜晚来临时，他还是只独来独往的猫，并且所有的地方对他来说都一样。这时他就摇着尾巴独自闲逛，走进潮湿荒野的丛林，爬

上潮湿荒野的大树，或者攀上潮湿荒野的屋顶。

在此，吉卜林对语调和视角的把握几乎接近极致，他让我们又一次意识到他多产的故事种类是如此的丰富，创作的叙述视角也是如此的多样。在20世纪的短篇小说作家中，正如已故的欧文·豪公正地看到的，吉卜林的地位仅位列于亨利·詹姆斯、D.H. 劳伦斯、詹姆斯·乔伊斯之后，而与乔治·路易斯·博尔赫斯和伊萨克·巴别尔
81 不相上下。

托马斯·曼
（1875—1955）

托马斯·曼最伟大的成就是他的长篇小说：《魔山》、《约瑟夫和他的兄弟们》（特别是《雅各的故事》）和《浮士德博士》。但是他的中篇和短篇小说也表现出他的才华，它们和他那些重要的长篇小说一样，展示出他是如何把他贯穿始终的嘲讽转变成许许多多的东西。在曼的小说中，嘲讽与其说是文学语言本身的条件，不如说是他对自我和社会的全部矛盾态度的一种混合隐喻。

《魂断威尼斯》，不论你读多少遍，都成功地抵抗了变成过时的作品。我猜测这是因为曼令人惊异地变身为阿申巴赫，他具有作家隐秘的同性恋和颓废美的品味。阿申巴赫的颓废以至死亡的讽刺性在于它同时又是他真正欲望的觉醒。

《马里奥与魔术师》现在看来可能是当时的产物，如今宗教的恐怖主义取代了法西斯主义而成为敌人。但是奇波拉仍然活着：他体现的政治魅力的危险是如此的长久，这部中篇小说的永恒意义将会回归。

《错乱少年愁》超越了当时的社会经济意义，主要是因为它显现的父亲对小女孩的爱，将讽刺与非常微妙的感情相平衡。

中篇小说《托尼奥·克勒格尔》，尽管有嘲讽的强劲外表，在我看来的确有些暗淡了。它那种资产阶级的怀旧之情现在已不那么重要，这一次，时间的报复战胜了曼的嘲讽姿态。

然而，《菲利克斯·克鲁尔》① 仍然保持着它具有的强劲的嘲讽，它最终发展到曼的风趣的长篇小说，“骗子菲利克斯·克鲁尔”的历险记②，也同样如此。其中艺术家即骗子这一太过盛行的意象，包纳
82 在曼对骗子生活引起的强烈性欲的看法中。

① 短篇小说《菲利克斯·克鲁尔》最初写于1911年，1936年发表在曼的短篇小说集《三十年故事集》中。

② 《骗子菲利克斯·克鲁尔的自白》（*Confession of Felix Krull: Confidence Man*），此长篇小说是曼的未完成之作，1954年德文版出版，英文译本发表于1955年。

杰克·伦敦
（1876—1916）

杰克·伦敦在1916年去世的时候四十岁，可能是死于吸毒过量。一个自学成才，自己改名为杰克·伦敦的人，曾做过劫蚝贼，做过追捕劫蚝贼的海上巡警，还做过发电厂的工人，但他一生更多的时候是个流浪者和革命者，直到后来他成为一名专业作家，又成为一名战地记者。伦敦的精力无法估量，他是个航海家、牧场主、社会主义政治家、永远的探险家、不断写作的作家。他现在仍然既是我们幻想文学的一个特殊现象，也是美国神话中一个永恒的人物。

他最好的故事包括《生火》、《母狼》、《为了一个人的爱》、《叛逆》——它们在文学力度上超过了他的长篇小说和幻想小说。这些故事的现实主义特点是那么的强烈，以至让人近乎产生身临其境的幻觉。如果狗没有被狼吃掉，它们就会变成狼，人在拼命，否则他们也会被吃掉。在杰克·伦敦的克朗代克的故事里，死亡比比皆是，寒冷、饥饿、狼群聚在一起汇合成威胁。

《荒野的呼唤》（1903）的第一章命名为“进入原始”，这恰好是杰克·伦敦在文学探索上的格言。这里我想集中谈谈《白牙》（1906）中第二个故事或第二章“母狼”。伦敦那宿命论的冷酷观念萦绕着整部作品，小说开头一章“食物的踪迹”概括了作品的这一玄学思想：

> 爱好运动那不是荒野的性格。生命对于荒野是冒犯，因为生命是运动，而荒野的目标始终就是消灭运动。它冻结了水以阻止其奔流入海；它把树液挤压出树体，由外到内直至把强有力
> 83 的树心也冻了起来；而最残忍、最可怕的是，荒野蹂躏和折磨压服人类——人类，总在反抗“一切的运动最终都归于运动的终止”的格言，是最不安分的生命。

杰克·伦敦的写作处于叔本华对“求生意志”的分析和弗洛伊德怪异的领悟之间的时期，后者在《超越唯乐原则》中看到无生命是我们的终点和起点。然而伦敦虽然对荒野心怀忠诚，却至死也保持着人道主义。比尔和亨利，虽然被一群狼围追，这“两个没有死的男人”，仍然保持着相互关心和拼死一搏的尊严。他们只剩下三个弹药筒和六只拉雪橇的狗，而狼的数量大大超过了他们。最主要的死敌是那只母狼，它是只跑回荒野的粗壮的狼狗，现在是这群狼的头儿。

在下一章，比尔和他们的狗一起都成了那只母狼的牺牲品，只有亨利活了下来。伦敦奇特的力量在于他对那只母狼和她的对手——人类——都怀有同样的感情。在儿童文学作家中，伦敦的立场会显得更平常一些。我想不出在成人的流行文学中还有哪个能和伦敦对动物的喜爱完全相似，除了吉卜林之外——他非常出色地调和了儿童和成人的想象的界限。和杰克·伦敦相比，吉卜林是个更为出色的天才作家，而且，吉卜林没有伦敦那种野蛮原始的东西。但是，对荒野的崇拜至今仍是伦敦有别于几乎所有人的特性，而且这一点说
84 明了为什么伦敦对全世界的读者具有永恒的魅力。

舍伍德·安德森

（1876—1941）

从历史上看，舍伍德·安德森在20世纪20年代到30年代的二十年中，是美国短篇小说发展的重要的人物。安德森受到西奥多·德莱塞的自然主义和格特鲁德·斯泰因散文实验主义的影响，发展了一种他自己独特的叙述艺术风格，他对欧内斯特·海明威和威廉·福克纳的早期创作有着重要的影响，但是这两个人却并不感恩，反而讽刺他。

安德森笔下偏执的"畸形人"，各自困在自己的观点中，他或她往往是安德森最成功的故事里的主人公。但是我最喜欢的安德森的故事是《林中之死》，是关于一个终身都是牺牲品的人，她说不上有什么意识，因而也算不上是个畸形人。《林中之死》是他后期的作品，发表于1933年，讲的是玛·马文的悲伤故事，一个贫穷、孤独的老妇人，一生受人剥削。安德森对她既没有赞美，也没有哀叹，而是把她编入他的咒语散文诗："如此完整的事情就有它自身的美。"叙述者显然代表了安德森，他既经历了作为艺术家的自身转变，同时第一次经历了对异性的感受——看到那个老妇人冻僵的尸体，令他惊奇的是，她是那么洁白、那么可爱，就像回到年轻姑娘时一样。

在第一次面对（和讲解）《林中之死》半个世纪之后，重读这篇故事，我发现自己对这篇故事既感动，又感到不寒而栗。通过集中表现叙述者对玛·马文之死的看法，安德森把她的一生简化为其审美效果——充当了故事的素材。叙述者因这位老妇人得到滋养，就像人类和动物总是靠她养活一样。人们想从《林中之死》中寻找关于艺术家负罪性的讽刺意识，却找不到。缺乏这种意识既表明了安德森
85 作为说书人的纯粹，又表明了他的缺陷。

斯蒂芬·克莱恩

（1871—1900）

斯蒂芬·克莱恩对美国文学的主要贡献是他的内战小说《红色英勇勋章》。但是他的才华是多样的：他的一些诗歌仍然被人传诵，他的三个最好的故事对于那种文体的爱好者来说永远都是有意义的。

作为一名热情的职业战地记者，斯蒂芬·克莱恩就是他那个时代的海明威，永远在为叙事艺术寻找素材。《海上扁舟》直接取自于克莱恩自己的经历，而《蓝色旅馆》和《新娘来到黄天镇》反映了他在美国西部的旅行经历。克莱恩二十八岁死于肺结核，这是美国文坛的巨大损失。在这本薄薄的集子里研究的他的三篇好故事，可以说是他最有力的作品。

据克莱恩说，《海上扁舟》是有意“根据事实”而作，但是它和“斯蒂芬·克莱恩自己的故事”非常的不同。他用新闻报道的方式讲述了“舰长号”失事后幸存者的故事，1897 年 1 月，这艘船满载武器，支持反抗西班牙的古巴反叛者。《海上扁舟》是约瑟夫·康拉德非常欣赏的小说，它那种处理方式把现实渲染得如同幻影。“舰长号”上的四名幸存者发现他们漂到了海岸附近，但荒唐的是人们拒绝注意他们。即使岸上的人向他们挥手，实际上也并没有意识到这些幸存者的困境。当小船被冰冷的海水吞没时，他们被迫各自拼命向陆地游去，克莱恩好不容易游上了岸。《海上扁舟》的结尾用一句话铭记了这次严峻考验的复杂性：

> 夜幕降临时，白浪在月光中荡来荡去，风把大海的声音传给
> 86 岸上的人，他们觉得他们这时能够解释这大海的声音了。

人们想到梅尔维尔和康拉德是大海的影像的解释者；如果说斯蒂芬·克莱恩是这两个幻想家的同伴，那也只能从局外人的意思来看。克莱恩所表达的是，从岸上人们的眼光来看，大海是无法理解的。当我想到《海上扁舟》，我首先想到的是小船上绝望无助的幸存者，他们不能和岸上的人沟通，让人们知道船只失事的危险和绝望。克莱恩既不像康拉德是个道德家，也不像梅尔维尔是个诺斯替派反叛者，他不能向我们充分显示他的解释。

《新娘来到黄天镇》是一篇温和的喜剧，但它也围绕着不认识中的荒诞性。斯科拉奇·威尔逊是故事中持枪闹事的醉汉，他不能领会眼前这巨大的变化：站在他面前的这位黄天镇的治安警官，杰克·波特，既没有佩带枪，而且还有他新婚妻子的陪伴：

> “好吧，”威尔逊终于慢慢地说道，“我想现在一切都算了吧。”
>
> “如果你这么说那就算了吧，斯科拉奇。你知道我不想找麻烦。”波特拎起他的小皮箱。
>
> “好，就算了吧，杰克。”威尔逊说，他看着地上。“结婚了！”他并不是骑士精神的学生，只不过在这种陌生的情形下，他是早

> 期平原上的一个单纯的孩子。他捡起了右侧的左轮手枪，把两把武器都装进皮套里，然后离开了。他的两只脚在土路上留下了一串漏斗形的痕迹。

就像在《海上扁舟》一样，克莱恩需要不协调的东西完全地碰撞。大海和陆地，就像结婚和斯科拉奇一样遥远，他只知道他世界里的那个部分已经永远地结束了。克莱恩做得像是个解释者，然而，他和那个荒唐的，几乎无法解释的隔阂保持着距离。

克莱恩非常努力地写《蓝色旅馆》——他叙事作品的杰作。那个瑞典人对克莱恩来说是他创作的顶峰：一个真正让人讨厌的人物，他的真实性是那样地有说服力，以至于让人感到难以忍受。那个瑞典人受到西部神话的诱惑，试图体验这个神话准则，但是他把自己表现得却是个恃强欺弱的闯入者。他和小斯卡利打架得到的是虚假的胜利，因为他使自己完全孤立，直到后来他挑衅惹得那个赌徒把他杀死。剩下的就只是讽刺了：

> 那个瑞典人的尸体孤零零地躺在酒店里，眼睛直瞪着现金出纳机顶上一行可怕的说明：“这里记录着你应付的代价。” 87

到底是那个瑞典人自己找死，还是他遭人暗算？克莱恩最后的讽刺透露，小斯卡利玩牌时是作了弊，结果无疑引起瑞典人的反击。小说结尾，那个东部来的人断定，谋杀瑞典人的实际上是他们五个人，包括他自己在内，他说的是否对呢？我觉得读者会有不同的看法。那个瑞典人，还有西部的神话，他们才是罪魁祸首。 88

詹姆斯·乔伊斯

（1882—1941）

注意到乔伊斯的《都柏林人》是对最后审判的想象之作，是但丁和布莱克式的对最后审判的想象之作，这是一个准确的批评共识。正如玛丽·雷诺兹首先指出的，《都柏林人》的杰作《死者》，其构思明显是但丁式的。在《地狱篇》的最后一章，我们的周围是冰冷的柯赛特斯河[①]，葬身那里的是那些背叛国家、背叛亲友、背叛恩惠者和来客的人。《死者》的主人公，加布里埃尔·康罗伊，显然被乔伊斯看成是个叛徒，虽然他的背叛只是在思想和情感上，并非在行动上。乔伊斯隐含的审判也许看上去相当的严厉，然而但丁恐怕在所有的道德诗人中是最严厉的。加布里埃尔·康罗伊是个软弱、靠着别人生活的人，有点儿像个失败的艺术家，然而我们多数人并不会认为他应该受惩罚。但是我们不是乔伊斯或但丁，也不是布莱克或弥尔顿，所有这四位先知——尽管各不相同——可能已经把我们当中的许多人都打入地狱了。

可怜的加布里埃尔有着一些非常符合人性的品质，这在乔伊斯的身上也有体现，而且也许就像许多批评家指出的，《死者》中的这位反英雄人物既是乔伊斯的自画像，又是他对自己的自责，虽然这么说对这篇复杂而微妙的中篇小说有些太简单，不合适。我从来也没有

① Cocytus，据希腊神话，是冥河的支流，也译成痛苦之河。

相信威廉·燕卜荪爵士所称为的“肯纳的诽谤”，即休·肯纳[1]曾艾略特式地尝试把乔伊斯回归到正统的天主教，那是《都柏林人》作者所反抗的。人生来堕落，这并非乔伊斯的想法，一如它并非布莱克的想法。当加布里埃尔·康罗伊做出对他自己的最后审判后，我们不必认同这个审判的严厉：

> 他感到一种羞耻感向他袭来。他觉得自己是个可笑之人，
> 就像是婶婶们身边干不了什么大事的孩子，一个容易紧张、本意 89
> 好心的多愁善感之人，在一群俗人面前演讲，把自己滑稽的欲望当成美好的理想。他往镜子里瞟了一眼，看到的是个可怜而又愚蠢的家伙。

他的自我评估有一种普遍的东西，足以让许多读者看了能会心地皱眉和苦笑。然而乔伊斯比但丁要温和些，而且都柏林的尤利西斯——波迪·布鲁姆的创造者，并非是个忧郁的道德家，他和善良的波迪表现得一样。从根本上说，波迪是个没有仇恨的人，他好奇，而且在一切事上都表现得文雅。无论乔伊斯用什么象征性的描绘，加布里埃尔·康罗伊不是波迪，却也不是但丁地狱里的居民。在《尤利西斯》中，象征主义和自然主义因素在乔伊斯的艺术中融合，但是在《都柏林人》中，这二者是分开的。可怜的加布里埃尔的背叛太平常了，微不足道，他自己也常常是个微不足道的人。或许他不能超越对自我的爱，然而《死者》的结尾那非同一般的见解，表明他在那一瞬

① Hugh Kenner (1923—2003)，加拿大学者，文学批评家，曾在美国数所名校任教。1956年发表《都柏林的乔伊斯》(*Dublin's Joyce*)。

间达到了超越自我的境界：

> 他的灵魂已经到达那个住着大批死者的地域。他意识到了，
> 却不能理解他们变幻无常、忽隐忽现的存在。他和自我身份正
> 90 在消逝……

弗朗茨·卡夫卡

（1883—1924）

一

米伦娜·叶森斯卡[1]在为她的情人弗朗茨·卡夫卡写的讣告里，描绘了一幅现代诺斯替人的画像：他是一个有着“科诺玛”[2]眼光的作家，认为我们已经被抛进宇宙的空虚之中：

> 他是个遁世者，一个有洞察力的人，一个对生活感到恐惧的人……世界在他的眼中充满了隐形的魔鬼，他们袭击并摧毁毫无防备的人……他所有的作品都是在描写神秘错觉的恐怖和人类的无辜之罪。

米伦娜——聪明、无畏、可爱——但也许对卡夫卡在一般的犹太人和带有诺斯替教立场的犹太人之间娴熟的逃避性游移稍微有些曲解。马克斯·布罗德[3]针对卡夫卡那句如今很有名的话，“我们是进

---

① Milena Jesenska (1896—1944)，捷克作家，卡夫卡小说在捷克的译者。她在1919年结识卡夫卡，并首次翻译了卡夫卡的小说《火夫》(*The Stoker*)。卡夫卡去世前把他的日记都送给了她。

② kenoma，空虚，源自希腊语。

③ Max Brod (1884—1968)，出生于布拉格的奥地利犹太作家，卡夫卡的挚友和遗嘱的法定执行人。正是因为布罗德没有按卡夫卡的要求将他的手稿烧毁，卡夫卡的作品才得以在世上流传。

入上帝脑子里的虚无主义的想法”，对他的朋友解释了诺斯替教的观点：造物主创造的这个世界既是罪性的又是邪恶的。“不，”卡夫卡当时回答说，“我相信我们不是上帝根本堕落的结果，只是他情绪不佳时的产物。他那天过得不愉快。”扮演着直率的搭档，忠诚的布罗德问，这是否意味着在我们的世界之外还有希望？卡夫卡笑了，愉快地回答：“对于上帝——有很多的希望，没完没了的希望——只是那和我们没有关系。”

尽管格肖姆·肖勒姆[1]的具有权威性的研究表明，卡夫卡是相信诺斯替教的犹太人，但是，卡夫卡比诺斯替者既多些又少些什么，这一点我们可以想见。耶和华能够得救，神在堕落这一诺斯替教的基本要义并不是卡夫卡世界里的要素。然而我们是在耶和华某一天情绪不好的时候用泥土做成的；也许是神消化不良的时候，或者是耶和华在东方种植的林园里赶上酷热的天气。耶和华是希望，而我们毫
91 无希望。我们是一群寒鸦或者乌鸦，即卡夫卡们（因为这是 kafka 这个名字在捷克语的意思），它们的不能存在就是上天的显示：“那群乌鸦认为，只要叫一声就能够摧毁天庭。这无疑说得没错，但却不能证明它们能够对抗天庭，因为上天表明的就是：乌鸦不能存在。”

在诺斯替教中，有个外在的、完全至高无上的上帝，而那大师，经历千辛万苦后能找到存在与丰盛的路。所以诺斯替教是救赎的宗教，尽管在所有类似的救赎观念中它最消极。卡夫卡在精神上没有给我们希望，而诺斯替者则非如此。但是米伦娜·叶森斯卡所强调的当然是对的，卡夫卡的恐惧近乎于诺斯替教的对“科诺玛”的畏惧，那

① Gershom Scholem (1897—1982)，犹太神秘哲学家和历史学家，现代“Kabbalah”（卡巴拉）研究的创始人。

是由一些执政官掌控的世界。卡夫卡迈出了诺斯替者不可能迈出的一步,因为他否定在这个世界上我们还有任何希望。

布罗德给卡夫卡的格言起的标题“对罪恶、痛苦、希望和真理之路的思考”有误导性。在那些格言中卡夫卡写道:“摆在我们面前的,是要完成否定的东西;因为肯定的东西已经给了我们。”卡夫卡对卡巴拉知道多少我们不清楚。由于他写的是新的卡巴拉,犹太人诺斯替教的来源问题可以先放在一边。的确,似乎通过一种迷人而怪异的方式(但是我更愿意把它称为布莱克所坚持的观点的又一例证——崇拜的形式取自于诗歌体的故事),我们对卡巴拉的理解最终还是卡夫卡式的,因为卡夫卡深深地影响了格肖姆 · 肖勒姆,而在将来的几十年里,不会有人超越肖勒姆对卡巴拉的创造性的,或者说是十分有分量的误读。我重复这一点是要强调其震撼力价值:我们是通过格肖姆 · 肖勒姆阅读卡夫卡视角的卡巴拉,就像我们阅读人的性格及其模仿的多种可能性是通过莎士比亚的眼光一样,因为基本上,弗洛伊德是莎士比亚和我们之间的中介,但他还得依赖莎士比亚。现在,一种卡夫卡的真实性或者偶然性,影响着我们对犹太文化传统中任何不规范东西的意识。

在卡夫卡 1922 年的日记里,1 月 16 日那天,他思考着“像是精神崩溃的东西”,这让他“不能入睡,又不能保持清醒,不能忍受生活,或者更准确地说,不能忍受生活的过程”。他那承载生命的容器已经破裂,因为他那着魔的、作家的内心世界和外在生活“已经分离,而且它们真的是以可怕的方式在相互分离,或者至少相互冲突”。到了那天晚上,K 来到一个白雪皑皑的村子。他的前面有一座城堡,但是城堡所伫立的那座山上也笼罩着黑黑的云雾,没有一点儿亮光可以让人看出那儿有座城堡。K站在通向村子主路的木桥上，站了好久，但是他凝视的不是那个村子，而是“远处山上虚无缥缈的空虚”，那座城堡应该就在那里。他不知道，他永远都不想明白的东西就是，那空虚从任何意义上来说都是“虚无缥缈”的，因为他凝视的“科诺玛”，最初就是由生命容
92 器的破裂造成的，是由内在和外在的每一个世界的分离造成的。

卡夫卡在描写K的幻觉时，计算他的证实过程所需要付出的代价，在一段文字中预言了肖勒姆，但不同的是，肖勒姆试图为自己把犹太复国主义和卡巴拉结合在一起，以此来否定。卡夫卡知道得更清楚，也许只是为他自己，但也许是为了大家：

> 第二，这种追求，起源于人们中间，引导着一个人远离人群。这种孤独感大部分是强加给我的，一部分是我自愿寻找的——但这不也是被迫的吗？——孤独正在失去它所有的不确定性，接近它的结局。它会引向哪里呢？最大的可能性是，它会让人发疯；没有什么更多的可说了，这种追求一下子刺穿我，把我撕得粉碎。或者我能——我能吗？——稍微地控制一下我的双脚，使我沿着疯狂的追求继续向前走。但是之后我会被带到哪里呢？“追求”，其实，只是一个比喻。我也可以说“对最后的尘世边界的攻击”，而且是来自下面，来自人类的攻击。因为这也是个比喻，所以我可以用另一个比喻来代替，它是来自上面的攻击，从上面对我的攻击。
>
> 所有这类写作都是对那些边界的攻击。如果犹太复国主义未曾干涉，它很可能已经发展成新的神秘学说，一种卡巴拉。这种暗示已经存在。当然这需要一个不可想象的天才，方能在旧

> 世纪中重新生根，或创造新世纪又不使它自己消耗殆尽，而是然后才开始茁壮成长。

想想卡夫卡的三个比喻，他是有意把它们相互替换。这个追求是思想的追求，以反省的方式，是卡夫卡的写作方式。然而，这个追求的比喻又“一下子刺穿了我”，把自我分裂。接着卡夫卡把“追求”换作人类的攻击，来自下面的、对最后的世俗边界的攻击。那个边界指的是什么？那一定指的是在我们与上天之间的那片区域。卡夫卡，那只乌鸦，或寒鸦，通过他的写作穿越了那边界，而且暗示他能够摧毁天庭。然后他再次替换，这个比喻又改成“来自上面的攻击，从上面对我的攻击”，目的只是为了表示上天的作用，那就是说，卡夫卡或者乌鸦的不可能性。上天通过卡夫卡的写作来攻击他；“所有这类写作都是对那些边界的攻击”，而它们现在肯定变成了卡夫卡自己的边界。让人想到弗洛伊德的极其复杂的“边界概念”，甚至比内驱力、身体自我，要更复杂。上天攻击卡夫卡的身体自我，但只是通过他自己
所写的东西。当然这样的攻击并非不是犹太人的攻击，而且与规范 93
的和神秘的犹太传统这二者有着同样大的关系。

然而，据卡夫卡自己说，如果不是犹太复国主义的干预，他的作品很可能已经发展成为一种新的卡巴拉。我们如何理解这句奇怪的话呢？是不是说犹太复国主义起了阻止卡夫卡变成另一个伊萨克·卢里亚[①]的作用呢？卡夫卡阴郁地，而且毫不谦虚地写道：“确有这种暗示。”我们的老师格肖姆·肖勒姆在此必然地主导了我们的解释。这些暗示仅仅显示给了卡夫卡，或者还包括从与他最近的人里

---

① Isaac Luria (1534—1572)，巴勒斯坦犹太教中有名的神秘哲学的创始人。

挑选出的那些少数人。这些暗示不能传给犹太人，甚至他们之中的精英，因为犹太复国主义已经取代了救主论的卡巴拉，大概包括异端分子的卡巴拉，从加沙的内森[①]，即那位宣传萨巴泰·兹委[②]的先知，以及他的众信徒，直到那个亵渎神灵的雅各·弗兰克[③]。卡夫卡在此对肖勒姆有着决定性的影响，因为卡夫卡早已涉及了肖勒姆的中心论点，即伊萨克·卢里亚的卡巴拉哲学、萨巴泰和弗兰克的救世主哲学，以及使以色列复国的犹太复国主义之间贯穿的联系。

卡夫卡最了不起的是，他接下来否认他具有“不可想象的天才”，能再次在远古犹太教中生根（大概指神秘教的那种），或更令人吃惊地，“创造新世纪”。而这正是肖勒姆坚持认为卡夫卡已经完成的事情。但是，我们是否能像肖勒姆试图做的那样，谈论弗兰茨·卡夫卡的卡巴拉哲学呢？在那些极其优秀的故事里，那些不同寻常的寓言和奇怪的悖论里，是否有一种新的神秘教义呢？或者说，卡夫卡难道不是在用他的才智对古老的犹太世纪做新的创新吗？卡夫卡当然会把自己严厉地评判为一个消耗殆尽的人，而不是一个“然后才开始茁壮成长”的作家。卡夫卡在他做出这些思考仅仅两年半后就去世了，哀哉！死在他临近四十一岁的生日之前。然而作为一个新的卡巴拉的创建者，他（和任何人比）很可能已经是尽力走得最远了。说到卡巴拉哲学家，确切地说，没有一个是容易解释的，比如摩西·德·利昂、伊萨克·卢里亚、摩西·科多沃罗、加沙的内森，或格肖姆·肖勒

---

① Nathan of Gaza (1642—1680)，犹太神秘哲学家，曾经预言救世主萨巴泰·兹委（见注释②）的来临，在当时近一百年中影响很大。

② Sabbatai Zvi (1626—1676)，犹太教的拉比，犹太神秘哲学家，自称是犹太人期盼的弥赛亚（救世主），后改信伊斯兰教，其跟随者中三百人也随他改信伊斯兰教。

③ Jacob Frank (1726—1791)，18世纪犹太教的领导，自称是救世主萨巴泰·兹委和大卫王的再生，他主张把犹太教和基督教结合在一起，在当时形成所谓的弗兰克教义 (Frankism)。

姆，但是卡夫卡的神秘学说，如果它存在的话，则是有意让人无法解释。我解读卡夫卡时的工作原则是观察到他尽一切可能来规避解释，也就是说，在卡夫卡的作品里，最需要或最要求解释的就是其有悖常理的、有意的躲避解释。埃里克·海勒对于理解这种躲避的处方是："引发歧义从来就不被看作是一种基本的力量，而在卡夫卡的小说中却正是这样。"或许，但躲避解释和引发歧义在文学特性上并不相同。

躲避解释是有目的的，借用列奥·施特劳斯的一个好的比喻，
它是要写出言外之意。当寻找新的否定观点时，或者可能不如说，在 94
修改旧的否定观点时，采取回避每个可能的解释来作他的中心论点或主题，这样做的意义是什么呢？卡夫卡不怀疑内疚感的存在，但他希望通过阅读他的作品，"能使人们在享受罪孽的同时没有内疚感，或几乎没有内疚感"。享受罪孽又几乎没有内疚感是躲避解释——不折不扣的、占主导地位的犹太人意义上的解释。犹太人的传统，无论是规范的还是秘传的，从来没有教你提尼采那样的问题："谁是解释者，他寻求为文本作解释是想谋求什么权力？"相反，犹太人的传统问题是："这个解释者是否属于每个时代里那些寻求为律法修建篱笆的人？"卡夫卡的那种躲避的力量不是支配他自己文本的力量，它确实为我们时代的律法修建了篱笆。然而在卡夫卡之前，还没有人完全是通过躲避的方法来修建篱笆，即使是迈蒙尼德[1]或犹大·哈勒维[2]，甚至斯宾诺莎也不是。在所有的作家中最难看清、最难捉摸的卡夫卡，至今仍然是迟来的圣贤者中最严厉、最折磨人的，这些圣贤属于未来的犹太文化传统。

① Maimonides (1135—1204)，犹太著名哲学家，中世纪著名的犹太律法研究学者。

② Judah Halevi (1075—1141)，出生于西班牙的犹太诗人和哲学家。

二

这只寒鸦，或乌鸦，或卡夫卡，也就是那个伟大的猎手格拉胡斯（Gracchus，这个名字在拉丁语里也是乌鸦的意思）的古怪形象。他不是活的而是死的，然而，他漂浮着，像是个活人，却永远在尸架上。当那位大惊小怪的里瓦[1]市长皱着眉头问："在那个世界（来世）没有你的位置吗？"猎人用很强的嘲讽口气为自己辩护说：

> 我总是处在一个通向天国的巨型阶梯上。在那无边无涯的宽广台阶上爬动，时而向上，时而向下，时而向左，时而向右，一直处于运动之中。猎人已经变成了一只蝴蝶。您别笑。

那个市长没有笑，我们也没有笑。格拉胡斯作为一只乌鸦，他有足够的力量去摧毁上天，但是他永远也到不了那儿。相反，上天显示了他的不可能性，不存在乌鸦或猎人，于是他被变成了另一只蝴蝶。从上天的眼光来看，那就是我们所能做的。而且我们不用为此受责备：

> "我活得愉快，死得高兴。在我上船之前，我高兴地抛掉了那盒倒霉的弹药匣、我的背包和我的猎枪。以前我总是自豪地背着它们。我迅速地套上尸衣，就像一个姑娘穿上她的嫁衣。
> 95 我躺着静候。谁料后来就发生了不幸的事。"

① Riva，意大利北部的一个城市。

“多可怕的命运啊，”市长举起手来，像是要抵挡什么，他说，“对此您难道就没有一点错吗？”“一点儿也没有。”猎人说，“我曾是个猎人，这难道有什么罪过吗？我听从内心的感召做了黑森林的猎人，当时那里还有狼。我潜伏起来，开枪射击，击中猎物后就剥下猎物的皮，这难道有什么罪过吗？我的工作得到了赞赏，被人誉为‘黑森林中的伟大猎手。’这难道有什么罪过吗？”

“我没资格对此作评判，”市长说，“不过我也觉得您做这些事没有什么罪过。可那到底又是谁的罪过呢？”

“是那个船主。”猎人说，“谁也不会看到我在这里说的东西，也没有人会来帮我。即使这里所有的人听到要帮我的命令，所有的门窗也会仍然紧闭，所有的人仍然会躺在床上，用被子蒙住头，整个世界就像是深夜的一家大客栈。当然，这么做是有道理的，因为谁也不认识我，即使认识我，也不知道在哪里可以找到我，即使知道在哪里可以找到我，也不知道该拿我怎么办，不知道怎样做才能帮我。要帮助我的想法像是一种病，一种必须卧床才能得以治疗的病。”

格拉胡斯是多么地让人敬佩啊！甚至与荷马史诗中的英雄相比，他也毫不逊色。那些英雄们知道，或者觉得他们知道，活着，无论怎样痛苦，也比做个死人里的头头要好。但是格拉胡斯只想做他自己，活的时候做个猎手很高兴，死了当一具尸体也挺开心。“我迅速地套上尸衣，就像一个姑娘穿上她的嫁衣。”只要事情发生得井然有序，格拉胡斯就十二分的满意。有罪过的一定是那个船主，他可能就是有些不称职的过错。格拉胡斯虽然已死，但仍然说话清晰。他是不可挽救了："要帮助我的想法像是一种病，一种必须卧床才能得以治疗的病。"

格拉胡斯用引人注目的比喻，把黑夜降临的整个大地比作深夜的一家大客栈，所有的人都用被子蒙住头，他表达的判断是："这样做是有道理的。"这样做之所以有道理，只是因为在卡夫卡的世界里，就像在弗洛伊德的，或在肖勒姆的世界里，或在犹太人深深记忆的世界里，每一件事都必然有道理，完全的道理，即使卡夫卡拒绝帮你弄清这个道理，或者帮你快要弄清这个道理。

但那是个什么世界呢？什么事情都有道理，什么事情好像都需
96 要解释？就像 J.H. 范登伯格在反对弗洛伊德的压抑理论时曾经写的：只有待一切都已经成为过去，而且绝不可能有完全新的东西，什么事情才都能找到道理。那当然是公元 2 世纪伟大的合乎规范的拉比们的世界，因此，从那以后也是多数犹太人的世界。为了补充解释这个世界，律法制定了，《塔木德经》[1] 出现了，每一代都有延续传统链条的其他解释被重新锻造出来，但是，《创世记》和《启示录》中的界定在犹太人的记忆中已经确立。所有的事情都有道理，因为在希伯来的《圣经》中早已显示了所有的道理，按照定义就必能完全说得清，即使要等到救世主的到来它的意思才能完整显现。

格拉胡斯、猎人和寒鸦，就是卡夫卡，追寻思想的人和寒鸦；而格拉胡斯的无尽无望的航程，也是卡夫卡走过的经历，只不过有一部分不是用他自己的母语，而且大部分的生活素材也不完全是他自己的。

---

① Talmud，犹太教义仅次于《圣经》的主要经典。

卡夫卡在1917年年初写《猎人格拉胡斯》的时候，正在集中学习希伯来语，我认为，我们可以把那个死的但是一直都没有埋葬的格拉胡斯看成是他后来开始学习他祖先的语言的比喻。到1923年春他还在学习希伯来语，那时他的肺结核病开始恶化。直到他生命的终结时刻，他仍然向往着去锡安，梦想着恢复健康，以去往巴勒斯坦的旅途牢牢地明确他的身份。就像格拉胡斯，他体验了死亡之中的生活，尽管和格拉胡斯不同的是，他完全得到了死亡的解脱。

《猎人格拉胡斯》作为一篇故事或一个扩展的寓言，不是“流浪的犹太人”[①]或“漂泊的荷兰人”[②]的故事，因为卡夫卡对他的写作所用的比喻不是流浪，甚至也不是摇摆，而是一种重复，是个迷宫，或者是在挖地洞。他的写作所重复的，不是它自己，而是对律法作的犹太秘传的解释，对此卡夫卡自己几乎不了解，他也不需要了解。这种解释告诉卡夫卡的是，没有文字的律法，只有口头的律法。然而，没有人告诉卡夫卡这个口头的律法是什么。所以他用自己的写作来代替他得不到的口头律法。他不折不扣地用了猎人格拉胡斯的态度，在结尾部分他说：“我在这儿，别的我什么也不知道，而且哪儿我也不能去。我的小船没有桨，它靠着冥界最深处吹来的风行驶。”

三

卡夫卡在1923年12月19日给罗伯特·克罗普斯托克的信中这样写道：“《塔木德经》如果不是一封远方的来信，还能是什么？”

---

① Wandering Jew，传说中的犹太人，因嘲弄受刑前的耶稣而被罚永世流浪。

② Flying Dutchman，民间传说中“着了魔的船”，它注定永远在海上漂泊，到达不了陆地的港口。人们有时会看见这只船，闪着蓝光。

对于卡夫卡来说，犹太人的传统除了是一封远方的来信，还能是什么
97 呢？这肯定就是著名的寓言《皇帝的谕旨》里的部分重要内容，它的
结尾让你，读者，在夜幕降临时，坐在窗前幻想着这个寓言——上帝，
在他死的时候，向你传下了一条谕旨。海因茨·波利泽认为，这是尼
采式的寓言，他因此陷入了卡夫卡设下的迂回躲避的圈套：

> 描写在缺少形而上真理的时代里寓言的命运，皇帝的谕旨就变成了一个幻想家的主观梦想，他坐在窗前，望着越来越黑的世界。这个故事的唯一真正意义就是皇帝死了的消息。这个消息是卡夫卡从尼采那里得来的。

不！因为即使你梦到寓言，这个寓言也传达出了真理。《塔木德经》的确存在；它其实就是一道来自远方的皇帝的谕旨。那个地方太远，你收不到；希望是有的，但是和你无关。而且你也不清楚上帝死了没有，他一直在死去，但又一直对着天使的耳朵轻声说着什么。对你说的是："没有人能够冲破这里，即使是带着死人让他传递的信。"但是在这篇寓言的文中，皇帝实际上没有死。

距离是卡夫卡否定论的重要观点的一部分，这既不是黑格尔式的，也不是海德格尔式的，但它非常贴近弗洛伊德的否定观，而且和肖勒姆的卡巴拉主义者推行的否定论想象相近。但是我想在最后再谈卡夫卡的犹太人的否定观。《猎人格拉胡斯》是一篇非同一般的故事，但它还没有完全表现出卡夫卡最强烈、最不可思议，或最崇高的作品的特点。

在他写作状态最好的时候，卡夫卡向我们显示出源源不断的发

明创造力，那时他可以比得上但丁，而且可以真正与普鲁斯特和乔伊斯一比高下，成为我们这个世纪占主导地位的西方作家，除了弗洛伊德以外——因为表面上看，弗洛伊德从事的是科学研究，而非叙事和神话创作，尽管你若是相信这点，就什么事都可能相信。卡夫卡的动物寓言恰当地受到赞赏，但是他创作的最出色的形象，既不是个动物也不是个人物，而是小奥德拉德克，在那篇不满一页半纸的奇特速写中。那题目“家长的操心”或许应该译成“家父之忧”。① 这个家长讲了五段话，每一段话都带有辩证诗歌的意味，第一段讲的是对那名字意义的忧虑：

> 有人说奥德拉德克这个词来源于斯拉夫语，并且想据此来做解释。其他人又认为这个名字源于德语，只是后来受了斯拉夫语的影响。但这两种解释都不确定，这就让人有理由相信，哪
> 一种解释都不准确，特别是，它们都没有给这个名字一个明智的 98
> 意义。

这种迂回躲避被学者威廉 · 恩瑞克所克服。他把奥德拉德克这个词追溯到捷克语“odraditi”，意思是劝人不要做任何事情。就像爱德华 · 戈里 ② 的“可疑的客人”一样，奥德拉德克并没有得到邀请，但是他不离开，因为他含蓄地劝你对他的出席不要做任何事情，或者进一步说，他的神秘之中有某种东西劝你别去管他。

① 英文分别为“The Cares of a Family Man”和“The Sorrows of a Paterfamilias”。

② Edward St. John Gorey (1925—2000)，美国作家、艺术家。《可疑的客人》(*The Doubtful Guest*) 是一本图画书。

> 如果没有一个叫奥德拉德克的家伙，当然，就不会有人这样费劲地去研究。第一眼看上去，他像一个星形的缠线平板，的确，他上面好像还缠了线，而且可以确定，那是些陈年旧线，有断线连接的接头，缠结混乱，线是各种各样五颜六色的。不过这还不仅仅是一块缠线轴，因为在线板的中间部位还插了一根小木棍，又有一根和它成直角相接。用这第二根棍的一头支在一边，星星的一个角做另一支点，这样整个东西能直立起来，就像是两个腿站起来一样。

奥德拉德克像那个茫然的家长在一开始称呼的那样，是个“东西”吗？或者，难道他不像是个小孩，儿童世界的守护精灵吗？奥德拉德克显然是由一个有创造性和幽默感的孩子做成的，在精神上有点像J作者[①]笔下耶和华用潮湿的红土创造亚当的意思。当我们读到“整个东西能直立起来，就像是两个腿站起来一样”的时候，很难不把对奥德拉德克的创造看成是有意的滑稽模仿；同样，作者大胆地指出奥德拉德克如同亚当，“曾经还长得有模有样，而现在破碎后只剩下了一块碎片”。如果奥德拉德克跌倒了，他仍然很快乐，而且对他不能仔细检查，因为他“非常灵活，从来不能把他抓住”，就像他现身其中的故事那样。奥德拉德克不仅劝你不要对他做任何事情，而且很清楚地看来，他是卡夫卡借用来劝你的另一个形象，劝你不要解释卡夫卡。

① 学者们认为，希伯来的《圣经》是由多个作者写的，其中主要两个被称为P作者和J作者。J作者于大约公元前1000年开始写，他的文笔比较有诗意，文中称上帝为Yahweh（雅威）。P作者于大约公元前850年开始写，他的文笔比较有条理，文中称上帝为Elohim（伊罗欣）。P作者之所以得名是因为他关心的事情大多与祭司（priest）有关。而J作者之所以得名是因为Yahweh本来被拼作Jahweh。

卡夫卡最美妙的时刻之一是当你，即那个家长，见到奥德拉德克时，他正靠着栏杆，在你的脚边。你很想和他讲话，如同对一个小孩子讲话一样，你感到惊奇：“‘那么，你叫什么名字？’你问他。‘奥德拉德克。’他说。‘你住在哪儿？’‘没有固定的住处。’他说完后笑了，但只是那种好像后面没有肺的笑，那笑声听着像是唰唰的落叶声。” 99

“‘我’是另一个。”兰波曾经说，接着他补充道：“如果木头发现他是把小提琴就糟了。”如果木头发现他是奥德拉德克就糟了。他笑自己是个流浪者，即便是按照资产阶级的定义“没有固定的住处”，但是那笑声，不像人的笑声，神秘而怪异。所以他引起了那个家长奇怪的思考，这也许是卡夫卡式的对弗洛伊德的超越唯乐原则的死亡欲望的反讽：

> 我问自己，但毫无结果，他可能会怎么样？他会死吗？任何会死的东西都有某种生活的目标，有某种活动，以致消耗掉生命，但是那并不适于奥德拉德克。那么，我是否可以假定，他会一直在在台阶上滚啊滚的，他的身后还拽着线头，就在我孩子们的脚前呢？可以看得出来他对谁也不会有什么伤害，但是想想他可能会比我活得还长就会让我感到痛苦。

弗洛伊德说，生活的目的是死亡，是从有机状态回到无机状态，大概那就是我们较早期的状态。我们的活动消耗了我们的机体，所以我们会死，因为，在某种离奇的意义上，我们希望死。但是奥德拉德克，不仅无害而且可爱，是孩子的创造，没有什么目的，所以不受死亡欲望的控制。奥德拉德克是不死的，是恶魔般的，而且他也代表了受压抑的东西的某种弗洛伊德式的回归，在父系家庭中受压抑的某种东西，也是家长永远想逃避的东西。小奥德拉德克就完全是弗洛伊德所说的，受压抑的意识在认知上的回归，同时（恰恰是当）情感上仍然完全保持着压抑。这个家长理智地描述了奥德拉德克的形象，但同时折射出他自己的情感。奥德拉德克，我现在建议，最好把他理解成是卡夫卡对否定论[①]的比喻，卡夫卡对犹太人的否定论（不完全是非弗洛伊德式的）的解释，我想在下文对它做进一步的探讨。

四

为什么卡夫卡有如此独特的精神权威呢？也许这个问题应该换一种方式来问。对于我们，卡夫卡有怎样的精神权威，或者说，为什么我们被感动，或被迫使而把他作为一个具有如此权威的人去读呢？为什么还要提起权威性的问题呢？文学的权威性，无论我们怎样界定，和精神权威没有必然联系，而且在犹太人的写作中说起精神权威，不管怎样说也总是相当可疑的。权威性不是犹太人的概念，而是罗马人的概念，所以在罗马天主教的语境中对当代人很有意义，而对
100 犹太人的事情则没有什么意义，尽管以色列政治肮脏，美国犹太人的思乡之情有着软弱的虔诚。没有等级制度就没有权威，而等级制度也不是什么犹太人的观念。我们不需要拉比，或者别的什么人，来告诉我们什么是犹太人的，或者告诉我们谁是犹太人、谁不是犹太人。

① 此处原文是德文Verneinung，意思为否定的，有争议的。

规范的面具掩盖的不仅是犹太主义和犹太文化的折衷主义，而且掩盖了J作者笔下耶和华自身的本质。如果认为耶和华有的只是权威，那是荒唐的。他不是那个扩大人类活动的罗马小神，也不是为了人类的英雄主义而帮忙组织观众的荷马时代的神。

耶和华既不是缔造者也不是旁观者，虽然有时被误认为是其中之一，或二者都是。基本上，对他的基本比喻是父亲，而不是基石，而他的干预表现为他是个立约人，而不是个旁观者。你不能在他身上建立权威性，因为他的仁慈不是通过扩增来显示，而是通过创造来显示。他不写字，他说话，人们迟早会听到，而且他通过说话继续创造的是“olam”①，无边无际的时间，这就远远超出了扩增的范围。虽然更多别的东西可以来自于权威性，但是更多生命是福气本身，它来自于权威性之外的东西，生命降临到亚伯拉罕、到雅各、然后到大卫。他们任何一个人都不享有多少权威性，一如耶和华。然而，卡夫卡在文学上，当然、的确有他的权威性，他的文学权威通过一种令人困扰的方式变成了精神上的权威，特别是，在犹太语境下更是如此。我认为，这不是大屠杀以后时期的现象，尽管犹太人的诺斯替哲学（无论这是或不是矛盾修辞表述法）看来相当适合我们的时代，适合我们当中的很多人。文学的诺斯替哲学，在我看来，无论如何也不会受时间的限制。卡夫卡的《城堡》，正如埃里克·海勒所强调的，在精神秉性上明显是诺斯替的哲学，而不是规范的犹太教的哲学，不过这也像莎士比亚的《麦克白》、布莱克的《四天神》和卡莱尔的《拼凑的裁缝》。我们在卡夫卡的明显的诺斯替哲学中感到了犹太文化的因素，即使我们没有像肖勒姆那样把它称之为新的卡巴拉，或新的神秘哲学。

① 此处原文出自希伯来文。

在卡夫卡1922年的日记里，他巧妙地暗示出，即使他对否定论的支持也是辩证的：

> 否定论本身，无论怎样有力，是不能算足够的，在我最不幸的时刻我相信它能。因为如果我向上迈出微微一小步，为我自己赢得任何一点点哪怕是最令人可疑的那种安全，我也会在这一步上伸直身子等着否定的命令——不是爬到我这儿，而实际上是拉着我向下离开它。因此我的自卫本能不允许我有任何一点轻松，就像是，婚床还没架好就把它毁掉。

101 什么是卡夫卡式的否定论？在这段文字里，或是在别处？我们首先要排除法国人说的他与黑格尔有关的想法，就像排除黑格尔与弗洛伊德的否定论[①]有关系的想法。卡夫卡的否定论，与弗洛伊德的不同，是不安地、遥远地从否定性神学[②]的古代传统中发展而来，可能甚至是从最消极的古代神学、诺斯替教传下来的；而卡夫卡，尽管他渴望超脱，也和弗洛伊德一样，都接受事实的最高权威。在卡夫卡或在弗洛伊德的作品中，给定事物没有遭到摧毁，而这给定的事物基本上就是对所有人而言，特别是对犹太人而言的现状。如果事实高于一切，那么黑格尔式的否定论的思考就变得滑稽了，那样的否定论不可能有什么毁灭的作用，或者说，海德格尔变得不可能，而且德里达作为对海德格尔的强有力的误读，也变得毫无必要。

卡夫卡的否定论，最简单的来说，是他的犹太教，也可以说是卡

---

① 原文此处为德语：Verneinung。

② 以否定方法为基础的有神论。它通过断言神不是什么（而不是其是什么）来描述神。

夫卡作为犹太人的自我意识的精神形式，就像是他那特别的格言表明的："摆在我们面前的任务是要完成否定的东西，因为肯定的东西已经给了我们。"这里，肯定的东西是法律，或是规范的犹太教；而否定的东西，与其说是卡夫卡的新的卡巴拉，不如说是我们依然担负的东西：否定的犹太教，将来的犹太教，它正一直不停地向我们奔来。

目前最好的卡夫卡传记作家，恩斯特·帕维尔，强调卡夫卡"对自己犹太人身份的意识，不是宗教意义上的，而是民族意义上的"。然而，卡夫卡不是犹太复国主义者，也许，他并不是那么的想去锡安，他更想做的是学习犹太语，无论是意第绪语还是希伯来语。他没有意识到，他那令人吃惊的纯正的德语文体恰恰是他不背叛他犹太人身份的方式。在他去世之前，卡夫卡曾想去耶路撒冷，而且再一次加紧学习希伯来语。如果他没有死，他可能去了锡安，讲一口流利的希伯来方言，给我们留下了用J作者和犹大·哈勒维的语言写的令人困惑的卡夫卡式的寓言和故事。

五

卡夫卡作品中要求解释的，就是他拒绝被解释这一点，即使在他自己的否定论的领域里他也是含糊其辞。他后期呈现出的最精彩而又难解的两篇佳作是：寓言《我们法律的问题》，以及故事或见证《女歌手约瑟芬，或耗子民族》。每篇都让人去重新认识犹太文化的记忆，同时又让人拒绝那种情感上的认同，后者会使这篇寓言或者故事只是针对犹太历史，或者针对当代犹太社会的作品。《我们法律的问题》

102 在寓言的第一段就点明了要讲的问题：

> 我们的法律一般来说都不为人所知，它们被统治着我们的贵族掌管得很神秘。他们让我们相信这些古代留下的法律在严格认真地执行，然而，你被你所不知道的法律管着是件非常痛苦的事情。我并不是考虑到对法律的解释可能会产生什么歧义，或是，当只有少数人而非全民对法律的解释有表决权时会带来的一些不利之处。这些不利之处可能无关紧要。因为法律是非常古老的，对其解释的工作也已有数千年，而且无疑其自身也具有了法律的地位；尽管现在仍然可能留有解释的空间，实际上已经变得非常严格。再说，那些贵族在他们解释法律的时候，显然没有理由会受到伤害我们的个人利益的影响，因为法律在一开始就是为了贵族的利益而制定的，他们把自己置于法律之上，这似乎就是为什么法律只是由他们来决定的原因。当然那么做很明智——谁会怀疑古老的法律的智慧呢？——但是对于我们来说也有困苦，或许这也是不可避免的吧。

在犹太教中，法律其实就是众所周知的东西，就是规范的传道士们广为宣讲、教授的东西。卡巴拉是秘传的学说，但维护这一学说，越来越多依靠的不是规范的犹太教的老师们（拉比们），而是诺斯替教的宗派成员，比如萨巴泰派的、弗兰克派的成员，所有这些人在思想上受到加沙的内森——萨巴泰·兹委的先知的影响。卡夫卡扭曲了规范的犹太教和秘传的犹太教二者的联系，因而又一次使得提喻式的再现成为不可能。处在律法之上的不是拉比们，或规范的圣贤们，而是那一小部分人，包括从以利沙·本·阿布亚[①]到雅各·弗兰克这些持异端思想的人，而且，从某种意义上说，格肖姆·肖勒姆也属于这一小部分人。对于这些犹太诺斯替的信徒们来说，就像这个寓言暗示的："无论贵族做什么，那就是法律。"如此激进的说法告诉我们："传统还远不完全"，因而对救世主的期待是必要的。这种观点，从现实的状况来看，会使我们感到如此不安，只有下述信念才会让我们不安的心感到轻松：最终，一旦传统和我们对它的研究相交融并得出它们的结论，就像是获得了呼吸的空间，一切会变得清晰，法律将属于人民，贵族也将消失。

如果此刻这篇寓言用早期基督教的术语翻译，那么"贵族"可以
译成法利赛人，而"人民"可以译成基督教信徒。但是卡夫卡迅速阻 103
止了这样的翻译："这并非是对贵族心怀仇恨，根本不是，也没人这样。我们更愿恨我们自己，因为我们还没有显示出自己配享有这法律的权利。"

这里的"我们"既不能指基督徒也不能指犹太人。那么，那些"没有显示出自己配享有这法律权利"的人指的是谁呢？他们可能又是乌鸦或者寒鸦，是卡夫卡或者是猎人格拉胡斯，他们在那个或许是容易怨恨自我、怀疑自我的状态下四处流浪，等待着那不会显示的律法。然后，卡夫卡用明显的悖论结束说：

> 实际上只有从某种悖论才能揭示这个问题：任何一个不仅要否定对法律的全部信仰，而且要否定贵族的政党，都会有全体

① Elisha ben Abuyah，出生于大约公元前70年的耶路撒冷，曾经是受人尊敬的拉比，后来接受外界影响，被认为是背叛了犹太人的叛徒和异教徒。

> 人民做它的后盾。然而这样的政党不可能存在,因为没有人会胆敢反对贵族。我们生存在刀刃上。有位作家对这种事曾经做出这样的结论:强加在我们肩上的唯一可见的和不容置疑的法律就是贵族,难道我们必定要从自己身上剥夺掉这一法律吗?

无论我们把这些贵族看成常规的法利赛人、犹太诺斯替的异教徒,还是看成别的什么人,我们为什么没人胆敢对抗这些人呢?虽然强加在我们身上,但是这些圣贤之人或者那一小部分人,是我们所有的唯一可见的法律的证明。那么,我们是谁?如何回答这个寓言中最后提出的、无论是疑问还是反问的问题呢?“难道我们自己必定要从自身剥夺这一法律吗?”布莱克在《天堂与地狱的结合》中回答说:“我们对狮子和牛的法律是压制。”但是对乌鸦的法律是什么呢?卡夫卡不会告诉我们是不是也用压制。

歌手约瑟芬也是一只乌鸦,或卡夫卡,她不是耗子,那群耗子也许可以解释为寒鸦国的百姓。在《我们法律的问题》中或许有一些不安但仍然是主旋律的否定论精神,到了卡夫卡遗嘱式的故事[①]中放松了,变成了可怕的自由。这就是说,在这篇寓言中,法律不可能是犹太人的律法,虽然那个类比在近处闪光。但是,在约瑟芬的故事里,那些耗子们既是但同时又不是犹太人民,而弗兰茨·卡夫卡既是又不是他们感到奇怪的歌唱家。从认知的角度来看,对他们身份的识别是可能的,就像从遗忘中恢复记忆;但是从情感上说,对他们身份的识别当然是不可能的,除非我们可以假定,识别身份的关键之处,如果不是有意识的,已经被有目的地忘记了。约瑟芬唱的高音是卡

---

① 《女歌手约瑟芬》是卡夫卡写的最后一篇小说。

夫卡的故事，然而，卡夫卡的故事很难说是约瑟芬的高音。 104

会不会有一种既非有意识、亦非无意识的否定模式呢？或者说，既非黑格尔亦非弗洛伊德的否定模式呢？卡夫卡的才华为我们找到了一种模式，揭示出意识与抑制这二者之间的许多色彩，没有他，我们想象不出那么多的、更加诡异的界定。也许，最为诡异的是故事的结尾：

> 可是，约瑟芬不得不走下坡路了。离她唱出最后的高音，然后变得消声无息的时候已经不远了。在我们这个民族的永恒历史中，她不过是一段小插曲而已，这个民族终将会从失去她的损失中恢复过来。自然，这对我们来说不是那么容易的事，我们的集会怎么能鸦雀无声呢？不过，即使约瑟芬在世的时候他们不是也不出声的吗？难道她那真实的高音要比回忆中的更响亮、更生动吗？难道生前的她就胜过记忆中的她吗？难道不正是因为约瑟芬的歌声已经不会这样失去，我们这个民族才明智地把她的歌抬得这样高吗？
>
> 所以我们也许根本不会失去很多东西，而约瑟芬，也会摆脱尘世的烦恼——按照她的想法，那些烦恼在静等着所有选中的灵魂；然后她会快乐地消失在我们这个民族中无数英雄的行列里，而且很快，由于我们不是历史学家，她就会上升到达救赎的高度，像她所有的兄弟们一样被遗忘了。

卡夫卡在他的日记里写道："我是活了的记忆。"无论是他有意还是无意，他是活了的犹太人的记忆。卡夫卡这样问："难道生前的她就胜过记忆中的她吗？”因为他知道他也将会成为过去。在某种程度上，犹太人不是历史学家，因为犹太人的记忆，正如优素福·耶路莎米指出的，属于规范的而不是历史的模式。如果卡夫卡做过祈祷，他也会祈祷上升到救赎的高度，像他多数的兄弟姐妹们一样被遗忘。但是他的祈祷不会得到回答。如果我们想想天主教的作家，我们会想到但丁，不管怎样，他有胆量把他的比阿特丽丝放在天堂中的某个神龛里。如果我们想想新教的作家，我们会想到弥尔顿，他代表了一个党派或者党派的一部分，相信灵魂终有一死，只有和身体结合才可以复活。如果想想犹太作家，你必定会想到卡夫卡，他总是躲避他自己的大胆，而且也不相信别的东西，他相信的只是一
105 个作家的契约。

D.H. 劳伦斯

（1885—1930）

D.H. 劳伦斯现在基本上已经不受欢迎了，而且尤其受到文学界女权主义（有理由）的憎恨。但是他写了两部伟大的小说，《虹》和《恋爱中的女人》，在 20 世纪的英国诗人中（除了盎格鲁—爱尔兰的叶芝和自愿流放到美国的杰弗里·希尔之外），劳伦斯的地位仅次于托马斯·哈代。劳伦斯还是一位散文先知和游记作家，不过他最突出的成就是讲故事，无论是他的短篇《普鲁士军官》，还是中篇小说《死去的人》和《狐狸》。

《普鲁士军官》总是能够深深地搅扰人心，而且是叙事和文体的杰作。它特殊的价值在于衬托出《狐狸》的意义，因为，在《普鲁士军官》中很大程度上隐含的戏剧情节，同性恋，在《狐狸》中变得几乎完全直接明了，是表现一个男人和一个女人为了争夺另一个女人发生冲突的极其优秀的中篇小说。

故事里的两个姑娘，班福德和玛奇，都是将近三十岁，她们的关系有些暧昧，但显然并不是性的关系。亨利，是个士兵——几乎比玛奇小十岁——完全是班福德的对立面。他是人们曾经说的那种自然人：庄重、文雅、天生的猎手，热情、执着于自己的天性。玛奇和亨利之间的爱情是一见钟情，但是，她的历史、她的处境，还有她执拗的性格，这一切最终导致他们的婚姻永远无法完满，而亨利想要的是那种灵魂的结合。可怜的班福德——注定要失败，她差不多是自杀而死——然而，她将成为亨利和玛奇生活中的阴影。《狐狸》的艺术性在于其完美的、不带情感的叙述：劳伦斯在班福德和亨利的对抗中保持中立。然而讲故事的人并不是毫不关心；劳伦斯的立场通过那只狐狸的出现和它悲惨的命运表现出来，这只狐狸在玛奇的眼中就是
106 亨利。有人可能坚持认为，这个年轻的男人通过杀死这只狐狸而赢得他的妻子，从而解除了这个生灵对玛奇的幻想造成的束缚。

劳伦斯是个非常了不起的小说家，他不可能耽于明显的象征，我们也不应该对狐狸做简单的解释。在这两个女人的眼里，狐狸是个恶魔，因为狐狸的偷掠使得她们牧场的生存濒临危险的境地。但是玛奇不能杀这只狐狸，因为“她就像着了魔一样——她知道他[1]了解她。所以他盯着她的眼睛，而她的灵魂就不听她使唤了。他了解她，他并不害怕”。作为那个年轻士兵的前辈，他揭示出了玛奇在男性力量面前的脆弱性，她几乎没有意识到的不满足感——对于她和班福德在一起的状况的不满足。

玛奇的梦预示了班福德的死，以及亨利扮演了狐狸的角色。劳伦斯一向歌颂生命力，但是他并没有贬低班福德，因为她和亨利一样都是活生生的人。劳伦斯在这里为我们描绘的最微妙的人物是玛奇，超过班福德或者亨利。玛奇的深厚力量显得比实际上要更被动。她不会杀那只狐狸，她也不会不可挽回地放弃亨利，但是她内心的某些
107 东西与班福德一起进了梦中的棺木。

① 这里男性的他指的是狐狸。

凯瑟琳·安·波特
（1890—1980）

一

凯瑟琳·安·波特在五十岁的时候，已经写了并且发表了她几乎所有那些令人难忘的作品。她唯一的长篇小说是《愚人船》(1962)，在二十多年前我第一次读的时候，感觉是个有趣的失败，而现在我第二次读的时候，发现还是读不下去。在批评界，《愚人船》的维护者有很多，而且不乏著名人士，包括罗伯特·佩恩·华伦（他当然是波特的最好的批评家），不过那本小说也的确是那种需要维护的作品之一。或许《愚人船》的作者为写它等待了太久的时间，或许她那让人如此敬佩的天才更适合写中短篇小说，而加长篇幅必定会失去活力。看来，可以肯定的是，波特的持久魅力不在于她的《愚人船》，而在于她的《开花的犹大树》、《他》、《老人》、《中午酒》、《灰色骑士灰色马》、《坟》以及许多类似的作品。在小说作家中，她是最出色的抒情诗人，她的故事用的是（她非常敬仰的）薇拉·凯瑟在长篇小说《我的安东妮亚》和《一个迷途的女人》中所用的细腻精美的笔法。她和凯瑟一样，也从亨利·詹姆斯那里真正找到了她的前辈，虽然她早期的作品，在我看来，更多地借鉴了乔伊斯的《都柏林人》。但是，也是像凯瑟一样，她的敏感性与她的男性前辈们很不同，而且她的艺术，富有创新性和活力，转变成一种她自己独特的修辞方式和道德视角。

我承认，她的作品中我最喜欢的是《开花的犹大树》，虽然我认识到《老人》、《中午酒》和系列小说《旧秩序》的成就更大。《开花的犹大树》奠定了波特的地位，在修辞方面树立了一个标准，即使她自己后来也没有再超越这个标准。其中最有名的两段，保留着它们浓浓的气氛：

108 一天晚上，一个长着一头浓密蓬乱棕色头发的年轻人来到她的院子，站在院中像丢了魂一样唱了两个钟头，但是劳拉对他不知如何是好。月光像一层薄薄的银色轻纱照在宁静的花园，阴影之处的颜色显得一片幽蓝。犹大树上鲜红的花簇变成了暗紫色，那些颜色的名字在她心中自然而然地不断闪现，此时她望着的不是那个男孩，而是他的影子，像一件深色的袍子飘过喷泉池边，滑落到水面上。

……不，劳拉说，除非你握着我的手，不。她先是抓着楼梯的栏杆，接着抓住犹大树顶上那微微下垂的树枝，让她自己站到地上，然后她去抓峭壁上突出的岩石，去抓那起伏的海浪，不过那海浪不是水而是荒漠的碎石。你要带我到哪里去，她好奇地问，并不感到害怕。去死亡之城，那是个很远的地方，我们必须得快点，尤金尼奥说。不，劳拉说，除非你握着我的手。那么你吃这些花吧，可怜的囚徒，尤金尼奥不无同情地说。拿着，吃吧，从犹大树上他扯下热乎乎的流着血的花，送到她的唇边。她看到他那手没有肉，如同一小簇白色僵硬的树枝，他的眼窝里没有光，但是她贪婪地吃了那些花，使她不再感到饥渴。你这杀人犯！尤金尼奥说，你这个食人者！这是我的肉，这是我的血。劳拉哭喊道，不！然后她被自己的叫声惊醒，感到浑身颤抖，吓得不敢再睡。

有人曾经分析，这些章节的隐含意义类似 T.S. 艾略特的风格；的确，其中的典故主要取自并涉及艾略特的《空心人》，其中写到“基督老虎”走来：“在颓败的五月，山茱萸和栗子树，开花的犹大树，/ 被吃掉，被割开，被喝下，/ 在窃窃私语中。”但是波特的故事，带有极其强烈的性爱色彩，既不是“荒原”的寓言，也不是对基督徒怀旧情怀的研究。它写得很美，梦游的劳拉既不是个叛徒，也不是个失去信仰的人，而是个唯美主义者，一个讲故事的人，在即将跨入她自己艺术门槛的那一刻。波特有意把《开花的犹大树》的日子选在 1929 年 12 月或 1930 年 1 月。那时她并没有意识到弗洛伊德，或者说她后来也没有，但是弗洛伊德好像意识到了她，可以说，在他 1914 年写的非同一般的关于自恋的文章中，其中的某些地方可以看成是一幅波特笔
下劳拉的画像，《开花的犹大树》中的美丽的谜： 109

> ……此时这个女人的心里产生了某种自足（特别是，当开始有了一种成熟的美），这补偿了社会对她的对象选择施加的限制。严格地说，这样的女人爱的只是她们自己，这种爱堪比男人对她们强烈的爱。她们的需要并不在于去爱，而是被爱；她们喜欢的是符合这个条件的男人。从人类的情爱生活来说，一定要认识到这种类型女人的极其巨大的重要性。

弗洛伊德进一步看到,“一个自恋的人对那些放弃了一部分自恋的他人来说具有很大的吸引力”。劳拉奇怪的冷漠,让我们着迷,感到她是那样难以接近,她的冷漠并不是她对革命或教会失望产生的结果,而是她那孩子般的自恋。《开花的犹大树》中绝大部分的抒情力量来自于它的强烈对比,劳拉那双灰色的眼睛,庄重的神情,以及走路的样子,美得就像跳舞一样,而给她唱小夜曲的猥亵的人,那个职业革命者布拉焦尼,长着一对黄褐色的、猫一样的眼睛,唱歌的声音像是狗嚎,他的热烈样子极其粗俗。然而布拉焦尼对劳拉说的这一点是对的:“在某些事情上我们两个人比你看到的更相似。”自恋者和那爱自己的男性领导都一样,都有一种务实的残酷,一种否认所有其他人存在的虚荣:

> 无论这位陌生人向她说什么,也不管她传递给他的信息是什么,她身体中的细胞都用单一的字在说:不,不,不,拒绝承认或建立亲密的关系。她从这神圣的避邪的词中汲取了力量,让她不会受苦,不会走向邪恶。拒绝一切,那么她在哪儿都会安全,她不带惊奇地看着周围的一切。

波特的艺术使劳拉超越了审判。小说结尾,那梦一般的幻觉几乎不是个梦的再现,因为它根本不是愿望的满足。那是自恋者最后的冥想,那棵犹大树的意象代表的不是背叛而是启示,即那棵开花的犹大树是一个自我,自我的完美自足。劳拉,在那所谓的梦境中,或者在那幻想的投射中,恰到好处地把自己变成了尤金尼奥,“那个可怜的囚徒”,她贪婪地吃着犹大树上的花,“使她不再感到饥渴”,这是必然，因为这些花是自恋者对自我的情感之象征，是建立在自我感情投入基础上的自我之象征。当尤金尼奥喊道“这是我的肉，这是我的
血”的时候，他错了，我们更应该相信劳拉的大声喊叫：“不！”那是 110
让她从梦中惊醒的喊叫。它同样也是“一个神圣的避邪的词，让她不会受苦，不会走向邪恶”，让这个自恋者，除了她自己，拒绝所有爱的对象。劳拉一直在吸吮的是她自己的肉，她自己的血，这的确使她饥渴的欲望得到了满足。

二

波特是弗兰克·奥康纳称之为《孤独的声音》的极好的实例，那是他论短篇小说一书的书名，书中的开始，他批驳了对小说文体所用的传统术语：

> 读屠格涅夫、契诃夫、凯瑟琳·安·波特等作家，我能说的是，“短篇小说”这个特有的术语是个不恰当的词。一篇好的小说未必非短不可，而把短篇小说的概念看作微型艺术本身就是错误的。基本上说，短篇小说和长篇小说的区别不在于篇幅的长短。它们的区别在于纯粹的和实用的讲故事方式，为了不至有人仍得不到要领，我强调，我不想反对实用的讲故事方式。纯粹的讲故事更具有艺术性，仅此而已，而在讲故事方面，我不确定多少艺术比自然更好。

波特也一样不确定，而且她配得上罗伯特·佩恩·华伦所称赞

的：她的作品“是一首诗，表现了对世界身体的眷恋之情”。我只想加一句话，它还表现了对她自己身体更多的眷恋之情，但是我要强调这都是好的。自恋这个词现在荒唐地得到了一个坏名声，但是弗洛伊德显然对此会嗤之以鼻，我们也该如此。一个美丽的诗人，同时又是一个美丽的女人，自然会赞美她们自己的美，而波特是二者兼有的卓越之人。甚至她故事的名字也会常常萦绕在我的脑海中，就像她的影像长留在记忆中一样。华伦把她和福克纳作对比，这相当令人惊奇，因为福克纳的伟大与她的不同，一般说来不体现在特别的语句中。我倒更想把波特和哈特·克莱恩[1]相比，后者是波特在墨西哥的一个难以相处的朋友，一个难以容忍的客人，然而，从他们对艺术的深刻共识来说，他和波特是真正的同代人。波特对克莱恩的矛盾描述既是她写的一篇故事，又是哈特·克莱恩的一首梦幻诗。

> 直到这时他突然发出一连串难以听清的脏话，这是他在醉
> 到一定状态时所知道的唯一的语言，但是这次他诅咒着所有大
> 111 小的东西，还有人类。此时他的声音……震耳欲聋，刺激人的神
> 经，让人的心脏感到抽搐。这样的声音和这样肮脏的词语实在
> 无法重复，他依次咒骂着，他骂月亮和月光，骂天芥菜、天堂树、
> 夜来香和七星叶茉莉，还骂它们的香味。他还咒骂我们呼吸的
> 空气，骂边缘有两只小鸭子蜷缩在一起的那个水塘，骂那房子和
> 墙上挂着的藤蔓。但是那些不是他憎恨的东西。他甚至也不恨
> 我们，因为我们对他不算什么。他恨的、害怕的是他自己。

---

[1] Harold Hart Crane (1899—1932)，美国著名诗人，代表作有《桥》(1930)，1932年在回纽约的船上跳海自杀而死。

这个伟大的诗人正在冲向他的自我毁灭，他的自恋受到伤害，反而转成对自己的攻击，继而又点燃了那超越快乐原则的死亡欲望。在波特对克莱恩的回忆中，隐含着亲密伙伴背叛留下的创伤，作为一个伟大的诗人艺术家，看到另一个人没有像她那样走上通往智慧的道路，而是走入歧途，溺水而亡。波特作为活下来的人，写下了这段令人惊骇而又印象深刻的挽歌，为了克莱恩，为了这位极其出色的诗人，他的天才成了诅咒，不仅对他自己，对其他的艺术家也是如此。就像克莱恩一样，波特浓缩了她的才华，她的故事在其简练、壮丽而雄辩的风格上，和克莱恩的诗歌相媲美。但是波特不像他，她小心谨慎地生存下来，或许我们应该称赞她《开花的犹大树》中的劳拉那生存的智慧，而不是因为她没有心甘情愿地被那虽然美丽，但是粗暴的现实所吞噬而谴责她。 112

伊萨克·巴别尔

（1894—1940）

如果你要我的命，你可以拿去，但谁都会犯错误，包括上帝在内。这是个可怕的错误，佩西亚姨妈。但是让犹太人住在俄国，在那儿受的折磨比在地狱里的还要苦，这不是上帝犯的错吗？如果让犹太人在瑞士生活，在那儿他们周围的湖泊是一流的，山里的空气是一流的，而且周围只有法国人，那会有什么伤害呢？谁都会犯错误，上帝也不排除在外。

——《在敖德萨[①]是怎样的》

一

本亚·科瑞克，是巴别尔笔下一个凶残而冷漠的人，在敖德萨他是犹太人的黑帮头子，他对刚刚失去亲人的佩西亚姨妈说了上面这段辩解的话，佩西亚姨妈可怜的儿子被本亚手下的一个恶棍在兴高采烈的时候误杀而死。在俄国生活的犹太人，他们的过去和现在，是

① Odessa，当时是俄国乌克兰南部的一个城市，那里有犹太人居住区。巴别尔的《敖德萨故事》表现了犹太居住区的生活。

上帝兴高采烈时犯的一个错误，也是短篇小说家巴别尔的独特艺术主题和修辞特色。巴别尔的前辈是高尔基、居伊·德·莫泊桑（以及莫泊桑的文学之“父”，福楼拜），但是反复阅读巴别尔最好的短篇小说会看到，影响他的还有非常不同的、更早些的传统。巴别尔的表现主义和简练的艺术，无疑还受到犹太文学先驱的影响。已故的莱昂内尔·特里林无疑是用英语撰写巴别尔的最出色的批评家，但是他低估了巴别尔的犹太因素，或许他介绍巴别尔小说的观点是那些故事本身所反对的。

巴别尔是在斯大林大清洗时被谋杀的，那时他还不到四十七岁。他的作品在苏联并没有被正式禁止，而且在1956年，即他去世十五年后，在法律上就洗清了所有对他的指控。然而他的小说很少出版，在苏联批评界也没有什么人研究。这很可能是巴别尔强烈的性爱特点让文化官员们不满意，而且，那样一个明显的犹太作家（无论在形 113
式还是内容上），在一个如今教授希伯来语都违法的国家，是令人不安的阴影。凡是相信巴别尔的世界完全消失的人，应该在星期五的晚上去“小敖德萨”走一走，那个地方就是现在人们所说的布鲁克林的布莱顿海滨区。本亚·科瑞克的后人在那里生活得很好，在小敖德萨，他们过得有点儿太好了。巴别尔讲的是居住在敖德萨的犹太人的故事，那也是弗拉迪米尔·亚伯廷斯基出生的城市，此人是犹太复国主义右翼组织的创始人，是梅纳赫姆·贝京[①]和伊尔贡秘密军事组织[②]的引导人和鼓舞者。巴别尔的敖德萨城是重要的犹太文化中心，也是希伯来语诗人比亚利克、意第绪语作家门德尔·芒查·斯佛

① Menachem Begin (1913—1992)，犹太复国主义者，曾任第六任以色列总理。

② Irgun Zvai Leumi，希伯来语，意为“国家军事组织”，是一个秘密的犹太复国主义组织，1931—1948年活跃于巴勒斯坦地区。贝京曾在1944年担任这一组织的领导，组织暴力行动。

利姆生活的城市。巴别尔就像比亚利克和斯佛利姆一样，写的也是意第绪语背景下的敖德萨城，只不过他用的是俄语写作。

特里林应该再考虑一下他对巴别尔在《红色骑士》中的自我再现所作的定论："像哥萨克那样骑马的犹太人，而且试图接受哥萨克的精神。"利乌托夫，小说中的巴别尔自己，努力想活下去，但是很难说以接受哥萨克的精神为代价，那也是托尔斯泰以他的某种方式所接受的精神。实际上正相反，巴别尔的哥萨克并非是托尔斯泰笔下的高贵的野蛮人，而完全是犹太人眼中的哥萨克：他们不像人而像野兽，没心没肺残暴无情。特里林把他自己对于原始粗鲁的东西的怀旧之情带进了巴别尔的作品，结果得出了怪异的结论：

> 巴别尔对哥萨克的看法，更像托尔斯泰的看法，而不像他自己民族的传统观点。在他看来，哥萨克的确是高贵的野蛮人，太野蛮了，不常高贵，然而在其野性中有某种气质会在一个犹太人的心中引发奇特的问题。

但是，巴别尔的心中当然没有想到这些问题，这个敖德萨城的犹太人，有的永远是炙热的意识："在敖德萨是怎样的。"这种意识影响了他非常不同的两种表现暴力的方式，当我们思考巴别尔的故事时，这两种方式是我们必须做出对比的。下面是一种方式：

> 于是本亚开始行动。半夜的时候他的人来了，一行九人，手里举着长杆。杆子头上裹着沾过沥青的粗布。九个燃烧的火星在艾希鲍姆的牛圈里燃起火来。本亚用力砸开牛棚门上的锁，

然后让牛一头又一头地出来。每一头牛出来后就被一名拿着刀的小伙子领走。然后他一拳把牛打翻在地，用刀一下捅进牛的心脏。地上血流成河，火把燃烧着，如同玫瑰色的火焰。枪声响起。用这些枪声，本亚吓走了那些匆忙赶到牛棚的牛奶女工。随后他的那些土匪跟着他开始向天上开枪。（如果你不向天上开枪，就可能会杀死人。）现在，第六头牛已经倒在院子的地上，在国王的脚下，发出死亡的哞哞声。艾希鲍姆穿着内衣飞奔到院中。

（《国王》）

此时不幸潜伏在窗下，就像黎明前的乞丐。不幸吵闹着闯进办公室。虽然这次它扮作犹太人萨乌卡·布提西斯的样子，这不幸的人醉得像个挑水夫一样。

“吼—嗷吼—吼，”犹太人萨乌卡喊道，“原谅我，本亚，我来晚了。”然后他开始跺脚，胳膊挥来挥去。然后他开起了枪，子弹落在了穆金斯丹的肚子上。

还用说什么吗？刚才他还是个人，现在已经不是了。他曾经是个无辜的单身汉，像个栖息在树枝上的鸟似的活了一辈子， 87
却不得不落到这样荒唐的结局。不知从哪儿来了个像水手一样的犹太人，然后就是一阵开枪扫射，对着的不是什么土管子或者稻草人，而是一个活人。还用说什么话呢？

（《在敖德萨是怎样的》）

下面还有另一种方式，表现的是哥萨克的暴力，不是敖德萨的暴力。

但是我刚才没想开枪杀他。无论如何我并不欠他一枪,所以我只是把他拖到楼上的客厅里。那个客厅里,娜德芝达·瓦西里耶夫娜正用她手中的马刀摆弄她的头发,她在镜子前走来走去,看着镜中的自己。看见我拖着尼奇廷斯基来到客厅,她跑过去坐到了扶手椅子上。她头上戴着的丝绒帽子上有修剪的羽毛装饰。她坐在椅子上非常兴奋、紧张,她用她的马刀向我表示致敬。我踩在我的主人尼奇廷斯基的身上,对他踢打了有一个小时,或许还要多。那时我才彻彻底底地知道什么是活着。一枪打死他——这么说吧——一枪打死他你只是清除掉了一个家伙。开一枪让他就这么走了,对你自己来说太他妈容易了。一枪打死他你永远也不会得到他的灵魂,不知道它在一个人的什
115 么地方,也不知道它表现成什么样。我绝不能让自己这么干,我不止一次地踢打我的敌人,踢了有一小时之久。你明白吗,我想知道什么是真正的生活,想知道,走我们的路,生活会是什么样。

(《马修·帕夫林沁科的生活和历险记》)

通告已经张贴了出去,上边宣布地区政委维诺格拉多夫将在那天晚上的共产国际第二次代表大会上讲话。就在我的窗下,几个哥萨克正要开枪射击一个银色胡须的犹太老头,因为他是个间谍。那个老头发出尖利的叫声,挣扎着想逃脱。这时候,机枪组的库德里亚抓住他的头,把它摁到他的胳膊底下。那个犹太人不再叫喊,叉开双腿。库德里亚用右手拔出他的匕首,为了不让血溅着他自己,他小心翼翼地割断了老人的脖子。然后敲

了敲关着的窗户。

“谁想要就可以把他带走，”他说，“你们尽可以这么做。”

（《别列斯捷奇科》）

第一种方式像是孩子眼中看到的暴力的样子：“地上血流成河，火把燃烧着，如同玫瑰色的火焰”。还有，“不知从哪儿来了个像水手似的犹太人，然后就是一阵开枪扫射”。第二种方式也极具风格特点，像是从历史上犹太人的讽刺眼光中看到的样子，比如：“一枪打死他你永远也不会得到他的灵魂，不知道它在一个人的什么地方，也不知它表现成什么样”。还有，“为了不让血溅着他自己，他小心翼翼地割断了老人的脖子”。当巴别尔表现蒙达万卡地区犹太人黑帮的暴力时，他描写得就像是写本亚·科瑞克的衣服一样多彩：“他穿了一件橘红色的衬衫，袖口里闪现出镶着宝石的手镯”。“作为蒙达万卡地区的贵族，他们的衬衫外面还紧紧地套着马甲。外边还穿一件棕色的夹克，而在他们厚实的脚上蓝色的皮靴裂开了缝。”但是，巴别尔对“著名的奈扎、顽固的帕弗里切克、迷人的萨维斯基的训练”的再现，完全是另一回事。反讽极其微妙，由细微之处逐渐表现出来，直到把对残暴野蛮的所谓美德的怀恋变成某种可怕的犹太人内部笑话。当布琼尼元帅指责《红色骑兵》是对他的哥萨克的诽谤时，他的愤怒并非是完全没有道理的。

二

无论“犹太作家”这个短语可能会被认为有什么意义，任何赋

116 予它的意义中如果排除了巴别尔，就会变得非常无趣。莫里斯·弗里德贝格，即巴别尔与意第绪语民间故事和文学的关系研究的权威，非常奇怪地评论他说："一个左翼作家、俄国人、犹太知识分子，特别是，一个受到法国左翼强硬反教权主义很大影响的人，很难期待他能够回到有组织的宗教团体中。"巴别尔不相信《圣经》中上帝与人的立约（在严格的意义上），这明显是真的，但是犹太人精神上的微妙之处，在任何时候，众所周知那是很难说清的。

巴别尔的反讽是那样的无所不在，以至于有时他的反讽的确似要成为对反讽的反讽，然而有时候，他的反讽几乎不能遮掩巴别尔真实的怀乡之情，而这并非完全是对原始状态的怀念。杰大力，巴别尔的"瘦小、孤独的幻想家，头上戴着黑帽子，夹着一本厚厚的祈祷书"，或许是像那个具有"魅力"的萨维斯基一样讽刺的人物，后者"像女孩子一样的长腿插在长而锃亮的马靴里"，但这两种不同的反讽就像是那两种对暴力的看法一样，并能从文本的对比中再次表现出来：

> 我们所有的人肩并肩地坐在一起——着了魔的、骗子，还有懒汉。在一个旮旯，几个肩膀宽阔的犹太人看着像是渔民或教徒的样子，嘴里默默地念着祈祷文。杰大力，他穿的绿色长袍拖到了地上，在墙边打盹，像只鲜亮的小鸟。突然我注意到他身后的一个青年人，青年的脸很像斯宾诺莎，长着斯宾诺莎那样有力的额头和修女一样苍白的脸。他在抽烟，颤抖起来像一个再次被抓住送回监牢的囚犯。那个衣衫褴褛的雷伯·穆迪卡从他后面偷偷地溜上前去，冷不防从他嘴里抢走了香烟，然后跑到我这里。

“那是伊利亚，拉比的儿子，”他用嘶哑的声音说，他充满血丝的眼睛都快碰到了我的脸，“就是那个被诅咒的儿子，最后的儿子，那个任性的儿子。”

（《拉比》）

他的东西放得乱七八糟，到处都是——宣传的指令和犹太
诗人的笔记，列宁和迈蒙尼德的画像并排摆在了一起，铁制的列
宁头像旁边是灰暗色丝绸的迈蒙尼德的画像。一缕女人的头发
夹在一本书里，党的第六次大会的决议，共产党的传单的空白处
写满了弯弯曲曲的古希伯来语诗歌。这些东西像讨厌的阴雨一
样落在我的身上——那一页页的《雅歌》和手枪的子弹。落日 117
时分，可怕的雨水冲洗掉我头发上的灰尘，我对躺在旮旯破垫子
上那个快死的小孩子说：

“四个月以前的一个星期五晚上，那个穿旧衣服的人，杰大力带我去看你的父亲，莫塔里拉比。但是你那时还不属于这个党，布拉斯拉夫斯基。”

（《拉比的儿子》）

我不怕直接地告诉你，我把那个女公民甩下铁轨的路基，此时火车还在向前开着。但是她，因为长得又高又大，只是在那儿坐了一会儿，就拍了拍她衬衫上的土，起来继续走她妈的路。看着这个女人什么伤也没有，继续像那样往前走，俄罗斯在她周围像我不知道啥样子，看到农民的地里一棵玉米也没有长，愤怒的女孩儿们和许多同志上了前线，却没有几个能够回来，我心里真

想跳下车厢，结束我的生命，或者结束她的生命。但是这些哥萨克很同情我，他们说：

“用你的枪干掉她。”

所以我从墙上摘下我忠诚的步枪，从那工人的土地和共和国的脸上洗去了那个污渍。

（《盐》）

拉比的儿子伊利亚的感伤表现得可以接受，借助了一种纯粹是辩护性的反讽，是不相称的并置产生的反讽，共产党的传单和希伯来的《雅歌》并置。《盐》中的反讽消解了感伤的因素，为巴别尔辩护，但不是从他自己的情感和认同感，而是从哥萨克的兽性为他辩护。巴别尔不可能不理解他自己的文化情感。他的第一种反讽模式完全是《圣经》式的，它既不是那种说此指彼含义上的反讽，像小说《盐》那样，也不是把期望和现实并置对比产生的反讽，因为在《拉比》和《拉比的儿子》中没有什么东西可以期待。巴别尔写的是“立约”的反讽，那种拣选者和被拣选者之间的不相称。这种反讽的犹太性并不比《盐》的寓言中少，但是这种反讽的犹太性要更远古得多。

三

巴别尔最好的故事不是《红色骑兵》，也不是《敖德萨故事》，虽然它们都是我本人喜欢的作品。巴别尔最好的作品是《我的鸽子窝的故事》、《初爱》、《地下室》、《觉醒》、《居伊·德·莫泊桑》、《迪·格拉索》——它们都是敖德萨的故事，但区别是它们是巴别尔自己的故事，而不是本亚·科瑞克的故事。但是如果说在一篇短篇小说中体现巴别尔成就的核心，还要数那篇了不起的、反常惊人、意蕴无穷的《老人之家的结局》。巴别尔抑制着自己，不要过分称赞住在敖德萨第二犹太人公墓附近贫民院的放荡不羁的邻居，但他还是以满腔的热情和精力描绘了这群各式各样的老头老太，使他们成为与黑帮本亚·科瑞克同样生动的人物。他们是掘墓人、教堂唱诗班的人、清洗尸体的人，他们凭着自己的小聪明生活，毫无顾忌地出租他们唯一的棺材，上面盖着一块织着银色流苏的棺罩，用这口棺材反复停放要埋葬的尸体。

啊哈，布尔什维克们用这口棺材以隆重的军事礼仪埋葬一个叫赫齐·卢戈沃伊的人，他们赶走那些老人，然后准备把棺材向一边倾斜，以便使那裹着旗子的英勇而忠诚的犹太布尔什维克的尸体滚出来。后边的故事，令人吃惊地混合了狄更斯式的感伤和高尔基式的幽默，描述了那些老人被赶出贫民院之前最后的日子，他们注定不幸但又富有生机的滑稽故事。随着驱逐令的颁发，巴别尔达到了他最好的故事结局：

> 那匹高头大马驮着他和公共福利部门的经理向着城里走去。路上他们赶上了从贫民院被赶出来的老人们。他们一瘸一拐，背着包裹弯着腰，他们步履沉重无声地走着。粗声呵斥的红军让他们保持队列。残破的小推车吱吱扭扭地响着；年老的教堂唱诗班的人、婚礼中扮演小丑的人、割礼仪式上的厨师，还有年迈的商店店员，从他们胸中发出呼哧呼哧的喘息声，一种恭顺的汩汩声。
>
> 这时艳阳高照，阳光烤着那些衣衫褴褛、沿着大路步履蹒跚

> 的人们。他们前面的路没有欢乐,那是干硬的石头马路,他们路过泥土垒成的小屋,路过石头凌乱的田野,路过被弹片炸开的房屋,路过那座埋葬死于瘟疫者的大坟丘。一条说不出的哀伤之路曾经从墓地通向敖德萨。
>
> (《老人之家的结局》)

用“路”比喻说不出的哀伤的队伍本身是巴别尔的特点。至于那吱吱扭扭的小推车声、呼哧哧的喘息声,和“恭顺的汩汩声”,那是葬礼的音乐,巴别尔隐含着对老人失去生机的绝望的哀叹,他们曾是豪饮欢闹的人,从某种意义上说,是盗取棺材的人,但从不是抢劫墓地的人。这些年老的无赖们是巴别尔的勇士和侠女,而布尔什维克的官僚和野蛮的哥萨克都不是。大概,巴别尔是斯大林害人的反犹
119 太主义的又一个牺牲品,但是他最好的故事超越了他的牺牲。这些故事没有屈服于反犹分子,即使是对斯大林本人也没有屈服。我们在这些故事中最后听到一个声音,这声音带有技艺精湛的反讽意味,是的,但我们也听到一个喜剧的称赞之声,纪念“粗壮快活的南方犹太人,他们热情洋溢,像是冒着气泡的便宜的酒”。本亚·科瑞克为被误杀的贫穷店员举行的宏大葬礼是巴别尔最欢快的艺术的突出示例:

> 葬礼就在第二天举行。向墓地的乞丐问问那个葬礼吧。向教堂掌管处理洁净食物的司事问问那个葬礼吧,或者向那个从第二救济院来的老太太问问吧,敖德萨从来也没有看见过这样的葬礼,这个世界上再也不会看见这样的葬礼。那一天,警察们

> 戴着棉手套。在教堂，绿叶装饰的大门敞开着，里面的电灯都亮了起来。白马头上的黑羽毛摇摆着，它们被套上了灵车。由六十人组成的乐队走在送葬队伍的前面：他们是一队唱诗班的男孩儿，但是他们唱起来像是女声。教堂那些负责准备洁净食物的长者们一路上安慰着佩西亚姨妈。长者们后面走的是犹太商店店员协会的成员，在他们的后面走着的是律师、医生，和有资质的接生婆们。在佩西亚姨妈的一边是一群在老市场卖家禽的女人，在她的另一边，是一些披着橘黄色披肩，从波尔塔瓦州来的令人尊敬的乳牛场女工。她们踏着脚步，就像节日里警察的阅兵游行典礼。从她们肥硕的臀部上散发着海水或牛奶的味道。她们来了很多人，有两百人，或两千人。她们穿着丝绸翻领的外衣和新鞋，走起路来发出吱吱的响声，就像装在麻袋里吃奶的小猪。
>
> （《在敖德萨是怎样的》）

这些披着橘黄色披肩的“令人尊敬的乳牛场女工”，踏着脚步就像节日游行的警察，同时，“从她们肥硕的臀部上散发着海水或牛奶的味道”，她们是巴别尔的真正缪斯。整个这段描写变成一幅幻影，为我们唤起一个犹太孩子在敖德萨众人纵情狂欢时看到的快乐景象。巴别尔实际的悲伤有他的政治背景。他的快乐，奇异而又具感染力，是他对自己童年的怀念，对犹太传统的古老的欢庆力量的怀念，这传统最终还是把他称为己有了。 120

F. 司各特·菲茨杰拉德

（1896—1940）

如果说厄内斯特·海明威是本世纪的拜伦勋爵，那么，司各特·菲茨杰拉德就是我们的约翰·济慈的最佳候选人之一。海明威和菲茨杰拉德是好友，不像拜伦和济慈，而且尽管《太阳照常升起》和《了不起的盖茨比》具有相似性，但是，两位作家的短篇小说非常不同——表现在形式、立场和风格上，虽然主题上有时相像。海明威和菲茨杰拉德有一部分源于约瑟夫·康拉德的长篇小说传统，但是两人的美国前辈很不一样。海明威称赞马克·吐温的《哈克贝利·费恩》，不过在文体上他的散文风格更多受到沃尔特·惠特曼的影响，或许他自己没有意识到。菲茨杰拉德则偏爱亨利·詹姆斯和伊迪斯·沃顿，因为这两位的社会背景更适合他自己对财富的梦想，适合那济慈式对于失落的情爱机会的怀恋。

虽然《夜色温柔》的一开始写得很美（书名取自“夜莺颂”），但是菲茨杰拉德主要的长篇小说质量不稳定而且自我沉溺，而那未完成的小说《最后的大亨》呈现出混杂的美学品质。在《了不起的盖茨比》之后，菲茨杰拉德最好的作品主要是他的短篇小说。就像济慈的颂诗和史诗片段，菲茨杰拉德的短篇和长篇小说是关于拣选的寓言故事，是在想象力的严峻考验中成功或失败的故事，想象力被看成深深具有导致毁灭的可能性的力量。《五一节》[①] 以戈登·斯特雷特的自杀为结局，他是个失败的艺术家，在二十四岁的时候对他自己做出了最后的审判。宏大的幻想之作，《一颗像里茨饭店那么大的钻石》，在接近结尾时接受了“破旧的幻灭礼物”，主人公劝说他的情妇陷入一种“神圣的陶醉”：“让我们相爱吧，一年，或两年，你和我。”此刻，虽然济慈对“心灵情感的神圣”的肯定没有受到嘲讽，但是无疑和它有一定的距离。

《重返巴比伦》[②] 具有很高的艺术性，甚至超过了《了不起的盖 121
茨比》，可以和海明威最棒的故事相媲美。巴比伦与其说是（格特鲁德·斯泰因和海明威时期的）巴黎，不如说是 A.E. 豪斯曼的“失去的满足之地”。[③] 查利·韦尔斯 [④]，是菲茨杰拉德的替身，他受到的惩罚比他犯的小错所应得的大得多。妻子去世，他又被剥夺了对女儿的监护权，韦尔斯感到了真正的哀伤，他忍受着对过去留恋和悔恨的痛苦。《重返巴比伦》是为“迷惘的一代”唱的一首哀歌，其熟练而稳重的风格，犹如济慈的颂歌和海明威的短篇小说，那情景似乎就在眼前，却又保持着恰如其分的美学距离。

菲茨杰拉德的最后阶段，即他在好莱坞的日子，可以用《疯狂的星期天》来说明，那是他在走向衰微的那几年中突显的一本最完整的故事。济慈的创造和毁灭的矛盾对立在总体上支配着《疯狂的星期天》，其中的迈尔斯·卡尔曼鬼使神差地为他的艺术付出了代价，而

① “May Day”, 1920年发表在《上流人》(*Smart Set*) 杂志上，故事以1919年五一节暴动为背景。

② “Babylon Revisited”，首次发表于1931年，后改编成电影《魂断巴黎》(*The Last Time I Saw Paris*)。

③ A. E. Housman (1859—1936)，英国诗人，“失去的满足之地”(land of lost content) 出自他的诗集《西罗普郡少年》(*A Shropshire Lad*)。

④ Charlie Wales，《重返巴比伦》的主人公。

乔·科尔斯也不知不觉地迷失了自我。极富表演才能的斯特拉·沃克·卡尔曼是菲茨杰拉德的致命女神形象的顶峰,这类形象不仅包括《了不起的盖茨比》中的黛西、《夜色温柔》中的尼科尔,还有可怕
122 的泽尔达·菲茨杰拉德本人,这位最后的美女[①]。

① *The Last of the Belles*, 也是一部传记电影的名字(1974),影片讲述菲茨杰拉德1919年在阿拉巴马州当兵时对泽尔达的爱情和追求。

威廉·福克纳
（1897—1962）

十几年前论及福克纳的时候，我曾经说过一个世俗的预言，现在需要进一步的说明：

> 他的大家族的故事是狄更斯变疯，而不是康拉德变野；斯诺普斯家族耸人听闻的传奇史，是从极其能干的弗莱姆·斯诺普斯到名声显赫"令华尔街恐慌"的斯诺普斯的故事。正如大卫·敏特看到的，弗莱姆令人耳目一新，他完全没有影响的焦虑。他属于首都华盛顿，而且现在他已经到了那儿，帮助管理白宫。哎呀，现在他还帮助管理大学，而且很快，当继承他精神衣钵的子女们，雅皮士们，长成壮年的时候，他就要管理整个国家了。常春藤的斯诺普斯、里根革命的斯诺普斯、杰克·肯普[1]的斯诺普斯：他们有无限的可能性。他的被毁灭的家族，背负着传统，成为福克纳对他家乡的礼赞。斯诺普斯的家族传奇是福克纳给他的国家的礼物。

现在，就在1998年8月，一个斯诺普斯成了众议院发言人，另一个斯诺普斯统领了参议院，而（另一个党的）斯诺普斯成了总统。国

① Jack Kemp (1935—2009)，美国政界人物，在1996年曾任共和党候选人竞选美国副总统。

会就要分成斯诺普斯和非斯诺普斯，势均力敌的两派了。斯诺普斯的眼光是那样博大精深，它值得成为我们国家政治和经济的神话。

很多斯诺普斯的重要故事来自长篇小说《村子》和《小镇》。短篇小说《烧马棚》相当特殊，尽管福克纳的最初计划是把它作为斯诺普斯家族传奇的第一篇。《烧马棚》的小主人公，萨替·斯诺普斯，是个被人嘲笑的孩子，或者说是个奇怪的孩子，完全不像他冷酷的父亲，那个偷马贼和烧马棚的阿伯纳·斯诺普斯。阿伯纳·斯诺普斯
123 是个撒旦一样的人，他与所有的人为敌，然而，他的儿子萨替保持着自尊的优秀品质、一种荣誉感，这使得他最终甚至战胜了他对魔鬼父亲阿伯纳的忠诚。

在萨托里斯·斯诺普斯这个男孩的性格里有一种崇高的东西，这种卓越的品质从遗传和环境的角度是远不能得出解释的。福克纳，尽管有很强的哥特派文学的特点，但他拒绝接受任何关于人性被多重因素决定的观点。《烧马棚》中最难忘的，也许是对阿伯纳·斯诺普斯的生动描写，他是所有的斯诺普斯的可怕前辈，他们现在而且永远都会使我们痛苦。但是结局完全给了年轻的萨托里斯·斯诺普斯，他永远也不会再回他那个将要毁灭的家。伴随着夜鸥的歌唱，萨替走向他的新生：

> 他走下小山，向昏暗的林中走去，那里鸟儿的叫声像清脆的银铃，不停地叫着——那是春末夜晚急促歌唱[1]的心在快速而急
> 124 促地跳动。他没有回头。

① quiring，在教会或音乐会的歌唱。

厄内斯特·海明威

（1899—1961）

一

海明威曾经直率地公开表明他和《哈克贝利·费恩》的关系，这种说法虽说有些根据，但是，他和吐温对修辞的态度并没有多少相同之处。吉卜林的《吉姆》，在文体和风格上，比海明威写的任何作品都更接近《哈克贝利·费恩》。海明威令人钦佩的风格的真正韵味可以从另一位更伟大、更惊人的先驱者那里找到：

这草叶颜色暗黑，不会是来自老母亲们的白头，
比老头子无色的胡子更显暗黑，
黑得不像是出自淡红色上颚覆盖的口腔。

或者又如：

我紧抓着篱边的横木，我的血液滴流着，
被我皮肤的汗液所稀释，
我跌落在野草和石碓上，
骑马的人踢着不愿前行的马匹，逼近过来，

> 在我迷糊的耳边嘲骂着,用鞭杆猛烈敲打我的头。
> 苦痛是我变换的一次衣服,
> 我不问受伤者有何感觉,我自己成为受伤者,
> 当我倚在手杖上观察,我的创伤更使我痛楚。①

海明威没有承认沃尔特·惠特曼的直接影响一点儿也不奇怪;T.S. 艾略特和华莱士·史蒂文斯比威廉·卡洛斯·威廉姆斯和哈
125 特·克莱恩更接近惠特曼,但是文学影响是个相互矛盾和对立的过程,对此我们历来知之甚少。海明威、艾略特和史蒂文斯之间深奥的相似之处并非偶然,他们像是出自一家人,因为他们每个人和惠特曼的作品都有着那种被压抑但又至关重要的联系。海明威(在 1936 年 2 月 27 日给萨拉·墨菲的一封信中)用他一贯夸张的口吻说,他轻而易举地就把史蒂文斯打倒了:"……从统计资料来说,史蒂文斯先生身高 6.2 英尺,体重 225 磅,而且……他摔倒在地的样子是个相当壮观的场面。"由于两位作家之间的这场拳击赛发生在 1936 年 2 月 19 日的西礁岛②,作为史蒂文斯的忠实读者,我为此而想从统计资料的角度指出,得胜的海明威出生在 1899 年,失败的史蒂文斯出生在 1879 年,这就是说,这位小说家在那时不到三十七岁,而那位诗人则接近五十七岁了。这两个男人无疑相互瞧不起,但是海明威在一封庆祝他胜利的信中说,史蒂文斯"是个他妈的好诗人";而史蒂文斯总是强调海明威本质上是个诗人,这个观点和罗伯特·佩恩·华伦评述海明威的判断不谋而合,华伦说海明威"本质上是个抒情诗人,而

① 引自惠特曼的《我自己的歌》,此处译文参照了楚图南的译本《草叶集》(上),第70页、125页,稍有改动。

② Key West,是佛罗里达州的小镇。

不是个写戏剧性作品的作家”。华伦把海明威和华兹华斯相比，这说得是有道理的，但是海明威和惠特曼更相似。华兹华斯不可能写：“我就是那个人，我受苦，我就在那里。”[①]但是海明威几乎在劝我们相信，如果不是惠特曼先写了，他就会写出那一句的。

二

自海明威自杀以来，已经有二十多年了，他某些方面的永恒的经典地位似乎无可置疑。看来只有少数现代美国小说能有持久的魅力，比如：《太阳照常升起》、《了不起的盖茨比》、《寂寞芳心小姐》、《拍卖第49批》，至少还有福克纳的几部小说，包括《我弥留之际》、《避难所》《八月之光》、《喧哗与骚动》、《押沙龙，押沙龙！》。海明威的二十多篇短篇小说也可以加入其中，甚至，或许《首辑四十九篇》中的所有故事都可以。福克纳是个非常出众的作家，但是批评家们公认，海明威和菲茨杰拉德几乎是他的对手，这主要是就他们短篇小说的魅力而言。尤其突出的是，海明威是本世纪美国散文小说家中唯一一位文体造诣可以比得上重要诗人的：史蒂文斯、艾略特、弗罗斯特、哈特·克莱恩、某些方面的庞德、W.C. 威廉姆斯、罗伯特·佩恩·华伦和伊丽莎白·毕晓普。这并不是说海明威，在他最得心应手时，在叙事或者在再现人物形象方面做得失败；而是说，他特别出色之处不是和吐温而是和惠特曼更像，不是和福克纳而是和史蒂文斯更像，甚至不是和菲茨杰拉德而是和艾略特更像，而菲茨杰拉德是他的朋友和对手。海 126
明威是位感伤的诗人，他哀叹自己，赞美自己（却没那么有效），他忍

① 引自惠特曼的《我自己的歌》。

受着自我分裂的痛苦。从最广义的美国文学传统来看，他归根结底源于爱默生的相信内心上帝的传统，这也是惠特曼、梭罗和狄金森一脉相承的传统。但是在这个传统中他来得晚了，天黑了才来，他在某种程度上是否定论的神学家之一，但是，就像史蒂文斯的诗中那样，否定、抵消，决不是终局。甚至他最残忍的故事，比如《愿主赐予你们平安，先生》或者《死者的自然史》，都可以说是称颂了我们可谓之“真正的缺失”[①] 的情形。《愿主赐予你们平安，先生》中的费希尔大夫是纳撒尼尔·韦斯特的《寂寞芳心小姐》中的斯莱克的前辈，他那野蛮、固有的宗教狂热，不仅预示了斯莱克的邪恶立场，还预示了品钦明确的偏执狂，或路德派幻想的整个恶魔世界。或许在海明威的意识中存在着一种对天主教秩序的留恋，但是他的小说世界，无论是早期还是晚期，都是美国的诺斯替者的世界，就像在梅尔维尔作品里一样，后者第一个强有力地发展了爱默生自立宗教的反面。

三

每当海明威描述他和经典作家（包括梅尔维尔）的关系时，众所周知，他非常精彩地偏好于明显好斗的形象，他的描述习惯被他的真正弟子，诺曼·梅勒所继承。海明威在（1949 年 9 月 6 日—7 日）给他的出版商查尔斯·斯克里布纳的一封长信中，迷人地坦白说：“我是个没有什么抱负的人，除了想当世界冠军之外。我不会和托尔斯泰博士打二十个回合的拳击，因为我知道他会把我的耳朵揪掉。”但

① “Real Absence”，相对于 “Real Presence”（圣体实在），在基督最后的晚餐中，耶稣指着面包和酒对他的门徒说：“这是我的肉，这是我的酒。”这意味着神的真正存在，而如果听者想的是，这不是他的肉，不是他的血，这种状况可以理解为神的缺失，或真正的缺失。

是他谦虚了没一会儿，接下来又说："如果我能活到60岁，我就能打败他（也许）。"因为在这封信的其他部分他把屠格涅夫、莫泊桑、亨利 · 詹姆斯，甚至塞万提斯、梅尔维尔和陀思妥耶夫斯基都算作是他的手下败将，我们能和海明威，和他自己一起，钦佩他有如此非凡的自信。但是说起他的抱负，凭的是什么呢？

可以令人信服地评论，海明威是自乔伊斯的《都柏林人》以来最好的英语短篇小说家。短篇小说在美学上的重要性并不需要质疑，然而我们对经典作家似乎要求得更多。海明威写了《太阳照常升起》而不是《尤利西斯》，这就是说，他的真正才华是写很短的故事，而几乎不是长篇叙事作品。假如他主要是个诗人，他的诗歌天赋就足够
了：我们不会批评叶芝说，他的主要荣耀来自他的诗歌，而不是他的 127
剧作。哎！屠格涅夫、亨利 · 詹姆斯、梅尔维尔、马克 · 吐温，他们没有一个人能让海明威真正兴奋起来。倒是莫泊桑成了与他更为相称的对手。说到在较短篇幅内海明威文体的强烈程度，是没有问题的，但即使是《太阳照常升起》现在读起来也像是在读一系列的顿悟，在读精彩、难忘而生动的片段。

海明威之所以有太多的东西遭到严厉的批评，特别是对《丧钟为谁而鸣》，是因为他很难调整他的天赋去适应小说的要求。罗伯特 · 佩恩 · 华伦指出，海明威的成功在于他的"反讽的系统和低调叙述达到了一致"。而在不一致的时候，海明威的修辞作为一种劝说就失败了。也就是说，我们读《有钱人和没钱人》和《丧钟为谁而鸣》的时候，都会强烈地感到，作者给我们的主要是比喻的系统。华伦坚持认为这不是《永别了，武器》的情形，然而就连这部小说被人称颂的结尾，现在读起来还是像强弩之末的低调叙述：

> 但是我把她们赶了出去后，我关上门，关了灯，我仍然感觉不好。就像是在跟一个石像告别。过了一会儿我出了门，离开医院冒雨走回旅馆。

再对比一下那仅有两页半长的故事《桥边的老人》的结尾：

> 拿他什么办法也没有。那是个复活节的礼拜天，法西斯正在向埃布罗河[①]挺进。那时阴云密布，云层很低，所以他们的飞机没能起飞。这一点再加上猫会照顾自己，可能就是这位老人仅有的幸运吧。

在此，低调叙述仍有说服力，这是因为坚韧的精神一直都连贯而清晰，而且和这种修辞方式极好地吻合在一起。一篇非常短的小说结尾用比喻把历史上某一个特别时刻的那种情绪永恒地表现出来。小品是海明威的自然模式，或者称之为犀利小品：这种文学素描，有些像是写长篇的开始，或者像长篇的结尾，然而却又真正具有自身的完整性。海明威的风格围起了应该展开的东西，所以文体仍很微妙，然而又以它的魅力换得活力。但是，一部340页的小说（《永别了，武器》）——我刚刚又读了一遍，在时隔二十年之后——自身无法靠小品的修辞支撑。在许多或太多的低调叙述之后，读者开始相信他读的是海明威的仿作，就像在读模仿得成功的约翰·奥哈拉的作品一样，而不是在读大师的作品。众所周知，海明威的失误是单调的重复，
128 这在一些失败的模仿者中，比如纳尔逊·阿尔戈伦，就变成了令人沉

① Ebro，位于西班牙。

闷的连祷词；当我们在海明威的小说中不得不碰到它的时候，有时变得像是自我戏仿。

一切皆有代价，一个伟大的文体会使我们产生防御心理，特别是当这种文体成为一个时代的风格，就像拜伦式的海明威所做的那样。就像拜伦，这位艺术家生活中的丰富多彩成为他的作品与我们对它的美学理解之间的一层薄纱。海明威的一生包括四次婚姻（和三次离婚）；在第一次世界大战期间，他为意大利人当救护车司机（光荣负伤）；在希腊和土耳其战争期间（1922）、西班牙内战期间（1937—1939），以及中日战争（1941）和在欧洲的反希特勒的战争期间（1944—1945），他是个战地记者。再加上他射猎、钓鱼、非洲旅行、移居法国和古巴、参加西班牙的斗牛、获诺贝尔奖，直到最后在爱达荷州自杀，你所看到的是荒唐的难以置信的生活，似乎海明威的生活是在模仿他自己的小说。他的作品和他的生活加在一起的最后效果就是一个神话，就像拜伦、惠特曼和奥斯卡·王尔德一样。海明威现在是个神话，作为美国英雄的形象而永恒，或许不无遗憾地说，是作为美国英雄主义的幻想。海明威最好的作品，他的短篇小说和《太阳照常升起》，也是美国神话中永恒的一部分。福克纳、史蒂文斯、弗罗斯特，也许还有艾略特和哈特·克莱恩，他们比起海明威来说是更强大的作家，但是只有海明威在美国近百年来获得了不朽的、神话的
地位。 129

豪尔赫·路易斯·博尔赫斯

（1899—1986）

对于博尔赫斯作品中出现的那个诺斯替者，就像在他的神秘的乌克巴尔中的异教创始人，“镜子和父亲是可憎的，因为它们使宇宙繁殖和扩散”。[①] 它们是看得见却又虚幻的人类迷宫。诺斯替者和荣格会融洽相处，但是和弗洛伊德一起就会很不自在，就像博尔赫斯一样。所以，一点也不奇怪，这位通常被认为是彬彬有礼、机智敏锐的阿根廷人驳斥弗洛伊德，说他“既是个庸医，又是个疯子”，因为对他而言，“一切都归结于几个相当难堪的事实”。讲寓言故事的大师应避免录音机，但是当博尔赫斯不得不屈从时，仰慕他的读者或许会为搜集到意象之间的一些关系而感激。

这位诺斯替者凝视着镜中堕落的世界，他看到的，不是他自己，而是他黑色的影子，萦绕在他幻觉中的影子。因为，诺斯替者的矛盾的上帝自身平衡着善与恶，受到诺斯替观支配的作家在道德上也是矛盾的。博尔赫斯在想象力上是个诺斯替者，但在知性上是个怀疑主义者、自然主义的人文主义者。这种对立妨碍了他的艺术，使他比起那些诺斯替作家，如叶芝和卡夫卡，稍显次之，然而却使他成为一个令人尊敬的坚定的道德家，就像他那些口述录音的对话所显示的。

---

① 参考王永年译《虚构集》，稍有改动。浙江文艺出版社，2008年，第6页，其中“父性”暗指“交媾”。

博尔赫斯基本上是本着爱默生这句话的精神而写作的：辩证的暗示远比辩证本身更有价值。他的故事中我最喜欢的是神秘的《死亡与指南针》，它描述了杜宾[1]式的侦探埃里克·伦罗特的毁灭过程，他“轻率的判断”导致他落入花花公子红·夏拉赫设下的迷宫般的陷阱，这个夏拉赫是个堪与巴别尔的本亚·科瑞克相配的歹徒。博尔赫斯的伟大之处，在于他显示出双方美学上的尊严：伦罗特，面临死亡还能批评他的对手设下的迷宫多余出了几条线，而夏拉赫，就在 130
扣动扳机之前，向那个侦探保证，下辈子再杀他时会安排一个更好的迷宫。

对于可敬的博尔赫斯，批评家们有些粗暴，追猎他就像伦罗特凭着指南针来追踪夏拉赫，但是博尔赫斯迫使我们选择他自己的意象来分析。弗洛伊德告诉我们：“在做心理分析时，心理学家总是让他的病人意识到预期的意象（有时较强，有时较弱），这使心理学家处于一个有利于认出并把握病人潜意识的位置。”我们别忘了，弗洛伊德所说的是治疗，是改变我们自己的工作，所以我们看到，医生和小说家二者的意象必然不可能完全类同。而且，对于弗洛伊德的例子来说，有经验的分析家给我们的是单一的意象，而博尔赫斯给他的读者的是无数的意象；不过在此要看的只有镜子、迷宫和指南针。

博尔赫斯谈到他的第一篇故事《〈吉诃德〉的作者皮埃尔·梅纳尔》时曾写道：“生逢非常悠久的文学阶段的末期”，会让人产生厌倦和怀疑的感觉。这很有启示意义，因为这是他的第一篇故事，它揭示了生活在虚幻小说的迷宫中感到的疲惫，即便在他不顾风险要在

① C. Auguste Dupin，是美国小说家爱伦·坡在三部短篇推理小说中塑造的精明强干的业余侦探，这三部小说是“莫格街谋杀案”“被窃的信件”和“马里·罗盖特的秘密”。

其中尝试一番时。博尔赫斯是一个具有诗学影响的伟大的理论家；他教导我们如何把勃朗宁读作卡夫卡的前辈，在这个教诲的精神指引下，我们可以看出博尔赫斯自己就像另一个罗兰公子[①]，他来到了“黑暗塔”，但同时又有意不完成这次“追寻”。我们最终是否注定看到更多的还是位小说批评家而非小说家呢？当我们读博尔赫斯的时候——无论是他的小品文、诗歌、寓言或故事——我们难道没有读到对浪漫故事的注释吗？特别是有关那个怀疑论者抗拒浪漫故事迷惑的自我保护行为？

博尔赫斯认为他为诗歌创造了一个新主题——即在他那首题为“局限性”的诗中所表现的：最后一次做某件事、最后一次看见某个事物的感觉。一个学识如此深厚的人居然会这样想，真是太奇怪了，因为多数活得很久的、表达强烈感情的诗人，恰恰写过相同的主题，尽管常常表现方式不同或比较含蓄。但这是非常能揭示自我特性的：一个具有诗学影响的理论家竟然会认为这个主题是他自己发明的，因为博尔赫斯向来总是称赞那些即将消失的事物，向来是一位唱挽歌的诗人。虽然他曾明智地安慰自己和他的读者，说我们能失去的仅仅是我们从来没有过的，但他还是为此受苦：懂得我们认识的只是我们以前曾经遇到过的，而所有的认识都是自我的认识。所有的损失只是失掉我们自己，就像博尔赫斯所说的，即使是失去爱情，也是回归他人而带来的痛苦，而不是回归自己。这是浪漫故事的智慧吗？
131 还是说这完全是另一种模式的智慧？

尽管博尔赫斯的迷宫如影如幻，他所缺少的，恰恰就是浪漫故事的奢华；他不相信他自己飘忽不定的冲动。他把自己看作是一个适

---

① Child Roland，是勃朗宁长诗《罗兰公子来到黑暗塔》中的人物。

度聪明、善于梳理自己想法的人，但同时，他又是另一个自我毁灭的俄狄浦斯。他痴迷于自我保护的经济以及对他的艺术的明显知悉，是他的俄狄浦斯焦虑情结的特殊形式的表现，而且，他的故事模式处处都透露着一种隐含的、对家庭浪漫故事的恐惧。对他而言，诺斯替的镜子的本质反映的仅仅是伦罗特的迷宫，“那是个只有一条看不见的、不中断的线”的迷宫，所有那些魔幻的破旧街巷的线路，渐渐隐入他幻觉中的布宜诺斯艾利斯的地平线。那位轻率的辨析者，受到他自己的神秘的指南针的对称逻辑的驱使，从来没有轻率到在故事中失去自我的地步，这是我们的损失，如果不是他的损失的话。他的奢华之处，如果仍有的话，可能在于虚构的倾向离开了认知的主题，甚至反对了那个主题，转向一种更大的艺术。博尔赫斯说，他最喜欢的故事是霍桑的《威克菲尔德》，他说这篇小说讲的是“一个男人多年离家不回的故事”。 132

约翰·斯坦贝克
（1902—1968）

尤多拉·韦尔蒂在评述 D.H. 劳伦斯的短篇小说时，令人难忘地捕捉到劳伦斯表现艺术的基本奇特之处。

> 事实上似乎是，劳伦斯的人物并非真正用他们自己的语言来说话——不是交谈式的，不是相互的对话——他们不是像在大街上那样说话，而是像泉水般喷流而出，或像月亮似的发出光亮，或像大海波涛澎湃，或者，他们的沉默如同冷酷的岩石，静默无声。这让我们深切地感到，劳伦斯是从永恒的方面来描写世界上我们人类的关系，而这些方面奠定了劳伦斯的形式。作者本人在月亮那样的地方显现出作者身份，当我们站在他下面，有时他就会对我们微笑。

韦尔蒂是一位和劳伦斯几乎同样著名的短篇小说家，而约翰·斯坦贝克则不同。但是斯坦贝克的短篇小说大多得益于劳伦斯，就像他的长篇小说得益于海明威一样。虽然他怨恨海明威，但是他写出的是海明威的著名文体的温和版。劳伦斯对斯坦贝克产生的是非常不同的影响；斯坦贝克的小说里隐含的某些东西让人感到，是他自己的自然主义简化论限制了他的艺术。D.H. 劳伦斯的英雄活力，赋予人物“像泉水般喷流而出”的特质，吸引着斯坦贝克的被压抑的超验主义。斯坦贝克最好的短篇小说用的是劳伦斯的模式，而不是海明威的模式。

《菊花》，在我看来是斯坦贝克最有趣的故事，它十分贴近劳伦斯的对灵魂的强烈呼唤，而非斯坦贝克从海洋生物学家爱德华·里克
特那里学来的达尔文的观点。有些批评家已经注意到斯坦贝克的艾 133
丽莎·爱伦和劳伦斯的《狐狸》中马奇的相似性，只不过艾丽莎在一开始是个羞怯的人。她受压抑的性欲被路过的补锅匠唤醒，这种满足从她的不胜任的丈夫那里是不可能得到的，甚至可以说从其他男人那里也不可能得到。在劳伦斯的作品中，艾丽莎或许可以成为女人的恋人，但是斯坦贝克避免这样的暗示，虽然他的故事想象的逻辑可能赞成这样的结果。

从故事的开始到结尾，艾丽莎的身上发生了什么样的变化呢？我们第一次看到她的时候，她很有潜力，一种还没有得到发挥的力量，虽然她走到了旅途的一半。

> 她用一把短而有力的剪刀修剪着干老的菊花梗。她还不时低头望一眼拖拉机棚下的男人们。她的脸上透出渴望和成熟的美，甚至她用剪刀干活的样子显出格外的渴望，格外的有力。菊花梗在她的活力面前显得那么的渺小和软弱。

在小说的结尾处，她无力地哭着，“好像她是个老女人”。如果我们想弄清这到底只是意味着暂时的失败，还是再现一个模式，我们还需知道更多的东西。在劳伦斯或者在韦尔蒂那里，我们会得到答

案，因为他们二人都能够“从永恒的方面来描写世界上我们人类的关系”。斯坦贝克作为一个作家，从来也没能达到这一点，即使在《愤怒的葡萄》中也没有。《菊花》反映出斯坦贝克撞到他想象力方面的局限性而给自己造成的碰伤，他不能忍痛从他自身闯出一条路来。那更广阔、更强烈的艺术的诗歌素材①就在他的故事里面，但是斯坦贝
134 克却不能实现它。

① 原文为拉丁语：materia poetica。

尤多拉·韦尔蒂

（1909—2001）

一

尤多拉·韦尔蒂把她那引人关注的简短的自传《一个作家的开端》分成了三部分："倾听"、"学习观察"和"学会表达"。这些标题，虽然看上去平和，却带有告诫的味道，告诉我们如何去读她的短篇和长篇小说，这种阅读必定会引发我们内省意识的进一步增长。她的某些短篇小说从来也没有停止深入内心的进程，这些深处我们往往只留给个人经历的记忆。无疑，这些记忆对于每个读者来说都是不同的；对我来说，它们包括《宁静的一刻》和《燃烧》。

在美国作家中，马克·吐温的后代多种多样，所以，想到韦尔蒂和海明威都出自《哈克贝利·费恩》的时候，我们并不感到意外。韦尔蒂和海明威的讲故事人都带有吐温的样子。他们的美国式迷念和哈克的一样：个人独处的快乐自由，与一种迷信式的对孤独的恐惧紧密相联。韦尔蒂的人物和海明威的一样，而且，我们那些主要诗人的自我表现也一样——惠特曼、狄金森、史蒂文斯、弗罗斯特、艾略特、哈特·克莱恩、华伦、罗特克、伊丽莎白·毕肖普、阿什贝利、梅瑞尔、阿门斯——他们都暗自相信自己不属于被创世界的一部分，相信只有在完全独处时才觉得自由。

在《一个作家的开端》中，韦尔蒂对《宁静的一刻》做出如下的评述：

> 《宁静的一刻》——另一本早期的短篇小说——是幻想的产物，其中不相关的内在意愿引导着三个极其自我、非常不同的男人，却奇迹般地相遇，并且汇聚到一个外在的事物。我写的所有人物都实有其人，他们生活在同一个时代，他们可能互不相识，
> 135 但是生活却不知怎么把他们带到了同一个社区。故事的背景发生在密西西比的荒原上，那是历史上的1811年——所谓“神奇的一年”[1]，这一年星星坠落在阿拉巴马州，旅鼠，或者也许是松鼠，从陆地上一齐向南跑，然后跳进了墨西哥湾的大海中，地震使得密西西比河的河水倒灌，密苏里的新马德里城坍塌变成了废墟。我的真实人物是来自新英格兰的巡回布道牧师罗伦佐·道、奈特查古道[2]上的歹徒墨瑞尔和画家奥杜邦，他们同时看到的外在事物是一只小苍鹭，它正在吃着什么。

韦尔蒂选择的人物——罗伦佐·道、詹姆斯·墨瑞尔、奥杜邦——都是极其喜欢独来独往的人物。罗伦佐·道，作为一个巡回布道牧师，大概是三个人中最不以自我为中心的，然而，他骑着马飞奔时却高声大喊——“我必须要有灵魂！我要的是灵魂！”——这表明一种永远也无法满足的空虚：

> 日落时分，所有那些他拯救的灵魂，和他没能拯救的那些，

---

① 原文为拉丁语：anno mirabilis。

② Natchez Trace，是一条从密西西比州的奈特查小城到田纳西州的古道，全长七百多公里。

> 在高高的岸边笼罩的薄雾中显出模糊的形状，好像靠着他们数量众多来挡住他的路，他们一点也没有显出要散开的样子，或者再化成薄雾，所以他担心他的旅途将永远不会轻松。那些可怜的没有被拯救的灵魂，比起那些被救的，显得更黑更可怜，而且在这样的集会里他看不到任何一丝他希望看到的光亮。

正如罗伦佐·道所看到的，他的眼睛“总是与我的爱心不成比例”，这使我们对他的心产生疑惑。他爱他的妻子佩吉，但是他并未付诸努力，因为她在马塞诸萨州，而他在奈特查古道上奔波。的确，他们能在一起相爱可以毫不费力，包括他的求婚，他第一次求婚她就接受，短暂几小时的相聚，随即他为了去南方传播福音与她仓促分离，接着他收到了她的第一封信，信上说她，和她的丈夫一样，怕的从来不是分离，只是死亡。

这位不同寻常的灵魂的搜寻者，对于躲避他的贪婪的印第安人或者爱尔兰天主教徒毫不畏惧，可以被看成是个令人敬佩的狂人，或者只是纯粹的美国的产物：

> 很快，黑夜即将来临，前面开会的营地上将会聚满罪人，如
> 同天上聚满了星星。对他们他充满的是怎样的渴望啊！在想象 136
> 中，他满怀爱的渴望看着这群等待他讲道的人们，火把的烈焰在他们的脸上映照出一个又一个的变化。若不是神圣的爱和关于可能威胁他们的一切的充分告诫，他怎么能带给他们满足呢？他加快了速度。他是预约讲道的赶场人，赶的场越来越多，使得他巡回奔走如同穿梭，在眼前广阔的原野上奔波不停。是他自

己选择了这个没有固定住所的职业，有时他必须随叫随到，或者得很快就到。他在荒野上纵马飞奔，到了那里，他为那些夜晚举着火把的民众做了仓促的祝福，他不能停留。他伸出双臂，为了安全而依次伸出；他希望，当听到他的号声所有的人都来聚在一起，他说出的富有灵感的话在他们的头上回响时，去思考广阔世界上整个热情的生活，并很好地成为它的一部分。

他注视着前方。“时间的居民们！荒野是你们大地上的灵魂！”他朝着前方树梢中喊道，“看看你们的周围，如果你们想看见你们的精神状态的话，上帝把你们放在这里，告诉你们并且让你们害怕。这些荒芜的地方，还有这些可怕的孤独小径并不在这里，也不在那里，而是在你们的心里。”

罗伦佐·道是他自己的听众，而且他心中的确装着这片荒芜的地方和可怕而又孤独的古道，在这里他不停地奔波。小说中他的对手是杀人不眨眼的詹姆斯·墨瑞尔，此人突然纵马来到罗伦佐·道的身边，根本不屑看他一眼。如果说罗伦佐·道是个疯狂的天使，墨瑞尔则是个毫不理智的魔鬼，他说了一大套，想拖慢这位巡回传教者，但是他没想到这位高尚的狂人罗伦佐只听从上帝的声音：

墨瑞尔和那个将要成为他牺牲品的人并驾前行，骑在马上的墨瑞尔一直说个不停。他长长的故事讲起来没完没了，都是关于他们走了多长的路，花了多长的时间，所有的故事都会集中到一个沉默的人。每个故事里那个沉默的男人都会干一件罪恶的事，他在好久以前的某个地方干的抢劫或者谋杀，所有这些故

> 事到最后都会显示，那个沉默的男人就是墨瑞尔自己，并且，这
> 长长的故事就发生在昨天，而那地点就是这儿——奈特查古道。
> 对那位牺牲者来说，只需一眼就看得出所有这一切是另一个故 137
> 事，他自己已经听进了故事里，他也将会为某个听众而在时间中
> 退去（到忘掉恐惧的地方去），为一个听众而生活在很久以前。
> 摧毁现在！——这一定是墨瑞尔心里念叨的第一件事情——
> 眼前活的这一刻，和这个活在这一刻的男人必须得死，不然就不
> 能继续向前走。他的习惯就是，他的旅行应该用一种仪式来结
> 束——也许甚至要花上几天的时间。终于他转过身，看了看这
> 位牺牲者的脸，这之前他还一直没有看过他一眼，过一会儿他就
> 会陡然高耸，不再是个讲故事的人，而是变成故事里那个沉默的
> 主人公，他终于沉默了，离那个英雄主人公更近一步。然后他就
> 会杀了这个人。

由于墨瑞尔什么也看不出来，他并不知道读者所知道的，也就是罗伦佐不可能是这个自我夸张的撒旦的牺牲品。天使和魔鬼之间无论会发生什么冲突（我们觉得墨瑞尔是不会成功的），在此关键的时刻因为第三个人物的到来发生了转机，这就是更加怪异的奥杜邦：

> 奥杜邦什么也没说，因为他有好几天什么话也没有说了。他觉得难以把对飞鸟和动物的思想一下子转变成语言。他长时间地吹笛子，这在最初并不是要对他自己说话。在向印第安人表达他对鹿肉的需求时，比起用说话来提要求或者描述，他总是更情愿画一头鹿，并在上边画一个叉子。当他发现许多不然会

> 消失的东西可以在其各自的时日中一项项记录下来，他才找到了语言的意义。他现在常常在一本日志上写一点东西，为了保留过去曾有的方式，过去的一切，他会去写过去的一天，“可是遗憾的是，时间已近黄昏”。

这三位爱好极其不同的人共享着宁静的一刻，此刻“一只雪白的苍鹭独自飞落在不远的地方，在沼泽地的水边吃了起来”。对罗伦佐而言，这只苍鹭预示着上帝的爱就在眼前。对墨瑞尔来说，这“只不过是一团卧在黑暗之中的白色”，预示着他希望在奈特查乡村领导的奴隶、土匪和被社会摈弃者的反叛。对奥杜邦来说，这不过就是一只苍鹭而已，如果他能够去把它画下来，就必须杀死它，为了当好模特，
138 模特就必须得死。韦尔蒂在这三种选择中没有给出她的偏好：

> 他们每个人想要的就是**所有一切**。拯救所有的灵魂，杀死所有的人，观察和记录在这世上的所有的生命——所有一切，一切——但是现在一种脆弱的渴望好像在这一时刻都离开了这三个人，伸向沼泽地上这只雪白而胆怯的小鸟。好像有三股旋风卷到一起形成了一个中心，发现那儿有一只雪白的苍鹭在平静地啄食。它慢慢地扇动翅膀，随时可以飞走，但是有那么一刻它使这三个人一动不动，它让他们安静，有一会儿他们三个人站在那里，忘却了一切。

要追寻**所有一切**，就是根本不懂得和平，而这三位追寻者感到的“宁静的一刻”只有在幻觉中才能实现。当奥杜邦杀死这只鸟时，这

一刻就结束了，唯有罗伦佐对此的恐惧反应具有重要的意义或趣味。墨瑞尔还会满足于隐藏在树丛里，等待着更无知的行人，他们会适合他撒旦式的使命，就像罗伦佐和奥杜邦不可能适合他一样。奥杜邦也会心满意足地继续向前走，去完成他的庞大计划。但是罗伦佐的感悟变成了一种消极的瞬间，虽然他还要去招集众人，但是他心中已经有了阴影：

林中那声音仍然在他耳边回响，罗伦佐骑着马慢慢地前行，他转身回望。他的头发竖立起来，他的双手冷得发抖，突然他好像感到上帝本人，就在刚才，想到了"分离的思想"。因为在那只小苍鹭飞下来吃东西之前，他肯定从来也没有想过这个。他能够理解上帝先是让人分离，然后接下来再给予爱，在它的奇迹中治愈；但是上帝改变了这个次序，祂先给予爱，然后让人分离，好像这次序的先后对祂并不重要。也许上帝从不考虑时间的那些瞬间，而罗伦佐在完成爱的任务时，是考虑那些的。上帝不考虑时间先后的问题。所以——祂是否真的知道时间呢？如何反过来对于从来也不考虑时间和分离的上帝，对于能够让整个世界在分散的瞬间陷入悲伤的上帝，去解释时间和分离的问题呢？

这一思考已经到了异端邪说的边缘，可能是诺斯替的思想，而非没有信仰的表现。罗伯特·佩恩·华伦在早期的一篇关于"尤多拉·韦尔蒂的爱与分离"（1944）的经典文章中指出，这其中的爱与分离也许对应了布莱克的"天真与经验"的辩证关系。如此读来，韦尔蒂是针对界限和玷染的讽刺作家，对她来说，知识会摧毁爱，这几乎是说， 139

爱只有在施了魔法的地方才能存在。这么说也许是低估了罗伦佐和韦尔蒂二人。实际上，那爱的宁静以及随后破碎成分离的那一刻并没有使罗伦佐改变，的确，他没有改变，就像墨瑞尔或奥杜邦一样没有改变。但是唯独罗伦佐始终摆脱不了那种幻象，一种大到他说不清但又决不能否认的特别的美。有一天他会改变，虽然韦尔蒂没有表现那个改变。

二

韦尔蒂小说世界的真实性——尽管她有异常温柔的一面——就是爱总是在先，而且总是屈从于不可挽救的分离。就像她的真正的导师吐温一样，韦尔蒂以写喜剧取胜，因为她心底里深深感到了虚无的“不切实地”，超越了意识或形而上的东西，而喜剧是对抗宇宙空虚的唯一优雅的武器。与福克纳和弗兰纳里·奥康纳不同的是，韦尔蒂计划做个和蔼可亲的作家，但是这个计划是吐温那种更急切的绝望的微妙翻版。《宁静的一刻》，除了它的言外之意，仍然是关于追求之连贯性的幻想。我不想讨论她的许多幽默故事杰作中的某一个，而选择《燃烧》，因为这篇小说耀眼地表现了她有一种严峻而崇高的天赋，同时，代表了她作为文体学家和叙事作家的高峰，在表现战争和灾难的变故方面，她可以与海明威相媲美。

《燃烧》属于南方哥特式的神秘小说的类型，与福克纳的《献给艾米丽的玫瑰》或者奥康纳的《好人难寻》相近。韦尔蒂，作为一个讲述历史故事的小说家，像罗伯特·佩恩·华伦一样，想象在“谢尔曼率领的佐治亚的毁灭性征战”[1] 中的一个事件。小说语调的复杂性和间接的表现使得这个想象几乎不够真实，因此《燃烧》也许是韦尔蒂所有短篇故事中最难读的一篇，那种修辞和隐喻难度，都不是我们在现代短篇小说，而是在现代诗歌中更常期待碰到的。韦尔蒂在论述 D.H. 劳伦斯的短篇小说时曾说，“劳伦斯的叙事是完全不定型的”，而且她还尖锐地指出，他的人物如果在街上像在故事里那样开口讲话，他们会显得很不正常：

> 事实上似乎是，劳伦斯的人物并非真正用他们自己的语言来说话——不是交谈式的，不是相互的对话——他们不是像在
> 大街上那样说话，而是像喷泉般喷流而出，或像月亮似的发出光 140
> 亮，或像大海波涛澎湃，或者，他们的沉默如同冷酷的岩石，静默无声。这让我们深切地感到，劳伦斯是从永恒的方面来描写世界上我们人类的关系，而这些方面奠定了劳伦斯的形式。作者本人在月亮那样的地方显现出作者身份，当我们站在他下面，有时他就会对我们微笑。

韦尔蒂的《燃烧》中的人物正适合她对劳伦斯的男人和女人的描述；他们的沉默也如同怪异的岩石那样静默无声。故事中的主要人物只有三个：两个疯狂的姐妹：西奥小姐和迈拉小姐，还有她们的奴隶，在第一个版本中，她叫弗洛拉贝尔（*Harper's Bazaar*，1951 年 3 月）。那两位疯狂的出身高贵的淑女非常不同：西奥小姐声音深沉，

---

① 1864年美国内战时期，威廉·谢尔曼指挥的北军从佐治亚到卡罗莱纳的军事行动，他发动“火烧亚特兰大”、“威克斯堡大屠杀”等事件，重创了南方的战争潜力。其后发动“向海洋进军”行动。

有控制欲，迈拉小姐更温柔、顺从。但是大部分的故事不是通过她们的眼睛或者她们的意识来表现。弗洛拉贝尔，一个极其被动的人物，以一种方式观看并反应，在第一版中，直到接近故事的结尾才对这一方式作出概述：

> 弗洛拉贝尔，她没有姓，是个奴隶。直到在山上的那一刻，像她那种人一直在许多地方和她们的家乡做奴隶，已经做了几千年了。她对任何事情都任其自然——有生命的，没有生命的，或象征性的。对它们，她不做任何改动，除非叫她做，并且教她如何做。现在她看见了所发生的一切，创造和毁灭。无论结果怎样，她都等待着，并听候命令，她不期待什么，而是她得到什么；只是她迟早要寻找个地方来藏身。她自己是个不为人知的人，像个王后，她听人叫过，甚至为她哭过。作为奴隶，她是世上最超脱的客人。这个世界和她没有关系——只是像男人那样占有她伤害她；像男人那样剥夺她；像男人那样对她感到厌烦就离开她。她看得很清楚。她看到那儿发生的一切，她过去没有寻求这些，此时也没有寻求这些。（是她的眼睛在她脑袋后边，她的幻觉，像星星的光一样，不受阻断地从遥远的地方返回来与自身相遇。）那个抢劫的命令是又一个暗淡的记忆。因为她已经听到太多的命令，有的命令甚至是在她没有出生之前就发出了；拖延了，做错了，中断了，但是这些命令还是可以执行，虽然对于一个曾经是奴隶的人来说，如果要准确地按照命令去做，还是听上
> 141 两次、三次、四次，直至上百次上千次更保险。在那场冲突之后的中午，可能只有两个胜利者，一个是那面镜子，它是世界上的

一个象征,另一个是站在那儿的弗洛拉贝尔,其他人都没能活过这场灾难。

作为"世界上的一个象征"的那面镜子,在《燃烧》的第一版中比喻的是两个疯姐妹和她们的奴隶的破碎的幻想。韦尔蒂在重写这篇小说时,她对镜子的描写更加微妙。迪莉亚(即再版后弗洛拉贝尔的名字)正好看到谢尔曼的士兵骑着那匹预示灾祸的白马冲进院子,她跑去告诉西奥小姐和迈拉小姐。她们不屑地抬起头,从壁炉上面的镜子里看到了入侵者。在之后的悲惨故事中,这两姐妹看着发生的一切,就像是看着镜中发生的事情一样。显然她们的生活一直都是与世隔绝,就像是镜中的世界一样,她们走向死亡,就像只是看着镜子中的自己,那不过是一幅幅的图像。因此火烧之前的残暴行为就这样变成了怪诞的幻象:

两姐妹平静地看着士兵和黑人冲进屋子,又跑出屋门(老欧菲莉亚在那不停地说啊,说啊),这些人跑前跑后,他们弯着腰搬床板、桌子、烛台、脸盆架、木桶、陶瓷水罐;她们看到那些要被牵走的马;看到厨房里的食物被狼吞虎咽地吃掉——还有许多被他们倒掉,这该是他们吃的第二顿晚饭了;她们还看到那些狗不停地狂叫,家里的狗和野狗在拼命地争抢骨头。最后几个瘪瘪的粮袋被扔到了马车上,从欧菲莉亚的架子上搜刮到的所剩无几的面粉,甚至她的磨胡椒粉的碾子也被抢走。迪莉亚会清点的银质餐具被一件件地放在奇怪的毯子上清点,然后这些餐具碰到茶壶,被卷到了一起,毯子扎成鼓鼓囊囊的一个包。一个

> 敲鼓的男孩，脖子上挂着他的鼓，他在院子里抓住了西奥小姐的两只孔雀，马可和波罗，然后扭断了它们的脖子。没人能看这两只鸟的尸体，没人看。

扭断孔雀的脖子只是《燃烧》中最怪异事件的前兆，后来西奥小姐和迈拉小姐吊死在树上，那是迪莉亚按照命令帮助她们完成的。直到这两姐妹死了我们才开始明白，《燃烧》与其说是这两姐妹的故事，不如说是迪莉亚的故事。基于迪莉亚的讲述，菲尼，那个在火中
142 被活活烧死的婴儿（韦尔蒂并没有让我们知道为什么），结果发现是西奥小姐和迈拉小姐的哥哥本顿的孩子：

> 镜子的下半部散发出细小的光，从中渐渐显出一张脸，纯净得就像漂浮着的睡莲。这些小鱼一样的光太细太深，看不清楚，它们不断地闪动着，突然有了生命，搏斗着，模仿着迪莉亚在这个世界上已经看到过的旧事情，有的是男人们对西奥小姐和迈拉小姐干的事情，对孔雀和奴隶们干的事情，有的是某个奴隶干的事情，任何人现在能对随便什么人干的事情。在太阳烈焰的照耀下，在它那阵阵热浪的冲击下，只听到一声从未有过的刺耳响声，那面镜子，毫不留情地，就像是那挡不住的光，像老天射下来的七月流火，直接地向她砸了下来。
>
> 她把胳膊抱在头顶，等待着，因为它们还会再来，聚集在她的上上下下，蜜蜂像马一样备上了鞍，从天上飞来，蝴蝶一只只以马具相连，蝙蝠戴着面具，还有鸟儿一起，它们都露出武器。她等待着打击，她害怕这些飞行大军——飞虫、鸟儿、毒蛇，它们

发亮的狰狞面目，还有金光闪闪的王袍，这些叉出来的彩旗，这个世界上飞舞的，攻击的和被击的，倒下的，镀金的或涂黑的，四分五裂，分崩离析，骄傲的头巾散开了，翻转着如同秋日斑驳干枯的落叶，旋转着落到厚厚的垃圾上；她害怕这世上所有飞行的、愤怒的蝴蝶和蜻蜓，它们亮着刀剑——向下降落，接近下面的河水时又向上升，再次下降，一条鲸鱼成了它的坟墓，它张开嘴巴又一次要把约拿吞进去。

约拿！——就是那张她熟悉的面孔，即使已经太晚不能再说话，他还是能从那条红色的小路上不时地回头望她一眼。他是她的约拿，她的菲尼，她的黑猴子；她仍然崇拜着他，虽然他第一次从她身边被带走是很久以前的事了。

迪莉亚由于害怕、震惊、愤怒变得歇斯底里，坠入那两个疯狂的姐妹、两个自杀了的小姐的镜中世界。直到她搜寻菲尼的残骸时才恢复了一些神智。她怀抱着这些残骨，和残存的两姐妹的首饰，向前走去，前面不知是她的自由，还是她的死亡，或许两者都是。 143

随着马和火的气味，她向着男人们走去，她跟着车轮的痕迹，一直走到车马停歇的河边。在已经被烧毁倒塌的桥下暗处，她在一个树桩上坐了下来，嚼了会儿一只泥蜂的蜂窝，没有梦。然后她又一次跪在地上，从大黑河中捧了几口水喝，然后脱掉脚上的鞋，她蹚进河中。

水没过了她的腰，没过她的胸口，她伸长脖子，像一根向日葵杆似的戳在河水浑浊的表皮上，她继续前进，头上顶着她的那

> 包宝贝，双手搭在上面。她已经忘了她是怎样知道、如何知道的，她不知道这是什么日子，但是她知道——直到星期六，老天不会下雨，河水不会上涨。

这篇不同寻常的散文达到了一种美国的崇高境界，它既非怪诞，也非嘲讽。韦尔蒂在她的《论短篇小说》中曾经问过这样的问题：“在短篇小说中，美从哪里来？”她只回答说，美是一种结果：

> 美出现了。当美出现的时候我们很幸运，因为我们经常尝试，我们认为，美应该会出现，能够出现，但是当我们列数故事的优点时，美却躲到了门后。

我不打算列数《燃烧》或者甚至是《宁静的一刻》的优点，这两篇故事都写得认真仔细、十分地沉稳，就像华莱士·史蒂文斯或哈特·克莱恩写的最好的诗歌，或者像海明威的最有影响的故事、福克纳的《我弥留之际》。20 世纪美国文学中达到崇高境界的只有零零散散的几篇，并且总是通过达到那个边界：在那里幻觉和残酷现实仅仅被更诡异的界线和更锐利的声音分开。韦尔蒂的突出特点是她的那些界线之诡异，声音之锐利，与她同时期的最伟大的小说家福克纳
144 和海明威一样。

约翰·契伏

（1912—1982）

我和许多读者一样，对约翰·契伏的《乡村丈夫》（1955年）总是百看不厌。我们大概不能把契伏列为美国现代最出色的小说家之列：海明威、福克纳、薇拉·凯瑟、凯瑟琳·安·波特、司各特·菲茨杰拉德、尤多拉·韦尔蒂、弗兰纳里·奥康纳。然而契伏足可以和第二流的作家相媲美：舍伍德·安德森、纳博科夫、马拉默德、厄普代克、奥奇克、安·比蒂、卡佛，以及加拿大作家爱丽丝·门罗。契伏和他们一样，缺少海明威和福克纳的不朽的独创性，但无疑他和纳博科夫、厄普代克一样的完美。

《乡村丈夫》每次读来都会强烈地打动我，虽然它所描绘的失败婚姻的故事没有它明显想体现的那种普遍性。弗兰西斯·韦德不是一个普通人，虽然我见过（而且教过）许多可能和他相似的人。在韦德的身上具有某种绝望的内心孤独，从美学角度来说，契伏的故事由此而获得的比失去的要多，因为有时暗示了一位内心失落的作家的心境，比如说契伏自己的心境。

我们怎样才能说清《乡村丈夫》那强烈光源呢？我认为，它不在于那种把韦德一家到死都联系在一起的常规的想法，因为他们夫妇是否彼此相爱值得怀疑。弗兰西斯·韦德真正想要的几乎不是那个保姆，而是他记忆中的那个法国年轻女人的印象，被剃光了头、脱光

了衣服受惩罚的样子，“在她赤裸的身上有一种无与伦比的庄严的
美”。约翰·契伏是个出色的艺术家，他故事的表面上涂着一层光彩，
但是他最好的故事的隐含意义那种黑暗能量来源于性冲动变成性虐
145 待的越轨行为。

胡里奥·科塔萨尔

（1914—1984）

《动物寓言》之所以是一篇具有永恒魅力的短篇小说，并不是因为其中的那只有趣的老虎，而是因为它微妙而细致地表现了伊莎贝尔对瑞玛的激情，这种激情转而变得残忍，使她通过那只老虎，打败了她的虐待狂叔叔。

我认为这篇小说中的老虎没有什么寓意，虽然我们不能说有时老虎不过就是个老虎。但是《动物寓言》不仅是伊莎贝尔渴望瑞玛的温柔抚摸的故事，也有点儿像个玩笑。最后那段很长而且令人震惊的描写常常萦绕在我心头，以下这段是保罗·布莱克伯恩的巧妙译文：

> 内内已经吃了，身旁放着报纸，伊莎贝尔的胳膊都没地方
> 放了。路易斯是最后一个从房间里出来的，他看上去像平日中 87
> 午时分一样的高兴。他们开始吃饭，尼诺谈起了蜗牛，芦苇丛中
> 的蜗牛蛋啦，他怎么去捡蛋啦，蛋的大小和颜色啦。他要亲手杀
> 死这些蜗牛，做这事会让伊莎贝尔很难受，他们会把这些蜗牛放
> 在一块铁片上把它们晾干。咖啡端上来了，路易斯看着大家又
> 问起他通常问的问题。伊莎贝尔最先站起来，要去找罗伯托先
> 生，虽然罗伯托先生之前已经告诉过她了。她在门廊那儿转了

一圈,再次回到屋里时,她看见瑞玛和尼诺的头凑在一块儿,正看着蜗牛的盒子,像一张家庭合影,只有路易斯抬头看了看她,她说:“它在内内的书房呢。”然后她看见内内耸了耸肩,一副不高兴的样子,还看见瑞玛用她的指尖碰了碰一只蜗牛,她的手指
146 是那么柔软,简直就像是蜗牛身体的一部分。随后,瑞玛站起身要去找些糖来,伊莎贝尔跟在她的后面喋喋不休地说着,直到进了屋里她们还在笑着,仍然沉浸在刚才在门廊时说的那个笑话里。路易斯说他的烟没了,让尼诺去他的书房找找,伊莎贝尔抢着说,她会先找到香烟,于是他们两个一起出去了。尼诺赢了,他们一块跑着回来,推门的时候两个人几乎撞上正要去图书室读报的内内,他嘴里埋怨着他的书房被占了。伊莎贝尔过去看那些蜗牛,而路易斯正等她过来,像往常那样给他点烟,他看见伊莎贝尔出神了一样,看着蜗牛慢慢地钻出头来,在盒子里爬来爬去,突然她看了一眼瑞玛,但是那只是一闪,她的眼睛很快又被蜗牛吸引了,如此这般,在听到内内的第一声尖叫时,她没有动。其他人都跑了出去,只有她仍然站在那里看着蜗牛,好像没有听到内内又一次的哽咽哭叫声。路易斯砸着图书室的门,罗伯托先生带着狗也来了,内内的呻吟和狗的狂叫声混在了一起,路易斯不停地反复说着:“可它在他的书房啊!她说它在他自己的书房里啊!”伊莎贝尔俯身看着那像手指一样柔软的蜗牛,也许像瑞玛的手指,或许是瑞玛放在她肩膀上的手让她抬起了头,伊莎贝尔望着她,长久地望着她,然后一下子抓住瑞玛的裙子忍不住大声地哭泣起来,她感到一种不安的幸福,瑞玛的手抚摸着她的头发,手指轻轻按了她一下让她平静,并在她的耳边轻声低

语，说得结结巴巴，好像是感谢，又像是难以形容的默许。[①]

这里的修辞效果一半来自蒙太奇的手法。正是因为那个霸道的内内，她的凶狠的叔叔，伊莎贝尔几乎不能放下她的胳膊，也不能平息她对瑞玛的渴望。当伊莎贝尔和瑞玛从门厅一起回来的时候，她们共享的不只是个笑话吧？那绝妙的最后一句话是性欲快乐的狂喜，此时，瑞玛感激地接受了伊莎贝尔摧毁内内这一礼物，而且无声地默许了这个刺杀行为。在科塔萨尔故事最后的语调中几乎可以清楚地感到，瑞玛和伊莎贝尔接下来将会共享她们的快乐。 147

① 参考了李静译《动物寓言集》，有改动，人民文学出版社，2011年版。——编注

雪莉·杰克逊
（1919—1965）

就在我写这篇前言的几个月前，在阿富汗的喀布尔，塔利班的人用石头砸死了一个犯通奸罪的女人。作为伊斯兰原教旨主义者，塔利班遵循《古兰经》的解释，而它的根据来源于犹太—基督教。

雪莉·杰克逊的著名小说《抽彩票》特别的恐怖，这是因为它在技巧上表现得非常平淡。故事的背景好像是在新英格兰北部，那里上演的是一年一度的仪式。在一个小到人人好像都互相认识的村子里，我们看到，人们用石头砸死哈金森太太与道德或者和任何明确的宗教都没有什么关系。或许就是这一点增加了《抽彩票》的令人震惊的效果，它依靠的是轻轻叩响人们对随意定罪和默认暴力的普遍畏惧。

就像雪莉·杰克逊的许多其他小说一样，《抽彩票》让我思考倾向性这个让她在美学上如此有争议的因素。杰克逊对她的读者群的设计总是太明显；她的效果和爱伦·坡的一样是精心设计的。呜呼，爱伦·坡是不可逃避的，他的噩梦在过去和现在都是普遍的。正是这一点救了他，即使他的文体表现出邪恶、他的作品缺少微妙变化。而且因为通过翻译（甚至通过英文翻译）他得到了很大的提升，爱伦·坡得以持久，无法丢弃，甚至无法回避。

《抽彩票》和杰克逊的多数小说一样，文笔清晰而且结构巧妙。

但是它几乎经不起重读,(我想)这是检验文学经典的一个标准。杰克逊太过清楚地知道她在做什么,而在重读时,我们也明白了。你能够从《抽彩票》中学到叙述的一些基本知识,然而这篇故事的严谨和简练,即这篇故事明显的长处,最终却成了某种特技。就好比是我们在看一场魔术,结果看到了所有那些不应看到的机关。 148

文学的判断依赖于比较,所以,把《抽彩票》和依靠古老仪式而让我们恐惧的其他故事相比较是有效的办法。哥特式小说在美国有很长的传统,其优秀的代表包括霍桑、福克纳、弗兰纳里·奥康纳。比起杰克逊,这些大师更能深深地打动我们,因为他们描绘出了人物的复杂性和个性,而缺少这些我们就不能永远地被感动。美国的这些哥特式小说大师,作为寓言小说家,带我们走进人物的内心。杰克逊当然渴望不仅仅做一个娱乐性的作家,她对古老和现代巫术的探讨是真实的,甚至是务实的。但是她的叙事艺术仍然只停留在表面,没有刻画出人的个性。即使《抽彩票》也触痛你一次,仅一次而已。 149

杰罗姆·大卫·塞林格
(1919—2010)

塞林格的主要成就是《麦田里的守望者》(1951),发表后的近半个世纪以来,这篇不算长的小说已经获得了神奇的地位。他的短篇小说,以书的形式来说包括薄薄的三卷:《九故事》(1953)、《弗兰妮与祖伊》(1961)、《抬高房梁,木匠 / 西摩小传》(1963)[①]。塞林格在之后的三十五年中一直保持沉默,而沉默的结果似乎还增加了他的声望。年轻的新一代在他的作品中不断发现他们喜欢的东西。

三十多年之后重读塞林格的 13 篇主要作品,有一种复杂的感受,至少对我来说是如此。这些作品都反映了那个时期的特点,描写了第二次世界大战后的美国迷惘的纽约城或者在各地的纽约人,那个美国在 1960 年代末的(暂且称之为)"文化革命"中永远消失了。霍尔顿·考菲尔德和格拉斯兄弟至今仍然令我着迷,虽然有时也让我感到吃不消——因为他们太老套了。他们仁爱的精神,不受教义和怨恨的束缚,在我们滑向千禧年之际,该是让我们耳目一新了。

这一卷包括六篇故事,现在看来其中的《抬高房梁,木匠 / 西摩小传》最受读者的欢迎,这并不是(像一个批评家所说的)因为它的"宗教的多元化",而完全是因为它非常幽默。它表现的受困于曼哈

① 《抬高房梁,木匠》(*Raise High the Roof Beam, Carpenters*)最初发表于1955年,《西摩小传》(*Seymour: An Introduction*)发表于1959年。

顿交通堵塞的场景，生气勃勃，这在塞林格对人物和情节的表现中是少有的。所以说，挽救这篇小说的是那种幽默可笑的东西，而不是禅宗道教的多元理念，它使得这篇小说不致迷失于塞林格的反向的多愁善感，和格拉斯兄弟的感情，太多是过度宣泄对事物的情感。塞林格在对话方面的听觉，继承了海明威和菲茨杰拉德，在整篇稀奇古怪的叙事中得到了准确的表现，其中没有发生什么事，而这胜过《香蕉鱼
的好日子》[①] 中西摩的自杀，或者弗兰妮在与她同名的故事中昏倒。 150

塞林格的文体技巧是不容置疑的；他的故事的表现正如他所希望的。而从讲故事这个角度来说，它们仍然值得称道，即使这些故事反映的社会观念和精神面貌如今常常显得老式或古怪。它们的问题是，格拉斯兄弟们未能完全因为他们的个性而让人难忘。即使是可怜的西摩，也无非是个类型化的人物，缺少他自己生动的意识。我发现再读《西摩小传》时，很难读下去，一部分是因为他的哥哥巴迪，小说中的叙述者，一直讲个不停，谁又能忍受得了这样一位洋洋得意神经兮兮的人呢？

西摩曾经说过，我们一生所做的一切不过是从一小块圣地走到另一小块圣地。他从来没错吗？

有的读者很可能会反驳：西摩有什么时候对过吗？西摩神秘的洞察力是否准确并不是问题的所在。问题是，小说必须具有叙述的价值，否则它们就不成其为小说，而《西摩小传》不配称之为小说。这也许就是为什么塞林格没有再发表小说的原因。思考可以是生
命和存在的很有意义的形式，可是思考没有故事可讲啊。 151

① “A Perfect Day for Bananafish”，塞林格的这个短篇最初发表于1948年1月31的《纽约客》上，后收入他的小说集《九故事》(1953) 中。

伊塔洛·卡尔维诺
（1923—1985）

《看不见的城市》

我们当下的文学批评模式的时代将要过去，或许已经过去。那些特别急切地去适应我们这些模式的小说将会和它们一起消失。纳博科夫、博尔赫斯、加西亚·马尔克斯、约翰·巴思，他们看来不太适合我们的后辈读者。伊塔洛·卡尔维诺的许多作品无疑也会渐渐消失，但是《看不见的城市》不会，虽然从几个方面让人几乎认为，这本书可能是给受过符号学和“读者反应批评”训练的敏感头脑而写的。但是那几个方面并不是《看不见的城市》的中心，而且这部作品的外部框架并不是我想关心的东西。《看不见的城市》就像卡夫卡的许多作品一样，能够在欣赏者理解的模式中继续流传，因为它让我们看到的是传奇的纯粹形式、奇妙的体裁，和思考的境界。这篇小说和卡夫卡的《中国长城》一起，为我们需要而又已不配得到的，或争取不到的文学赋予了新的活力。

像忽必烈可汗一样，我们不一定相信马可·波罗描述的一切，但我们也会感受到夜晚降临时大地空虚之苦，希望能发现一些图案的模式，以弥补我们生活中犯下的无数错误。无疑，正如尼采评论的，生活中的错误对于生活来说是必要的，而同样无疑的，正如爱默生所说的，我们需要胜利，那种对于感觉和灵魂来说的胜利。但是错误和胜利都会导致空虚，诺斯替哲学所说的宇宙的空虚，或称之为科诺玛，也是所有文学传奇中描写的荒原或者荒野。卡尔维诺的忽必烈可汗是一个创世之神，住在那个科诺玛，那“无穷无尽、没有形状的废墟上”，我们知道，在那里“腐烂造成的坏疽已经四处蔓延，靠我们的权杖已无法控制，而战胜那些敌对的君主，已使我们成为他们长久衰败的子嗣”。 152

看不见的城市在科诺玛星罗棋布，但是它们不属于它，它们是原始的深渊、是我们男女祖先的点点闪光，所以，是我们身上仍然存在的最好的、最古老的一切之源。不是在科诺玛，“在两个女人之间犹豫不决的外国人总是遇见第三个女人”，或者，你会找到“佛手柑、鲟鱼子、观象仪、紫水晶”。那些闪光是真正的元气，或者灵魂的气息，那些“看不见的城市”不代表心灵或个性，即使它们以此命名。它们不代表女人，而代表女祖，实际上，它们同时是记忆、欲望和符号，也就是压抑和从压抑中恢复的东西。也许这是卡尔维诺的特殊才华（虽然他和卡夫卡共同拥有这种才华），在他的作品中，我们很难分清压抑的和从压抑中恢复的东西，就像下面这个叫作阿纳斯塔西亚[①]的城市：

> 向南走三天后，你就到了阿纳斯塔西亚，一个有运河环绕供水的城市，一个上面飘着风筝的城市。我现在应该列出个单子，写上能带到这里给人们获利的东西：红玛瑙、黑玛瑙、翠玉髓，还有其他各式各样的玉石；我应该赞美金黄色的珍禽肉，它用风干的樱桃木烧的火来烹制，喷洒了不少马乔莲香料；我还应告诉您

① Anastasia，来源于希腊语，含义是“复活”。

> 我见到的女人,她们在花园的池中洗澡,据说,有时她们会邀请陌生人与她们脱衣共浴,在水中嬉戏。但不仅仅是这些,我还没有告诉您这城市的真正实质,那就是,虽然对阿纳斯塔西亚这个城市的描述逐一唤起您的某种欲望却只是又强迫您将它们压抑,但当您清晨进入阿纳斯塔西亚的市中心,您的各种欲望会突然被全部唤醒并且缠绕着您。这城市在您的眼前展现为一个整体,没有失去任何一个欲望,您成了它的一部分。由于它享受着您不能享受的一切,您没有办法,只能听凭这个欲望的支配,并且心满意足。这就是那个阿纳斯塔西亚城,那个危险的城市所具有的魔力,有时人们说它是恶的,有时却称它是善的。如果一天中您做了八个小时的削切工,切红玛瑙、黑玛瑙、翠玉髓,您的劳动为欲望赋予了形式,又从欲望中获得了它的形式,您会相信您完全沉浸在阿纳斯塔西亚这个城市的欢乐中,其实你只不过是它的奴隶。

那种对立的意志,在尼采的眼中就是艺术有意对时间的报复,在
此取得了成功,就像在叶芝或卡夫卡的作品中那样。伟大的可汗,忽
必烈,从马可那里得知,它的帝国不过是一群象征符号的大全,一幅
幅千变万化的图画。搞懂所有这些象征符号并不能让忽必烈获得控
153 制感,因为在他完全搞懂的那天,忽必烈就会变成象征符号中的一个
符号,也既是压抑的符号,又是从这种防御机制中恢复的符号。马可
的作用是,不仅对他自己,而且也是对忽必烈,讲解他学到的特别的
东西:任何一座看不见的城市的意义只能是另一座看不见的城市,而
不是它自己:

所以马可的回答是："在别的地方有一个反面的镜子。旅行者看出属于他自己的那一点点，他发现许多他没有的，而且是他永远不会有的东西。"

就在马可继续讲述的时候，那些看不见的城市形成了一个悖论：它们变得越发神奇而又越发务实。卡尔维诺隐约记得尼采那阴郁的格言：我们只能找到语言描述我们现在轻视的东西，无论那些东西在我们心中曾经是多么的珍贵。可汗提醒马可说，他从来没有提过威尼斯城，这位旅行者揭示了所有追寻异在的上帝、追寻那永远失去的城市之人的秘密：

"记忆中的形象，一旦用语言确定下来，就被抹去了，"马可说，"如果我讲述威尼斯，我担心它也许会一下子完全消失。或者也许，在我讲述其他城市的时候，我已经在一点一点地失去它了。"

恰当地讲，卡尔维诺的最后一座看不见的城市应该最富于想象力，或者也许只不过是他描述了我自己的梦想，那座非常奇特的贝蕾妮丝[①]城，它既是一座没有正义的城市，又是一座正义之城。贝蕾妮丝城经历了反反复复的噩梦，不断地经历着从正义到非正义、从一极到另一极的巨变。

从这些资料来看，可以得出贝蕾妮丝将来的样子，比起今天

① Berenice，来源于希腊语，含义是"带来胜利者"。

人们看到的这座城市的任何资料来，这些资料可以让您更进一步了解这座城市的真相。然而您必须记住我下面要对您说的话：在正义之城的后裔中，隐藏着邪恶的萌芽：坚信自己是正义的一方并以此而感到骄傲——坚信比许多声称自己比正义更正义的人更加正义。这个萌芽在痛苦、竞争、憎恨中酝酿着，向非正义复仇的自然欲望显出渴望取代对方并且像其一样做事的色彩。另一座非正义的城市，虽然与第一个城市不同，在正义和非正义的贝蕾妮丝城的双重护套中挖掘着它的空间。

154 说了这些，我并不想让您看到一幅扭曲的图画，所以我必须让您注意到在隐秘的正义之城中暗暗滋生的这座非正义城市的内在本质：这有可能是一种觉醒——就像打开窗子时感到的兴奋——一种后来的对正义的爱，尚未屈服于规范，能够重建一个比变成非正义的温床之前的那个城市更加正义的城市。但是，如果您更进一步看看这颗正义的萌芽，您就会发现一个小小的斑点正在扩展，好像那通过不正义而施加正义的上升趋势一样，或许这就是大都市的萌芽……

从我讲的这些话中您会得出一个结论，即真正的贝蕾妮丝城是不同城市在时间中的更替而已，是正义和非正义的接替交换。但是我想告诫您的还有别的东西：将来的所有贝蕾妮丝城在这一刻已经展现在眼前，一个包裹着另一个，一个限制着另一个，一个紧挨着另一个，无法摆脱。

这个寓言的意义不仅是正义相对论，或者说自认为正义的美德包含着自私，而且还意味着所有厄洛斯[1]都是矛盾的这一观点，因为正义的贝蕾妮丝城是厄洛斯，而非正义的是塔纳托斯[2]。正义和非正义，贝蕾妮丝是座嫉妒的城，一座具有天然占有欲的城，恶的种子隐藏在厄洛斯的心中。我们的死亡阴影由大地投射到天堂，在维纳斯星球的周围停了下来，就像雪莱要告诉我们的那样，但是在贝蕾妮丝城，这个阴影仍然继续扩展。爱与死、正义和非正义，相继交替不断发展，它非常真实，也非常黑暗。但是卡尔维诺给我们提出了更强烈的警告：每一刻都包含了所有未来的贝蕾妮丝城，相互连在一起而不能分开，死亡的冲动和力比多[3]相互交织，你中有我，我中有你。幸运的是，《看不见的城市》的结尾让人感到温馨，马可坚持认为地狱不必是最后的休息之所，只要我们能够“在地狱中去寻找并且学会认识谁或者什么不是地狱，然后使他们能够耐久，给他们空间”。但丁对此会给以无情的嘲讽，然后转身离去，但是我们做不到。

在本章结尾，我来谈谈卡尔维诺的《时间零》中的非同一般的短篇小说《夜行司机》。故事的叙事者，在电话里和他的情人 Y 争论时，跟她说希望结束他们的关系。Y 回答说她会给叙事者的情敌 Z 打电话。为了挽救他们的关系，叙事者连夜开车，行驶在连接他和他情人的城市的高速公路上。冒着大雨，不顾天黑，他以飞快的速度行驶着，叙事者不知道 Z 会不会赶在他的前头，先到达 Y 的家里，或女友会不会和他自己的想法一样，正开车向他的城市驶来。在对符号学的荒诞戏讽中，这个叙事者，还有 Y 和 Z，变成了一串符号，或者信号，或者信息，或者某个系统里怪诞的缩写： 155

① Eros，希神中的爱神，指爱情、性爱、性欲。

② Thanatos，自我毁灭的本能，死的愿望。

③ libido，指性本能背后的潜在力量。

显然,如果这条高速公路上肯定只有我一个人行驶,如果在双向的路上没有看见别的车,那么一切都将变得更清楚,我就能肯定Z没有出来想取代我,Y也没有出来想与我和好。在我的记录单上我可以记为正面的或负面的事实,无论怎样也不会再让我怀疑不定。然而,即使我有能力把我现在心绪不定的心情换成这种负面的确定,我也会毫不犹豫地拒绝这个交易。如果在这个小小的世界上只有三辆车子:我的,Y的,和Z的,那么排除一切疑惑的理想状况就会实现;除了Z的车外没有别的车会在我同方向的路上行驶,而我对面方向开的车就肯定是Y的了。然而正相反,上百辆的车在雨夜中变成了点点闪光,只有一个处在有利位置、静止不动的观察者才能分辨这些车,可能看清车里坐的人。我发现这是我目前面临的矛盾:如果我想收到信息,我就必须放弃把自己变成信息,但是我想从Y那里收到的信息——也就是说,Y已经把她自己变成了一条信息——只有当我同样变成一条信息时才会有价值,而且从另一个方面来说,只有当Y不仅限于像一般人接受信息那样接受我这条信息,而是她也身为我在等待接受的那个信息时,我的这个信息才会有意义。

假如现在我到了B市,进了Y的家,看到她还在那儿头痛,为我们争吵的原因而感到郁闷,这样的情形并不会让我满意;如果那时Z也刚巧到了她家,那结果会是一种尴尬讨厌的场景;但是如果我到了后,发现Z明智地待在家里没有出来,或者Y并没有像她吓唬我的那样给Z打了电话,我就会觉得我像个傻子。

> 从另一个方面来说，如果我待在A市，而Y跑来向我道歉，我就会用另一种眼光来看Y了，一个柔弱女子，紧紧地搂住我，我们之间的关系就会不同了。任何情形我都再也不能接受，除了我们两人都变成信息。但是Z会怎么样呢？就是Z也不能逃脱我们的命运，他也一定会变成他自己的信息。如果我是因为嫉妒Z而连夜跑到Y那里，而且如果Y开车跑来找我，向我忏悔，不再见Z，而Z实际上在他的家里对此根本就毫不知觉，那不是太可怕了吗！ 156

变成一条信息，或者放弃变成信息，同样都是灾难的产物。卡尔维诺绝妙的总结，在我看来，是他写过的最好的句子："任何情形我都再也不能接受，除了我们两人都变成信息。"但是到那时我们难道不是回到了贝蕾妮丝城了吗？Y、Z，还有叙事者都是那座看不见的城市的居民，在那里正义和非正义缠在了一起，爱和嫉妒难以区分，压抑和从压抑中恢复的欲望几乎难以区分。在看不见的城市之间夜行的司机们，把记忆和欲望转变成同类的符号，混淆了眼睛和名字，用死者来玷污天空。对于那样的夜行，替代的选择就应该是"在地狱中去寻找并且学会认识谁或者什么不是地狱，然后使他们能够耐久，给他们空间"。

《不存在的骑士》

下面我要专门讨论的是另一篇我特别喜欢的卡尔维诺的小说，令人愉快的《不存在的骑士》。卡尔维诺这篇优美而又可笑的虚幻故事的成功之处是，阿季卢尔福，虽只是一副没有躯体的闪亮的白色盔甲，却深受读者的喜爱。这本书的闪光之处是，阿季卢尔福从一个严格执行纪律、意志坚强的典范转变成一个迷人的、执着的探求者，勇敢地寻找恢复他骑士身份的证明。当可怜的阿季卢尔福绝望的时候，他放弃了自己的盔甲，作为遗赠留给了朗巴尔多[①]，于是他永远地消失了，我们深感悲哀。

在《不存在的骑士》中弥漫着一种荒诞而又善意的令人振奋的气氛。其中的所有人物，包括撒拉逊人，都富有活力和品格。卡尔维诺甚至赋予了查理大帝某种狡猾幽默的特色。阿里奥斯托[②]的幽灵，卡尔维诺的真正先驱，在附近徘徊，影响了人物的个性，比如，布拉达曼泰/苔奥朵拉和朗巴尔多，还有索弗罗尼亚和托里斯蒙德[③]。

完全是卡尔维诺自己创造的人物是没有躯体的骑士阿季卢尔福爵士和他的侍从，那个怪异的小丑——古尔杜鲁，他不能守住**他**真的有躯体这个意识。通过极为突出的对比，卡尔维诺从形而上的角度展示了骑士和侍从的不同，骑士和属于常人的朗巴尔多的不同。

> 阿季卢尔福拖着一具尸体，想道："死人啊，你有我从来不曾有并且永远不会有的东西：一具躯壳。你有，或者更确切地说，你是这具躯壳。就是因为它，有时候，当情绪低落时，我会嫉妒

---

① 朗巴尔多是一位一心为父复仇的年轻勇士，参见注释4。

② 指意大利作家卢多维科·阿里奥斯托（Ludovico Ariosto，1474—1533），其代表作是史诗喜剧诗《奥兰多·富里索》（1532年）。

③ 在故事中，布拉达曼泰是美丽的女骑士，与"不存在的骑士"一见钟情，苔奥朵拉是一位修女，也是这个故事的叙述者；朗巴尔多是一位一心为父复仇的年轻勇士，钟情于布拉达曼泰；索弗罗尼亚是苏格兰国王的女儿，也是阿季卢尔福一心想寻找的，能够证明他的骑士身份的女子；而托里斯蒙德声称索弗罗尼亚是他的生母。

存在着的人。好吧！真可以说我是得天独厚的，我没有它照样也能活，而且无所不能。无所不能，当然，这才是我认为最重要 157
的；我能把许多事情做得比存在着的人更好，因为我没有他们身上常见的粗鄙、马虎、散漫，还有臭味等缺点。是啊，存在着的人总要对事物摆出他自己的姿态，而我却绝对做不来。可是如果他们的秘密就在这一袋肠子里的话，那么我可不需要。这满山遍野残缺不全、赤身裸体的尸首和活人的肉体一样，只不过让我感到恶心。”

古尔杜鲁拖着一个死人，想道：“死尸呀，你放出的屁比我的还臭哩。我不明白为什么大家都为你哀悼。你失去了什么呀？从前你动来动去的，现在你的运动转移到你滋生的爬虫身上。从前你长过指甲和头发，现在你渗出污水，使地上的青草在阳光下长得更高。你将变成草，然后变成吃草的牛，再生出奶，又变成喝牛奶的孩子的血，如此等等。尸体呀，你看，你不是活得比我强得多吗？”

朗巴尔多拖着一具死人，想道：“噢，死人呀，我一路跑过来，就是为了跑到这里像你一样被人抓住脚后跟拖着走。现在你眼睁睁地死不瞑目，你在石头上磕碰的脑袋面朝青天，在你看来，这驱使我至此的疯狂劲头究竟是什么呢？这对战争和爱情的狂热又是什么呢？我真要好好想想，噢，死人啊，是你让我思考这些问题：可是又能有什么改变呢？什么也不会变。除了这些走进坟墓之前的日子之外，我们没有别的时间，对于你我都是浪费时日。不是浪费我现有的生命，浪费我将可能有的生命：去为法兰克的事业建立卓越功勋，去拥抱高傲的布拉达曼泰，或者被她拥抱。噢，死人哪，我愿你没有虚度你的光阴。无论如何，你的骰子已亮出它们的点数。对我来说，我的骰子还在盒子里跳跃。我眷恋我的不平静。死人呀，我不喜欢你的安宁。”

阿季卢尔福错了，在那一刻他的确有他自己的姿态，而古尔杜鲁则是更不得要领，因为他根本没有意识到他独自的存在。只有朗巴尔多的看法是准确的，他迷恋上了他自己的不平静，即生活本身。他正好配做布拉达曼泰的丈夫，当她合上书赶去见他的时候，她就丢掉了她作为修女苔奥朵拉的身份，亦即那个叙述者的声音。展望未来，她欣喜若狂地喊道：

你安排的会是怎样难以预料的黄金岁月啊，你难以驾驭、不可征服的预言者——预告用昂贵代价获取的宝藏，我要征服的
158 王国，将来……

弗兰纳里·奥康纳

（1925—1964）

一

一篇自称是罗马天主教的散文传奇小说，以美国南方一个八十四岁的新教徒之死为开始，这人自称是先知，又是专业的非法酿酒商，正如下面这句极其精彩的句子表现的：

> 弗朗西斯·马里恩·塔沃特的舅老爷刚刚在几个小时之前去世，这男孩喝得太多了，他挖坟挖到一半就醉倒了，此时一个叫布福德·芒森的黑人不得不过来帮这孩子把坟墓挖完。芒森本来是过来打水的，他还帮忙从餐桌底下拖出那具仍然坐着的尸体，然后用体面的基督教的方式将其埋葬了，在坟的前面插上救世主的标志，在坟头上又加了些土，以防野狗把坟刨开。

弗兰纳里·奥康纳的名作《暴力攫取》[1]接下来写的是，十四岁的塔沃特向毁灭之城走去，在那儿他将作为先知的接班人而受到很多的苦难：

① *The Violent Bear it Away*, 1960.

> 这孩子的身影忽长忽短，不时地斜映在前面的路上，好像是要为他的目标扫清坎坷的道路。他那干枯的眼睛，黑黑的深陷在眼眶里，好像已经预见等待他的会是怎样的命运，但是他镇定地继续向前走，朝着那座黑暗的城市走去，在那里上帝的孩子们正在睡觉。

在弗兰纳里·奥康纳锐利的眼中，上帝的孩子们，我们所有的人，从外在的生活来看总是在睡觉。年轻的塔沃特，显然是奥康纳的
159 代表，用医学术语来说，他处于精神分裂症的边缘，经常出现幻听，他听到他想象中的一个朋友的劝告，而实际上这个朋友是基督的恶魔。但是，医学术语对奥康纳来说是毫不相关的，她只接受神学的各种命名和取消命名。这一点是奥康纳精神力量的根本，但也会是美学上的一个干扰，因为《暴力攫取》是关于超自然力量的小说，而不是宗教的小册子，小说中两位先知（即老塔沃特和小塔沃特）的对头雷柏，在美学上是个败笔。仅在表现这个人物时的缺陷这一点上，就使得这本小说远远比不上福克纳的《我弥留之际》和纳撒尼尔·韦斯特的《寂寞芳心小姐》。奥康纳鄙视雷柏这样的人，她不能花心思把这个人物写得让人至少能够信服。他说的一套套流行的社会学和混乱的心理学的话，听上去令我们皱眉头，甚至连奥康纳的极力支持者，萨利·菲茨杰拉德也不得不承认：

> 她的弱点——不大熟悉通俗的社会学家、心理学家和唯理论者的术语，她常常把他们描写成反面人物，而且明显倾向于反对所有他们这类人——这些弱点在雷柏这个人物身上得到了体

现(他是个集这三类人为一体的人物)。

人们几乎难以相信,如果非常熟悉像戴维·里斯曼[①]、埃里克·埃里克森[②]和卡尔·波普尔爵士[③]的作品,奥康纳就能把她鄙视的可怜的雷柏的漫画描绘得更让人信服。我们还记得,《暴力攫取》写的是两位先知,特别是年轻的塔沃特,他可以说是费恩的一个诺斯替的版本。根据最早期的异教的观点,能让我们自由的是真知[④]。奥康纳坚信天主教的正统观念,自然相信使我们自由的是基督教的受洗,对她来说,她的小说题目是最重要的一个方面,因为下面这些是基督亲自讲的话:

> 你们究竟为什么出去?为看一位先知吗?是的,我给你们说,他比先知还大。
>
> 关于这人,经上记载说,看啊,我派我的使者到你面前,他要在你的前面预备你的道路。
>
> 我实在告诉你们,在妇女所生者中,没有兴起一位比施洗的约翰更大的,但在天国里最小的,也比他大。
>
> 从施洗者约翰的时候到如今,天国遭受到猛烈的攻击,强暴的人通过暴力来夺取它。[⑤] 160

① David Riesman (1909—2002),美国社会学家。著名代表作是《孤独的人群》(1950)。

② Erik Erikson (1902—1994),心理学家。

③ Karl Popper (1902—1994),英国哲学家。

④ 原文是Gnosis,(诺斯替教用语)真知,灵知,直觉。

⑤ 此处原文为“and the violent take it by force”,下文的天主教的版本原文为“and the violent bear it away”。

这里我所引的是英王钦定版中“马太福音”的十一章的第九至十二节，其中的“强暴的人通过暴力来夺取它”比奥康纳的天主教版本中的“强暴的人就攫取了它”透露得更多一点点。对于奥康纳来说，我们回到了，或者说，我们从来没有离开过基督时代面临的紧要关头，而且她的心和塔沃特那样的人是在一起的，他们知道天国将受到暴力夺取的痛苦：

> 如果这是一篇现实主义的小说，或者说，如果这篇小说要求的是你所想要的那种现实主义，那么缺少现实则是个关键问题。我认为这本小说并不缺少现实，那位老人显然不是南方的浸礼会教徒，而是一个独立的、真正意义上的先知。这位真正的先知受到圣灵的鼓舞，而未必受到他所居住地区的占优势的宗教的影响。进一步说，南方传统新教的团体正在转变成世俗的机构并受到尊敬，而且在底层正在被各种各样奇怪的教派所代替，这些教派与传统的新教——耶和华见证会、对付毒蛇派、自由思想基督派、独立先知派、诈骗者派、疯狂派，还有一些真正受到灵感的——没有什么相似之处。人物应该忠实于自己的天性，我认为这个老人就是如此。他是位先知，不是一般的教会会员。作为先知，他就得是个天生的天主教徒。霍桑说他写的不是小说，他写的是传奇，我是他的后人之一。

奥康纳在为她的小说所做的出色辩护中，唯一值得争议的话是称老塔沃特为“天生的天主教徒”。她当然是霍桑的后人，她用的是福克纳、T.S. 艾略特和纳撒尼尔・韦斯特的方式，但是，虽然霍桑可能会赞许她的方式,他却可能会因她的题材而吃惊。如果忽视奥康纳作品中真正令人吃惊的东西,就是对她有些误读。引起麻烦的并不是她在小说中不断地写暴力,而是她对暴力的强烈认同,把暴力看成是唤醒世俗读者的精神意识的唯一途径。作为一位有眼光的作家,她决心要用暴力来夺取我们,强把我们带走,如此我们才可能接受恩典。不相信这一点的读者在她著名的小说《好人难寻》的奶奶身上得到了表现:

> 她看到那人扭曲的脸贴近了她的脸,他像是就要哭了出来。她低声说:“哎呀,你是我的儿呢,你是我的亲儿!”她伸出手去摸
> 他的肩头。那个叫“格格不入”的人像被蛇咬了似的向后一跃, 161
> 当胸冲她开了三枪。然后他把枪放在地上,摘下眼镜擦了擦。[1]

老奶奶辨认出那人后轻声说的话对奥康纳来说十分重要。那个“格格不入”用刻薄的话表达了奥康纳的观点:“要是每分钟都有人对她开枪的话,她会是个好女人。”我作为一个世俗的批评家,需要轻轻地说:“是啊,那不是说为人行善有点太难了吗?”但是奥康纳预见到我们受到伤害后的喊叫,天性对抗恩典,因为我们可以理解地倾向于纠正天性而又不消除天性的看法。年轻的塔沃特本身,最终还是像年轻的费恩一样的顽强,他不仅抵抗了雷柏,也抵抗了年老的塔沃特的教诲。像一只沼泽中的狐狸,也像与他同名的那位革命英雄,塔沃特这个孩子等待着对他的召唤,只是当他把他的傻子堂兄毕晓普淹死在水中洗礼后,他才接受了参加先知的选举,而且这还是在他遭

① 此处译文参照於梅译《好人难寻》,稍有修改,新星出版社,2010年3月,第23页。

受魔鬼本人对他施加同性强暴的痛苦之后。奥康纳的大胆描写让我想起了福克纳的《圣堂》和韦斯特的《冷酷的百万》[1]。她神学上声称信仰罗马天主教，但情感上她是个南方哥特式作家，带有早期艾略特那种詹姆士一世时期的写作模式，甚至带有诺斯替的、卡莱尔的粗犷风格，虽然她可能从来没读过卡莱尔。

读她的两部小说《智血》、《暴力攫取》和短篇小说集《好人难寻》、《上升的一切必将汇合》，让我感到批评上的困惑，于是我从小说转而去读发表在《奥秘和风俗》中她偶尔写的散文，去读她在《存在的习惯》中的书信。这位随笔作家和书信作家明确斥责摩尼教、詹森派，以及其他所有从正宗罗马天主教中划分出来的各种派别，但同时这位小说家似乎又奇怪地融合了西蒙纳·韦伊和勒内·吉拉尔[2]两人的神学理念，西蒙纳·韦伊在对《伊利亚特》“力量之诗”的解读里加入了《新约》的含义；勒内·吉拉尔明确地告诉我们，不用暴力就不能争取神圣的归来。然而实际上，从奥康纳的书信中可以看到，她觉得韦伊“既可笑又可怕”，把那永远期待恩典的人描绘成一位瘦骨嶙峋高傲的知识女性，一步一步地、咬牙切齿地走向上帝，我猜想她对吉拉尔的暴力主题也会感到滑稽可笑吧。

找到世俗神学家奥康纳和接近伟大小说家的奥康纳二者之间的差距，这样说或许准确，也或许不准确，但是无论如何都并非想低估她的信仰和她的小说。但我猜想，小说中隐含的神学观念和奥康
162 纳所设想的非常不同，这不同实际上强化了她的小说和故事的力量。

① 福克纳的《圣堂》(1931) 和韦斯特的《冷酷的百万》(又译《整整一百万》) (1934) 都有对强奸和暴力的描写。

② Simone Weil (1909—1943)，神秘主义者，法国哲学家；René Girard (1923—)，法国历史学家、文学批评家、哲学家。

奥康纳曾极力推荐罗伯特·菲茨杰拉德读《我弥留之际》和《寂寞芳心小姐》，她自己散文的韵律总是不断地受到早期而不是后期艾略特的影响，这并非偶然。《荒原》、《我弥留之际》和《寂寞芳心小姐》不是天主教徒式的想象之作，而是出于格肖姆·肖勒姆所说的诺斯替的范式："在罪恶中得到救赎。"《智血》、《暴力攫取》以及像《好人难寻》和残忍的《派克的脊背》这样的故事，都发生在和《荒原》、《我弥留之际》、《寂寞芳心小姐》同样的世界里。这个世界是美国版的空虚的宇宙，亦是古代诺斯替哲学所说的科诺玛，统治那里的造物主已经推翻了异在的上帝，并且把上帝驱逐出历史，使他听不到我们的祈祷。

二

认识到奥康纳的虚幻世界实际上就是诺斯替的世界，我不仅是针对她否认自己的异教之说，而且是出于我对杰佛逊·汉弗莱的文章的深切感受，他把奥康纳和普鲁斯特的"暴力美学"联系在了一起：

> 对于奥康纳来说，人一直是他自己的造物主，是他自己堕落的主人，是他自己牢房的看守……
>
> 这种半是有意、半是遗传的与神疏离的主要结果是，神只能是以暴力来闯入人类的知觉，在密不可分的日常生活中发出撕裂的声音。

由此可见，一直没有改变的是，不论是犹太教还是天主教，我们都因自己的罪过而落入到科诺玛。在诺斯替教的说法中，人的创造和堕落是同样的事，而能够拯救我们的是我们内心的那点火花，这火花并不在人的创造之中，反而归于那原始的深渊。从那被毁掉的、创造的废墟中闪烁出的宏伟或者崇高，正是原始的深渊发出的亮光，就像在布莱克，或卡莱尔，或艾略特的早期诗歌中，或者在福克纳、韦斯特和奥康纳这样的怪诞小说的大师中看到的那样。

奥康纳的故事中最恐怖的一篇，然而也是最强有力的一篇是在《上升的一切必将汇合》中的《林中风景》。故事的主要人物是七十九岁的佛琛[①]先生和他九岁的孙女——玛丽·佛琛·皮特斯。我不好
163 说这两个人中谁在道德上更恶劣，或者说，谁在人格上更丑恶，这有一部分是因为他们都同样的自私、冷酷、妄自尊大、愠郁寡欢，简直就是卑鄙之极。在小说的结尾，两人之间发生了一场肉搏，结果是小女孩儿被掐死，她的尸体躺在那里，头被岩石撞碎，而她的爷爷也心脏病发作，这时他最后一次看着“林中的风景”，下面就是奥康纳典型的令人震撼的最后几段描写：

> 他摔倒在地，他的眼神无力地沿着光秃秃的树干向松树的尖顶望去，他的心脏又一次向外膨胀，伴随着一阵紧张的痉挛。心脏快速地向外膨胀，老人觉得他就要被这颗跳出来的心从林中拉走，觉得好像正在尽力和这些枯树一起向湖边跑去。他意识到在湖边会有一块空地，到了那块地方他就可以摆脱树林的追赶。他已经远远地看到它，一块小小的空地，苍白的天空倒映在湖面上。在他跑向那里的时候，那块地方在不断地变大，突然整个湖面展现在他面前，湖水泛起波涛涟涟，滔滔不绝地向他脚

① 佛琛是“Fortune”的音译，这个英文词意为运气、财富。

> 前涌来。他突然意识到他不会游泳,而且也没有准备好船。在他的两边,枯瘦的松树变得越来越密,神秘地排成了黑色的队列,它们从水面上走过,渐渐消失在远处。他绝望地向周围望去,希望能有人来救他,但是这个地方荒无一人,只有一只巨大的黄色怪物,坐在他的旁边,像他一样一动不动,吞吃着泥土。

这只巨大的黄色怪物是一头公牛,像是快要死去的佛琛先生,也像是已经死了的玛丽·佛琛·皮特斯。什么能使我们对如此冷漠无情的世界上这些如此让人厌恶的人感兴趣呢?奥康纳自己的解释并不能帮助我们回答这个问题,反而进一步增加了对问题的疑惑:

> 这一行行的树木,如果有什么意义的话,是基督的象征。它们从水面走过,它们沐浴在红色的光芒之下,而且在最后它们逃出了这个老人的视野,翻过山不见了。故事的名字是"林中风景",而这树林本身是如此的纯净,如果说有什么意义的话,它足可以成为基督的象征。这篇故事一部分的张力来自于:玛丽·佛琛和那个老人最后是彼此的影像,但相互对立。一个得到了挽救,而另一个被打入了地狱[dammed,原文如此],而且没有出路,所以必须指出并且强调这一点。他们的命运是不同的。其 164
> 中一人先死,因为一个杀死了另一个,但是如果你认为他们死在不同的地方,你就理解错了。那个老人就死在她的旁边,他只是觉得他跑到了湖边,而那只是他的幻觉。

到底是什么神圣道德能拯救玛丽·佛琛,并惩罚她那该死的祖父，这是我无法理解的，但是奥康纳对最后四件事的特别感觉，无论如何，总是超乎我的理解。更有趣的是奥康纳自己在最后对林中风景的看法。她那极其神圣的视觉使她看到基督在“枯瘦的松树”林中，树林“变得越来越密，神秘地排成了黑色的队列，它们从水面上走过，渐渐消失在远处”。就奥康纳而言，大概，它们渐渐远去是象征佛琛先生遭到了神的惩罚。而作为奥康纳本人的读者，我认为她在此并不是很高明。可以肯定，玛丽・佛琛和她的祖父一样应该受到惩罚，而这片树林也同样应该受到惩罚。它们不代表通常意义上的基督，而是诺斯替文本中的耶稣，在十字架上受难的只是他的幻影，而真正的基督在遥远的异在天堂发笑，在最原始的深渊中发笑。

奥康纳最后的看法比她明显想表达的要更加的模棱两可。以下是引自她的故事《启示》[①] 中的结局部分：

> 直到夕阳滑落到树梢之下，特品太太的眼神都一直盯在那儿，好像是要从那里吸取深不可测的给她生命的知识。终于她抬起了头。天空中只有一道紫色的晚霞，直插入深红色的田野，那晚霞犹如一条延伸的高速公路，滑向远处的暮色之中。她站在猪圈旁，用一种神圣而深切的姿势举起了双手。她的眼中有一种空灵的光。在她的眼中，那道晚霞如同一座巨大的摇摆的桥梁，从大地通过生命之火的田野一直通向天堂。在这座桥上有一大群幽灵正在熙熙攘攘地朝天堂走去。其中有一大群穷苦的白人，他们一生中头一次那么干净，还有一群穿着白袍的黑人，还有一队队的怪人和疯子，他们拍着手，又喊又跳，就像是一

① 发表于1964年，她去世不久。基督教中“最后四件事”指死亡、审判、天堂和地狱。

> 群青蛙。走在队列后面的那群人她很快就辨认了出来,他们就像她和克劳德一样,总是什么东西都会有一点儿,而上帝给予的智慧使得这些东西能适得其所。她倾身向前,想看得更仔细些。他们走在其他人的后面,举止端庄,就像他们平素一样为了良好的秩序和常理以及受人尊敬的行为负责。只有他们在步调一致 165
> 地走着。然而她能够从他们吃惊和变了形的脸上看出,就连他们的美德也正在被火烧掉。她放下了双手,紧紧地握住猪圈的栏杆,她的眼睛不大,但是一眨不眨地盯着前方。不一会儿眼前的景象渐渐消失,但是她还是站在那儿,一动不动。
>
> 最后她还是走了下来,关掉水龙头,在昏暗的路上向家中慢慢走去。在她周围的树丛中,不知躲在哪里的蟋蟀鸣声大作,但是她听到的只是那些幽灵发出的声音,他们朝着田野般的星空向上攀登着,高唱着哈利路亚。

这里本意是要烧掉假的或者表面上的美德,却不啻于烧毁了一切。在奥康纳复杂的世界里,无论是自然和优雅,南方的现实和内心的幻象,所有的一切都注定会打入地狱,不是被暴力的美学,而是被诺斯替教的美学打入地狱,其中没有人知道,除非知者和被知者合一。奥康纳的天主教道德观让她看不到她自己古怪的美学中的某些东西。当然,她的文章“南方小说中畸人之面面观”回避了她自己艺术实践的核心东西:

> 每当有人问我为什么南方作家有写畸人的特别嗜好,要我说这是因为我们还能够辨认出什么是畸人。要能辨认什么是畸

> 人，就需要懂得什么是完人，而在南方，对于完人的普遍概念仍然是，总的来说，神学意义上的。这样说太宽泛了，而且这样说也会招致危险，因为几乎你所说的所有关于南方的信仰都会遭到同样合理的否定。但是从作家的观点来谈这个问题，我觉得可以肯定地说，南方虽算不上是基督为中心的地方，它绝对是被基督折磨得焦虑不安的地方。至今还不相信这一点的南方人，非常害怕他可能是按照上帝的形象做成的。鬼魂会变得非常凶狠却又有教育意义。特别是在我们的文学中，他们投射出奇怪的影子。无论怎样，只有当我们能够感受到畸人意为我们基本上被取代时，这个畸人才能在文学中获得一些深刻的意义。

166 这里所说畸人取代的是“完人”，那被描写为按照上帝的形象或样子来创造的人。但是那种模式，或取代，在奥康纳的小说中并没有产生作用。在她的人物里，她自己最喜欢的是年轻的塔沃特，他不是什么畸人，他是那么的可爱，因为他把他的自由看得比什么事、比什么人都重要，甚至比要他做先知的召唤还重要。我们被塔沃特而感动，因为他的顽强，因为他是个像哈克贝利·费恩一样有幻想的人。但是，他感动奥康纳的，甚至让她认同的，是他从事了那不可避免的先知的职业。为了人的自由而战的塔沃特，和被他叔公的训练、内化的魔鬼、最主要的是被奥康纳自己的强烈宗教热情所围困的塔沃特，他们二者之间的相互较量构成了奥康纳的非凡的艺术。而她虔诚的崇拜者们的看法正好相反，如果她能克制她在精神上的倾向性的话，奥康纳留给我们的将会是，像福克纳的杰作一样的，更有说服力的小
167 说和故事。

辛西娅·奥齐克
（1928— ）

一

“要恢复上帝所立的约，只有通过实践活的契约，绝不是通过文学的萨满教玩意。”这句话是辛西娅·奥齐克典型的批评观，而庆幸的是，这句话又和她的叙事艺术相矛盾。奥齐克的《妒忌：或者美国的意第绪语》和《篡权（其他人的故事）》，在她的那个年代是两部非同小可的中篇小说，因此她已经通过文学的比喻（或“萨满教玩意”）恢复了她那种版本的契约。无疑，她也实践了她自己对活的契约的信仰，因为她是一种传统规范的真正收受者，在各种西方传统中它最突出地教导告诉我们要尊敬父母，更准确地说，要尊敬他们的美德。但是奥齐克既不是神学家，也不是文学批评家，而且也不是犹太历史学家。她不屑思考正统犹太教和她自己的观点之间有什么断裂。她对这种断裂的否认是如此的明确，因而必须被尊重地当作她小说的给定特征，就像我们必须把弗兰纳里·奥康纳强烈的天主教情怀作为基础，认识到在《暴力攫取》的作者眼中一切由此而上升和汇合。

作为作家，奥齐克真正的前辈是伯纳德·马拉默德，这位前辈相当不安而又亲密地徘徊在她的小说周围，比如《异教拉比》和《港口女巫》，但他又成功地被吸收并改头换面融入到奥齐克更好的作品中，包括《篡权（其他人的故事）》。《篡权》是奥齐克的主要小说，是她探索小说写作的主要标志，就像她最优秀的非虚构散文作品（除了辛酸的《冬日药店》外），是她为《〈流血〉及三个中篇故事》（1976）
168 写的“前言”，而其中主要介绍的是《篡权》。

在“前言”中她列举了其他人的小说：

> 我的故事里讲的名叫《魔冠》的故事，除了结尾的变化之外，是对马拉默德《银冠》的改述；其中讲的那个沮丧的弥赛亚是阿格农[①]的故事，而大卫·斯特恩的《阿格农，一个故事》是我对那位诺贝尔文学奖得主所作变形的恶作剧起因。

她在此列举马拉默德、阿格农和斯特恩的意思，除了表明焦虑之外别无其他。但是奥齐克的确承认她希望我们相信那是文学的焦虑，或许更多的是一种不安或疑惑：

> “这些词。”它们是英文。我不会其他的语言。自从我那身为奴隶的祖先放弃了修建金字塔而到西奈的荒野上流浪，他们讲的是四五种鲜为人知的语言——希伯来语、亚拉姆语，或许十二世纪的法语，还有意第绪语，上千年了。自从他们出埃及后的五千年来，我们这些人是第一代完全用英语思考、说话和写作的人。如果说我完全被英语同化，这显然是说轻了——英语（英语诗歌）是什么，它难道不是我的情感、我的血液和我的生命吗？

① 指1966年的诺贝尔文学奖获得者，波兰裔的以色列作家希穆尔·约瑟夫·阿格农（1888—1970）。

> 但那么说或许有些言重。当我们满怀热情地学习某种语言的时候,这个语言就能变成情感和生命。那发自于舌根的语言不必是爱的对象才可爱:感觉不到和它分开。我爱我的眼珠吗?不,但是能看见就是一切。
>
> 英语虽然是我的一切,但它偶尔也仍然使我感到受限。我带着一些观念,它却太狭隘而无法辨认。一种语言,就像一个民族,有它的思想史,但是并不包括所有的思想,只有那些从它的经验中得知的思想。所以,一点儿也不奇怪,英语是基督教的语言。当我用英语写作的时候,我生活在基督教的世界里。

奥齐克这番话表面上针对的是一位无名的批评家,此人显然没对立到能理解她对她作品中论争要点的感觉。奥齐克甚至补充说:“我用一种文明的语言写了《篡权》,但是这种文明的语言不能设想出它的命题。”她说得很有力,但观点略显简短,最明显的表现莫过于她说的:“困扰我的故事主题……忧虑是:犹太人是否应该成为说书人。我想到乔叟,他也为英国人是否应该成为说书人而困扰!” 169

是啊,我们看到乔叟,他不仅为乔叟这个英国人是否应该做个说书人而烦恼:

> 我们的经书上说“所有书上写的都将成为我们的教义”,而那也是我的目的。为此我谦卑地恳求您,因上帝的仁慈,为我祈祷,让基督怜悯我,宽恕我的罪,即我对世俗虚华的翻译和编辑的罪,也是我在撤回声明中要撤回的东西。
>
> [现代版本]

说完这些,乔叟接着提出要撤回《特洛伊罗斯》和《坎特伯雷故事集》。据说那是乔叟在临终之前说的话,但在《特洛伊罗斯》的结尾,他讲了大致同样的话。奥齐克所描述的冲突或焦虑至少既是基督徒的,也是犹太教徒的,而她称之为基督徒语言的英语,其实既非基督教,也非犹太教的或者佛教的语言。就像任何一种语言,它浸润了先前的印记,所以要从中争取获得有分量的新成就,必定是奥齐克准确地声称的,是用新故事"篡权"代替旧的故事,不管这个说书人是基督徒还是犹太教徒。所有后来的故事,不仅只是她的《篡权》,从某种意义上看都像她说的那样是"反小说",正如所有后来的诗歌是反诗歌,甚至是反诗歌创作一样。奥齐克以她强烈的气势和新鲜感谈论的现象是一个很老的现象,就像当今许多"现代主义"文学的最初发源地——古希腊的亚历山大城一样古老。

也就是说,奥齐克的顾虑,在批评方面像埃及的亚历山大城一样古老,包括非犹太人的和犹太人的;而在宗教方面,像诺斯替教一样古老,也包括非犹太人的和犹太人的,就像格肖姆·肖勒姆充分证实的那样。在《篡权》中,奥齐克让阿格农恰如其分地谴责诺斯替教,但是她自己,作为说书人,而不是犹太人,当然是像卡夫卡或巴尔扎克一样的诺斯替教徒。正如她所表明的,她渴望获得被禁止的或犹太人的魔法。所以她一心关注那个伤脑筋的、具有卡巴拉魔力的皇冠[①],或银冠,这也是她在《篡权》中有意对马拉默德的作品做的改动或比喻。因此,她让阿格农说:"当一个作家想篡取另一个作家的地位和能力的时候,他只不过戴上它就可以了。"正如奥齐克成功地表

① 原文此处为希腊语:Keter。

现的,“只不过”一词带有异常辩证的含义。她通过伟大的现代希伯来诗人的灵魂,也就是成为异教徒的车尼科夫斯基的灵魂,强有力地对我们说:“在伊甸园除了欲望没有别的。”在那里,“欲望”是个概括性的比喻,包括作家的雄心引起的相互间的竞争和努力。这些的确就是布莱克所说的伊甸园的战争,构成了永恒的那种**精神上的战争**。 170

奥齐克对她自己这方面的矛盾心情最深刻的洞见,对于灵知是个非常好的起点,而她谴责灵知作为艺术的宗教,或作为对摩罗克[1]的崇拜。这个洞见在她自问那个支配着每个强有力的作家化身的争议问题时得到了表现:“为什么我们变成我们最想要与之斗争的人?”她在《篡权(其他人的故事)》的结尾作出了极其苦涩的回答:

> 只有车尼科夫斯基和那位耶路撒冷的羞涩的老作家升上了天堂。那位耶路撒冷的老作家是一个虚构之人,他轻声默念着赞美诗,巨大的怪兽是他的小菜,他用袖口擦拭他的奖杯。车尼科夫斯基光着身体坐在桌边,与裸体的众神一起吃饭,他现在胡子刮得很干净,他的两臂闪着光,他的青春再次焕发,他那雄性特征美妙地挺起,他那白色的双耳透着亮光,他是个快乐的家伙;他毫无克制地享受着天堂的珍肴美味,安息日时(那是安息日的安息日,也就是伊甸园的永恒的安息日,每隔七百年鲜花盛开一次),他如平常一样,躲着那些站在脚凳和天使座前的忠诚的会众。这时,一群沉默寡言的矮小的迦南偶像幽灵在呼唤他,他们用天界的语言,叫他犹太人。

---

① Molock,古代犹太人所崇拜的摩罗神。

我认为，如果省略了最后一句，这个结尾会更为有力。但是什么事情都有其道理，奥齐克感情表达的直率是她富有想象力的美德之一，即便这有时妨碍了她更加有效地表达她那辩证意味的讽刺意义。

二

《艺术与激情》是奥齐克的论文集，其中有一篇奇怪而复杂的文章，她大胆地称之为“走向新的意第绪语”。其论点再次展示了奥齐克对于创新感到的迷茫，也是她与文学前辈处于那种左右为难的困境时所有的同感——渴望就做个基督徒呢，还是犹太教徒呢：

> 当我说“主要是犹太人的”，我指的是，对于文学来说，任何近乎于犹太人的祈祷诗的东西。显然这不仅仅是指祈祷诗。它指的是某种文学的类型和感觉的类型。祈祷诗和诗歌之间存在着重要的区别。祈祷诗掌控着交互性的道德想象，它不是一种孤立的抒情想象。诗歌是私人的满足：它感动个人的心，但是除了被感动不会产生什么结果。诗歌是内心的装饰，是瞬间的艺术。诗歌就是耶胡·哈勒维[①]所说的不结果实的花。祈祷诗也
> 171 是一种诗，但是它并不仅要表现个人的声音。祈祷诗是以合唱的形式共同发出的声音：是历史之主的声音的回声。诗歌躲避审判和记忆，它抓住的是瞬间。在所有的历史中，犹太人流传下来的文学一直是祈祷诗。世俗的犹太人是虚构的；如果一个犹太人变成世俗之人，他就不再是犹太人了。这一点对于文学作

① Yehudah Halevi (1075—1141)，西班牙裔犹太人，以礼拜仪式的诗歌为著名。

家来说尤其如此。当摩西说,我们以色列人要侍奉神,他的话不仅仅是命令,也是对我们命运的描述。

说这句话是要有道德勇气的:“诗歌躲避审判和记忆,它抓住的是瞬间。”但是听到奥齐克说的话与W.H. 奥登在他最自欺欺人时说的话相似仍然让我烦恼:

> 道成肉身,即基督以一个仆人的形象来到我们身边,血肉之躯的人无法认出他,只有信他的人才能认出他,这就戳穿了所有宣称凭借想象力能断定什么是真的神圣、什么是世俗的大话。一个异教的神可以化装后来到人世,但是,只要带着伪装,人们就不会预期认出他,没人能认出。但是基督出现在人们面前,看上去和普通人没什么两样,却声称他就是道路,就是真理,就是生命,而且除了通过他之外,没有人能靠自己走到神、我们的天父面前。在世俗的外表和神圣的宣告之间的矛盾对于想象力而言是无感觉的。

奥齐克和奥登一样,都在重复T.S. 艾略特最主要的错误,即过去和现在都没有看出在所谓世俗的和所谓神圣的文学之间只有政治或社会的差别。世俗化从来不是一个想象的过程,而神圣化是的。小说始终保持着古老的偶像崇拜式的特点,引起了作为虔诚的基督徒的艾略特和奥登,以及作为虔诚的犹太教徒的奥齐克的反感,但却非常令作为诗人和剧作家的艾略特和奥登,以及作为短篇小说和长篇小说家的奥齐克高兴。你不会用写诗或写小说来为自己或别人抵御古体风格。你不会从诗体叙事中选择一种崇拜形式，反而，你要写另一种诗体叙事，使它能篡夺之前那个的位子，夺取我们有限和减弱
172 的关注。虔诚的短篇小说和虔诚的诗歌一样都不可信，尽管弗兰纳里·奥康纳古怪地相信，她极其残酷的故事《好人难寻》是一篇天主教徒之作，尽管奥齐克奇怪地以为《妒忌：或者美国的意第绪语》中的野蛮和崇高最终可能会为《走向新的意第绪语》作出贡献，为她所希望而实际上是误认为的，犹太祈祷书的复活作出贡献。

在此我要强调，正因为是自我欺骗的读者，包括是误读辛西娅·奥齐克小说的读者，奥齐克才是愈加强大的作家。她一方面痛斥古代的文化，另一方面又暗中沉迷在古代的毁灭性的因素中，她知道，她的魔鬼讲故事，那魔鬼会高兴地让奥齐克——我们的拉比和老师，来写她的论文。自从《妒忌：或者美国的意第绪语》首次在杂志上发表以来，我已经读了大概二十来遍，现在读来，我的感觉和我在1969年，也就是十六年以前读的时候一样，它还是那么生动活泼，那么有趣好笑，而且从根本上看，它又是一部悲剧性的中篇小说。如果我活着，以后再读，我也会像现在2009年读的时候一样，感到它的新鲜和智慧。自伊萨克·巴别尔以来的现代犹太小说中，没有别的作家能够挑战菲利普·罗斯的《解剖课》和《布拉格狂欢》了，它们所表现的独特的犹太人的笑声能让我们净化，即使那笑声让我们痛苦。我尤其总是忘不了诗人埃德尔施泰因和年轻的汉娜[1]之间争执的那一幕，埃德尔施泰因哀求汉娜翻译他的诗，但是却遭到了她的拒绝：

---

① 奥齐克的小说《妒忌：或者美国的意第绪语》中的人物，埃德尔施泰因是个六十七岁的意第绪语诗人，在美国他的诗只有译成英语才能有更多的读者，而二十三岁的汉娜拒绝翻译他的诗。

埃德尔施泰因的手，软和的手心，在打了她之后觉得火烧火燎的发烫。“你，”他说，“你没有思想，你算个什么东西？”他冒出一句书上的话，从前圣人说约伯的话从他的舌头上撕下来，就像是舌头上剥落下一块皮，**他从来不是，他从来没有存在过**。“你从没有出生过，你从来不是上帝创造的！”他叫喊着。“让我告诉你，一个死人对你这么说，至少我活过，至少我明白一些东西！”

“去死吧，”她对他说，“现在就死，你们所有这些老家伙，你们还等什么？吊着我的脖子，他，还有你，你们所有这帮人就是一帮寄生虫，快去死吧。”

他的手掌火热，这还是他第一次打一个孩子。他觉得他像个父亲。她仰着头张着嘴。她因为怨恨，违背了她的本能，没有用手捂住她的伤痕——他能看到她牙齿的形状，有一颗小牙挤着另一颗牙，有点缺陷，显出她的脆弱。因为愤怒，她的鼻子流出了鼻涕。他刚才把她的嘴都打肿了。

“忘掉意第绪语！”他对着她尖叫。“把它从你的脑筋里抹掉！彻底铲除！那就去做个记忆手术吧！你没有权利，你没有
权利有一个叔叔，一个祖父！你前头没有人，你从来就没出生 173
过！你什么都不是！”

“你们这些顽固的无神论者，”她冲他喊道，“你们这些该死的顽固的社会主义者。无聊！你们无聊得要死！你们痛恨魔术，你们痛恨想象，你们谈论上帝但又恨上帝，你们看不起别人，你们无聊，你们嫉妒，你们这些让人恶心的老头都快把人耗尽了——你们这些吃人的家伙，你们想的一切就是你们自己的青春，你们完了，给别人一个机会吧！”

作为两代人之间的对话，它的刺痛极其震撼，具有观照现实的内在力量。奥齐克本人站在双方的立场上，或者谁的立场都不在，作为说书人。以说书人的身份，她向我们展现了埃德尔施泰因最后歇斯底里的样子，他对着电话拼命地喊叫，那是“道德多数派”组织的一个服务电话，宣传“基督教的五天得救的便宜计划”：

> 埃德尔施泰因冲着电话大喊：“你这个亚玛力人！你这个提图斯[1]！你这个纳粹！全世界就是受了你们这些反犹太人的害！就是因为你们，孩子们变得腐化堕落！就是因为你们，我失去了我的一切，我的一生！就是因为你们，没人来做我的翻译！”

他这阵痛骂的喜剧高潮，是基于埃德尔施泰因所坚持的并不完全可怜的观点，即他是衰微的意第绪文化的真正代表。就像马拉默德一样，奥齐克理解处于悲喜尴尬境地的意第绪文化，既包括其人道主义的悲怆，也包括其具有讽刺意味的民族精神。奥齐克通过一种真正属于她自己的模式，坚守说书人的唯一契约，努力推迟不再可以讲故事的那一天的到来。这可不是她寻求赞美的那个契约，但那并不会有损她最优秀作品的美学尊严。作为一个人，她相信上帝和他的选民——以色列民族之间所立的契约。而作为作家，她相信她的故事和其他人的故事之间立的契约，相信她自己篡权的力量和叙述
174 传统那既能吸收她又能给她新活力的力量之间的契约。

① 《圣经》的“旧约”中记载了亚玛力人攻打希伯来人的事情。提图斯（Titus, 39—81），古罗马皇帝，他曾率领罗马军队攻陷耶路撒冷，烧毁犹太人的殿堂。

约翰·厄普代克
（1932—2009）

约翰·厄普代克是一位重要的、风格独特的作家，他的文学作品数量巨大而且多种多样。最能表现他自己的是他的短篇小说，其文体风格能构建某种观察的模式。厄普代克的长篇小说没有一部像他的短篇那样，比如《A&P 超市》和《鸽羽》[①]，能够完全说服我，或许就是因为这位小说家非常明显地把自己的信仰和观念掺杂进了他的主要长篇叙事作品中。他的这些评判观点，就其本身而言往往都相当有趣，但是它们分散了读者对于人物、地点和事件的注意力。

在《A&P 超市》中却无多余的笔墨，厄普代克艺术之微妙可以和乔伊斯的《都柏林人》相媲美。萨米，一个十九岁、没有受过什么教育、处世不深的男孩，对一个妙龄美女“奎妮”一见钟情，而像他这样社会地位的人根本不可能得到这样的女孩。但他作出了吉诃德式的姿态，辞去了 A&P 超市里的工作，即使“奎妮”永远也不会知道他曾抗议商店经理让她难堪。厄普代克巧妙地表明，萨米的行为是装腔作势，而不是表达他的态度，因为萨米声称：“我觉得你一旦表达态度，就要坚持下去，否则就会要命。”

可悲的现实是，表达态度是需要有承受力的，而萨米没有这个能力。厄普代克在《A&P 超市》中所表现的深邃的社会洞察力，准确

① “Pigeon Feathers”，发表于1962年。

地说，是值得称赞的，但是他的小说，像乔伊斯的短篇小说，如《护花使者》或《阿拉比》一样，想象力比对社会的理解力本身要更为丰富。厄普代克在五六页的篇幅中，集中表现了一个十九岁少年的生活，同时暗示，生活无论怎样发展都难以满足完满性爱的梦想。《A&P超市》的简练及其前后一致恰当的用词，表明了厄普代克在短篇小说形式
175 上是一位出色的艺术家。

雷蒙德·卡佛

（1938—1988）

我对雷蒙德·卡佛的短篇小说并非完全认同，尽管我同意那些著名的批评家如弗兰克·科莫德和欧文·豪的观点，即卡佛在他为自己设定的限制之内来说，是一位大师。卡佛早期的小说受海明威的影响很大，以至于这位后来者明智地避开了海明威，苦修表现不凡，超越了《首辑四十九篇》的作者实践的简约风格。卡佛在他的最后阶段开始形成的艺术风格是超越依赖大量的省略。卡佛的《大教堂》是我最喜爱的故事，但是它仍然使有充分意识的读者感到某些困惑，因为这篇小说和 D.H. 劳伦斯动人的短篇小说《盲人》有着令人费解的关系。很难说卡佛不晓得《大教堂》得益于《盲人》的影响有多少，但是文学影响就像个迷宫，优秀作家可以训练得非常出色地抑制自己，或者是下意识地特意忘却。

基思·库什曼第一个注意到卡佛受到的影响，库什曼风趣地称之为“盲目的互文性”。在劳伦斯的故事里，远来拜访的朋友能够看得见，真正失明的是那个丈夫。卡佛的故事开始讲的是苔丝·加拉赫的一个双目失明的朋友来访，以叙述者克服了对来访者的嫉妒为结尾：

> 所以，我们继续画着。我的手抚过纸面的时候，他的手指就

> 按在我的手指上。这辈子到现在我从没有这样过。
>
> 然后他说:“我觉得就是它了。我觉得你画好了。”他说:“看看吧,你觉得怎么样?”
>
> 但我还是闭着眼,我想这样再多闭一会儿。我觉得我应该
> 176 这样做才好。
>
> “怎么样?”他说,“你在看画呢吗?”
>
> 我的眼睛仍然闭着。我知道,我是在我自己的家里。可我感到我不在任何东西里面。
>
> “真的不错。”我说。

这种对他人打开时的深切体验与劳伦斯小说的那段话相比,就显得相形见绌了,在劳伦斯小说的结尾,失明的丈夫和那位可怕的来客建立起了接触:

> “你的头好像很软,看来你还年轻,”莫里斯又说,“你的手也很软啊。你摸摸我的眼睛,好吗?——摸我的伤疤。”
>
> 现在伯蒂感到厌恶得发颤。然而他在这个瞎子的控制下,就像是被催了眠。他抬起一只手,手指触摸到那伤疤上,然后摸到带着伤疤的眼睛。这时莫里斯突然用他自己的手按住伯蒂的手指,把这另一个男人的手指按压在他那变了形的眼眶上,他全身微微颤抖,身体有些轻微的摆动,慢慢地左右摆动。莫里斯就这样保持了一两分钟,此时的伯蒂就像是要晕过去了,无意识了,像锁在牢里一样,站着不动。
>
> 然后,莫里斯突然把这另一个男人的手从他的眉头移开,把

> 它握在他自己的手里。
>
> “噢,我的上帝,”他说,“现在我们互相了解了,对吧？现在我们互相了解了。”
>
> 伯蒂说不出一句话。他无声地望着他,惊恐万分,他被自己的脆弱击垮了。他知道他没法回答。他有一种说不出的害怕,唯恐那人会突然摧毁他。然而莫里斯实际上却满怀热烈的爱,热情的友谊。或许正是这热情的友谊才是伯蒂最想躲开的。
>
> “我们现在一起挺好,是吧?”莫里斯说,“只要我们活着,就我们来说,现在挺好。”
>
> “是啊。”伯蒂说,心里想着无论如何也要逃开他。

这样的描写是卡佛难以企及的,而那时的劳伦斯正处于他短篇小说的创作高峰,完全比得上屠格涅夫、契诃夫、乔伊斯、伊萨克·巴别尔和海明威。对于卡佛,我们或许有些评价过高,他还没能实现他的艺术的更大可能性,就过早去世了。在《盲人》中虽然有一些同性恋的因素,但那是次要的。双目失明的莫里斯让伯蒂进入了只和他
妻子分享的内心领地,但是伯蒂无法忍受亲昵的言行:他被那触摸烧 177
灼得受不了。在劳伦斯的故事里,有一种声音在回响,它能把我们带入伟大艺术的高尚疯狂境界,卡佛,虽然是个非常好的艺术家,但他
无法把我们带入那个境界。 178

延伸阅读

Allen, Walter. *The Short Story in English.* Oxford: Clarendon Press, 1981.

Aycock, Wendell M., ed. *The Teller and the Tale: Aspects of the Short Story.* Lubbock: Texas Tech Press, 1982.

Bates, H. E. *The Modern Short Story: A Critical Survey.* London: Joseph, 1972.

Beachcroft, *Thomas O. The English Short Story.* London: Longmans, Creen, 1964.

——. *The Modest Art: A Survey of the Short Story in English.* London: Oxford University Press, 1968.

Beale, Robert Cecil. *The Development of the Short Story in the South.* Philadelphia: R. West, 1977.

Bloom, Harold. *How to Read and Why.* New York, Scribner, 2000.

Current-Garcia, Eugene, ed. *The American Short Story Before 1850: A Critical History.* Boston: Twayne, 1985.

Current-Gacia, Eugene and Walton R. Patrick: *What Is the Short Story?* Glenview: Scott, Foresman, 1974.

Dunn, Maggie and Ann Morris. *The Composite Novel: The Short Story Cycle in Transition.* Farminton Hills: The Gale Group, 1995.

Evans, Robert C., Barbara Wiedemann, and Anne C. Little. *Short Fiction: A Critical Companion.* West Cornwall: Locust Hill Press, 1997.

Flora, Joseph M., ed. *The English Short Story, 1880—1945: A Critical History.* Boston: Twayne, 1985.

Gerwig, George William. *The Art of the Short Story.* Philadelphia: R. West, 1977.

Goodman, Henry, ed. *Creating the Short Story.* New York: Harcourt, Brace & Co., 1929.

Hanson, Clare, ed. *Rereading the Short Story.* New York: St. Martin's Press, 1989.

——. *Short Stories and Short Fictions, 1880—1980.* New York: St. Martin's Press, 1985.

Iftekharrudin, Farhat, et. al., ed. *The Postmodern Short Story: Forms and Issues.* Westport: Praeger, 2003.

Levy, Andrew. *The Culture and Commerce of the American Short Story.* Cambridge:

Cambridge Univeristy Press, 1993.

Mann, Susan Garland. *The Short Story Cycle: A Genre Companion and Refernce Guide.* Westport: Greenwood Press, 1989.

Martin, Wendy. *The Art of the Short Story.* Boston: Houghton Mifflin, 2005.

Nagel, James. *The Contemporary American Short-Story Cycle: The Ethnic Resonance of Genre.* Baton Rough: Louisiana State University Press, 2001.

O'Connor, Frank. *The Lonely Voice: A Study of the Short Story.* Hoboken: Melville House Publishing, 2004.

Orel, Harold. *The Victorian Short Story: Development and Triumph of a Literary Genre.* New York: Cambridge University Press, 1986.

Shaw, Valerie, *The Short Story: A Critical Introduction.* Norman: University of Oklahoma Press, 1973.

Ward, A. C. *Aspects of the Modern Short Story: English and American.* Philadelphia: R. West, 1977.

索 引

（条目后的数字为原书页码，见本书边码）

名家文学讲坛书目

《新千年文学备忘录》

▪ [意] 伊塔洛・卡尔维诺 著 黄灿然 译 15.00元

《阅读的至乐：20世纪最令人快乐的书》

▪ [英] 约翰・凯里 著 骆守怡 译 18.00元

《修辞的复兴：韦恩・布斯精选》

▪ [美] 韦恩・布斯 著 穆雷 等译 29.80元

《愉悦与变革：经典的美学》

▪ [英] 弗兰克・克默德 著 张广奎 译 15.00元

《文学体验导引》

▪ [美] 莱昂内尔・特里林 著 余婉卉 张箭飞 译 28.00元

《文学在思考什么？》

▪ [法] 皮埃尔・马舍雷 著 张璐 张新木 译 32.00元

《文学是什么？高雅文化与大众社会》

▪ [美] 莱斯利・菲德勒 著 陆扬 译 30.00元

《政治与文学》

▪ [英] 乔治・奥威尔 著 李存捧 译 38.00元

《以文行事：艾布拉姆斯精选集》

▪ [美] M. H. 艾布拉姆斯 著 赵毅衡 等译 35.00元

《艺术的去人性化》

▪ [西] 何塞・奥尔特加・加塞特 著 莫娅妮 译 26.00元

《现代诗歌的结构》

▪ [德] 胡戈・弗里德里希 著 李双志 译 28.00元

《如何读，为什么读》

▪ [美] 哈罗德・布鲁姆 著 黄灿然 译 30.00元

《知性乃道德职责》

▪ [美] 莱昂内尔・特里林 著 严志军 张沫 译 48.00元

《文学的绝对：德国浪漫派文学理论》

▪［法］菲利普·拉库—拉巴尔特 让—吕克·南希 著
张小鲁 李伯杰 李双志 译 32.00元

《我：六次非演讲》

▪［美］e. e. 卡明斯 著 张定浩 译 22.00元

《阅读ABC》

▪［美］埃兹拉·庞德 著 陈东飚 译 35.00元

《一颗智慧的心》

▪［法］阿兰·芬基尔克劳 著 张晓明 译 28.00元

《现代性的五副面孔》

▪［美］马泰·卡林内斯库 著 顾爱彬 李瑞华 译 68.00元

《论历史与故事》

▪［英］A. S. 拜厄特 著 黄少婷 译 38.00元

《文章家与先知》

▪［美］哈罗德·布鲁姆 著 翁海贞 译 55.00元

《史诗》

▪［美］哈罗德·布鲁姆 著 翁海贞 译 59.00元

《短篇小说家与作品》

▪［美］哈罗德·布鲁姆 著 童燕萍 译 52.00元

《小说家与小说》

▪［美］哈罗德·布鲁姆 著 石平萍 刘戈 译 98.00元

《诗人与诗歌》

▪［美］哈罗德·布鲁姆 著 张屏瑾 译 98.00元

《剧作家与戏剧》

▪［美］哈罗德·布鲁姆 著 刘志刚 译 65.00元

《影响的剖析》

▪［美］哈罗德·布鲁姆 著 金雯 译 59.00元

《叙事的理论》

▪［奥地利］弗兰茨·施坦策尔 著 王绪梅 译（即出）

《如何遣词造句》

■ [美] 斯坦利・费希 著 杨逸 译 48.00元

《身体・宇宙》

■ [法] 米歇尔・高罗 著 朱江月 译（即出）

《快时代的慢阅读》

■ [美] 戴维・麦奇克斯 著 陈丽 译（即出）

《现代诗》

■ [德] 迪特尔・兰平 著 黄雪媛 译（即出）